W0461892

UNE CERTAINE IDÉE DE LA GRÈCE

Jacqueline de Romilly, professeur de grec ancien, a enseigné dans différents lycées, puis à la faculté de Lille, à l'École normale supérieure, à la Sorbonne. Elle a été la première femme professeur au Collège de France et la première femme membre de l'Académie des inscriptions et belles-lettres. Elle a été élue à l'Académie française en 1988. Jacqueline de Romilly est décédée en décembre 2010.

Paru dans Le Livre de Poche :

DANS LE JARDIN DES MOTS

LES GRANDS SOPHISTES DANS L'ATHÈNES DE PÉRICLÈS

LAISSE FLOTTER LES RUBANS

POURQUOI LA GRÈCE ?

LES RÉVÉLATIONS DE LA MÉMOIRE

LES ROSES DE LA SOLITUDE

LE SOURIRE INNOMBRABLE

SOUS DES DEHORS SI CALMES

LE TRÉSOR DES SAVOIRS OUBLIÉS

En collaboration avec Monique Trédé :

PETITES LEÇONS SUR LE GREC ANCIEN

JACQUELINE DE ROMILLY

de l'Académie française

ALEXANDRE GRANDAZZI

Caroline Beaugier-Lasherres

Une certaine idée de la Grèce

Hydra

ENTRETIENS

Août 2012

p127

p171

ÉDITIONS DE FALLOIS

© Éditions de Fallois, 2003.
ISBN : 978-2-253-11133-7 – 1re publication LGF

PRÉFACE

par Alexandre Grandazzi

Pourquoi la Grèce ? Cette question, qui sert de titre à l'un de ses livres, est à la source de toute l'œuvre de Jacqueline de Romilly. Par ses nombreux ouvrages, par son action publique en faveur de l'enseignement des langues anciennes, elle ne cesse d'apporter à nos contemporains les réponses que lui suggèrent une exceptionnelle connaissance des textes, une intelligence critique toujours en éveil, un profond sens de l'humain. Sans aucun doute, l'intérêt pour la Grèce et pour l'Antiquité classique ne va maintenant plus de soi. Notre temps, avec son souci, parfois féroce, de s'affranchir de toute dépendance à l'égard de la culture classique, nous aura au moins évité les dangers, peut-être réels hier, de la routine et de la fausse évidence. La question « Pourquoi la Grèce ? » doit donc être posée, de la façon la plus complète et la plus exigeante, et c'est aux textes littéraires que Jacqueline de Romilly demande une réponse. Chacune des études, chacun des ouvrages qu'elle a écrits, a contribué, à chaque fois, à enrichir, à nuancer toujours davantage sa réaction à cette interrogation fondamentale. Considérés dans leur ensemble, ses livres révèlent, au-delà de la diversité des titres et des sujets, une très grande unité d'inspiration et de méthode, tout entière mise au service d'une passion de comprendre et de faire comprendre.

Cette unité, je souhaitais la rendre sensible pour le lecteur non spécialiste, de manière à ce qu'il voie se dégager les lignes de force de chaque livre, et que lui apparaisse mieux ainsi leur « substantifique moelle ». Alors, pour confronter ses réponses d'hier avec celles qu'elle apporte aujourd'hui, pour retracer la genèse progressive de son œuvre, pour aller plus loin encore dans sa réflexion sur la Grèce, le dialogue, cette forme littéraire inventée par les Grecs, n'était-il pas le meilleur moyen de redécouvrir et d'éclairer la littérature et la pensée d'Athènes à son apogée, de cette Athènes qui fut, selon le mot célèbre de Thucydide, « la Grèce de la Grèce » ?

Relisant une dernière fois ces conversations avant de les livrer au public, je m'aperçois qu'au-delà de la Grèce, au-delà de l'Antiquité classique, elles sont une réflexion sur l'idée même de culture.

L'architecture de ces entretiens s'imposait d'elle-même : évoquer les grands sujets sur lesquels a travaillé Jacqueline de Romilly, dans l'ordre même où elle les a abordés année après année et livre après livre, permettait de montrer que cette histoire d'une œuvre est aussi l'histoire d'une vie. Auparavant, une première conversation retrace toutes les étapes d'une prestigieuse carrière, ici revécue par le souvenir, avec ses incertitudes, ses espoirs et ses moments d'émotion ; on y verra comment, dans cet itinéraire qui va du Concours général à l'Académie française, le hasard et la nécessité s'entremêlent pour former ce qu'il est permis d'appeler un destin.

En France, qui veut lire Thucydide sans savoir le grec et qui, tout en lisant un texte français, veut rester le plus près du style et de la pensée de l'historien grec, celui-là lit la traduction de Jacqueline de Romilly ; cette traduction est la partie la plus visible pour le grand public de toute une série de travaux qu'elle a consacrés à cette œuvre unique qu'est la *Guerre du Péloponnèse*, ce conflit implacable qui opposa Athènes et Sparte au cinquième siècle avant J.-C. : dans le second de ces entretiens, on verra pourquoi Thucydide est sans doute le plus grand historien de l'Antiquité, et l'un des plus grands de tous les temps.

Mais Jacqueline de Romilly n'est pas restée prisonnière d'un seul auteur – fût-il Thucydide – et elle a voulu étudier aussi comment les Grecs ont développé et fait mûrir ces grandes idées qu'ils avaient inventées ; c'est pourquoi les deux entretiens suivants sont regroupés sous le titre commun d'« Histoire des idées », expression qui désigne un domaine de recherche cultivé avec prédilection par Jacqueline de Romilly ; il y sera d'abord question des trois grands auteurs qu'on appelle les Tragiques grecs : Eschyle, Sophocle, Euripide, étudiés dans plusieurs livres comme *La Crainte et l'angoisse dans le théâtre d'Eschyle* ou *La Modernité d'Euripide*, et ici éclairés l'un par rapport à l'autre, en relation avec les interrogations fondamentales sur l'homme que posent leurs œuvres ; la démocratie est l'autre grande idée grecque dont il sera ensuite question – une idée plus actuelle sans doute que jamais.

À la source de toutes ces idées et de toutes ces œuvres, se trouve une œuvre à laquelle Jacqueline de Romilly aime, de plus en plus, revenir : les deux épopées d'Homère, jumelles fondatrices de la littérature universelle ; on pourra voir que si, selon la chronologie, ces textes sont les plus anciens de la Grèce, ils sont aussi, à bien des égards, les plus modernes.

C'est sans doute cette modernité vivante de la littérature et de la pensée grecques qui a conduit Jacqueline de Romilly à s'aventurer de plus en plus hors du pré carré de la philologie classique, et même au-delà des thèmes étudiés ici : d'abord sur les chemins de Sainte-Victoire, dans des promenades littéraires qui sont la description d'une sensibilité et d'une personnalité plus encore que celle d'un merveilleux paysage, puis dans un roman et dans des recueils de nouvelles qu'elle compose aujourd'hui, au fil des jours, des idées et des souvenirs, avec autant de précision et de finesse d'analyse qu'elle en mettait hier dans ses travaux d'érudition.

Parce que ce livre est un livre de combat, le septième et dernier entretien montre que, si les langues anciennes ont, indiscutablement mais peut-être provisoirement, perdu pour l'instant la bataille de l'enseignement, elles n'ont pas encore perdu, elles ne doivent pas perdre celle de la culture !

Un mot, enfin, sur la façon dont ce livre a été écrit : comme chacun le sait, Jacqueline de Romilly a, depuis quelques années, presque totalement perdu la vue. Ces entretiens sont donc la transcription de conversations préalablement enregistrées. Un écrivain, qui savait de quoi il parlait, compara un jour la composition d'un livre à celle d'un collier : si cette image a quelque vérité, je dirai que Jacqueline de Romilly m'a fourni les perles et que j'ai, pour ma part, travaillé le fil. Lorsqu'on passe de l'oral à l'écrit, certains remaniements – de forme la plupart du temps, de fond rarement – sont inévitables ; je n'ai pas besoin de dire qu'ils ont été faits, à chaque fois, en plein accord avec Jacqueline de Romilly et qu'ils ne modifient en rien la teneur des propos échangés. De ce livre, je dirai donc, avec le Mascarille de Molière, qu'il est *« un impromptu fait à loisir »*…

Ainsi, tout est en place : la scène est située quelque part dans l'ancien village de Passy, au dernier étage d'un immeuble aux grandes baies vitrées ; là-haut, dans une pièce, du sol au plafond tapissée de livres, et encombrée de fleurs, devant l'une des fenêtres, une petite table, sur laquelle est posé un magnétophone : il faut imaginer les propos que l'on va lire, prononcés de cette voix si reconnaissable, aux inflexions tantôt précieuses, tantôt presque gouailleuses ou cinglantes. Avec franchise, avec vivacité, avec subtilité et précision, avec énergie, avec humour, Jacqueline de Romilly s'exprime sur tous les grands sujets qui lui tiennent à cœur ; c'est ici le dialogue d'un auteur avec un de ses lecteurs. Puisse-t-il aider ceux qui voudront bien le lire à retrouver ou à découvrir les grandes œuvres et les grandes idées qui y sont évoquées !

A.G.

CHAPITRE PREMIER

DEVENIR HELLÉNISTE

ALEXANDRE GRANDAZZI. – Jacqueline de Romilly, pour tous ceux qui s'intéressent tant soit peu à l'Antiquité, et même pour ceux qui croient ne pas devoir s'y intéresser, vous incarnez, pour ainsi dire, la présence, dans la culture d'aujourd'hui, de la Grèce antique et de sa magnifique littérature, à laquelle vous avez consacré tant de livres et tant de publications. Au sein de cette institution si prestigieuse qu'est l'Académie française, vous semblez à vous seule une institution, par votre œuvre, votre rayonnement, et par le caractère exemplaire de votre parcours : Concours général, Sorbonne, Collège de France, Académie des Inscriptions et Belles-Lettres. Une vie tout entière vouée au grec ancien – enseignement, recherche, et défense de l'enseignement ; voilà un choix qui, en ce début du troisième millénaire, a de quoi étonner nos contemporains ! Ce siècle qui s'est achevé il y a peu, vous l'avez traversé, en effet, sans jamais quitter vos chers auteurs,

Thucydide, bien sûr, mais aussi Eschyle, Sophocle, Euripide, Homère, Platon et les autres, et cela bien que les convulsions de l'histoire contemporaine ne vous aient pas épargnée : votre père est mort au front durant la Première Guerre mondiale, vous avez dû vous cacher pendant la Seconde et l'Occupation ; professeur en Sorbonne, vous étiez aux premières loges en mai 1968, et vous jouez un rôle éminent dans les débats sur l'enseignement qui se multiplient dans notre pays depuis une quinzaine d'années. Je voudrais qu'ensemble nous retracions ici votre itinéraire, que vous nous racontiez les circonstances dans lesquelles vous avez été amenée à faire ce choix du grec, et pourquoi, à votre avis, l'étude des langues anciennes – latin et grec – est toujours essentielle, souhaitable, peut-être même nécessaire. Mais commençons, si vous le voulez bien, par ce qui fut votre premier succès public, succès précoce et éclatant puisqu'il s'agit des deux prix que vous avez remportés, en même temps, au Concours général. C'était en 1930, et vous aviez dix-sept ans.

JACQUELINE DE ROMILLY. — C'était la première année où les filles avaient le droit de concourir, et c'est pourquoi beaucoup de journaux en ont parlé alors.

A.G. — Oui, et en feuilletant ce recueil composé par votre mère et qui rassemble les coupures de presse datant de ce moment, je lis ce titre : « *La fille de la romancière Jeanne David a inauguré de très brillante façon la participation féminine à la célèbre épreuve.* »

J. de R. — Il s'agit, je crois, de l'article signé par Pierre Lazareff, qui allait devenir un très grand journaliste et qui à l'époque faisait, en tant que débutant, les chiens écrasés et les prix littéraires.

A.G. — Quels sentiments avez-vous éprouvés face à cette soudaine notoriété ?

J. de R. — Il m'arrivait, en faisant des courses, d'avoir mes marchandises emballées dans ma photo ! J'étais contente, pour moi, pour ma mère, pour mes professeurs du lycée Molière, qui semblaient très satisfaits.

A.G. — Sur cette photo, on vous voit avec une casserole vide à la main : c'est une manière de mettre les femmes à leur place ?

J. de R. — Cette casserole a toute une histoire ! Plusieurs journalistes avaient téléphoné en vain à la maison en demandant à ma mère l'autorisation de me photographier ; l'un d'eux finit par sonner à la porte, lui disant : « Nous vivons de ces photos ; nous aimerions avoir de Jacqueline David une photo un peu particulière, un peu osée. » À ma mère terrifiée, il précisa : « Nous aimerions la photographier en train de faire la cuisine. » Très soulagée, elle accorda immédiatement son autorisation : d'où la casserole. Après une telle gloire, vous pouvez bien penser que les succès que j'ai pu obtenir par la suite – le Collège de France, l'Académie française – ne comptaient pas ! Ces prix furent l'événement de ma vie, et ils ont sans doute pesé sur mon orientation. On se sent voué à être bon élève à jamais !

A.G. — Sur ces photos, vous semblez, bien que très jeune, très déterminée. Saviez-vous que vous alliez vous consacrer au grec ? Après tout, je note, en tant que latiniste, que vous aviez eu un premier prix de version latine et un second de version grecque, c'est-à-dire deux matières, soit dit entre parenthèses, où votre père avait, lui aussi, été lauréat à ce même Concours général.

J. de R. — Je n'avais véritablement aucun projet ni aucune intention précise. Vous évoquez mon père : il était normalien, agrégé de philosophie, et il avait entrepris d'étudier pour sa thèse le mot grec *aidôs* (pudeur). Je ne l'ai pas connu – puisqu'il a été tué alors que je n'avais qu'un an –, mais il est clair que ma mère a été soucieuse que je me comporte comme sa fille : elle veillait à mon éducation et à mes études avec un soin admirable. Quant à elle, son père, que j'ai connu, était professeur de lettres et fils d'un professeur d'anglais.

A.G. – Vous êtes donc, comme vous l'écriviez dans *Nous autres professeurs*, fille, petite-fille et arrière-petite-fille de professeurs.

J. de R. — En comptant des deux côtés, oui.

A.G. — À quel moment avez-vous pris la décision, ou l'esquisse de décision, de vous consacrer à l'enseignement et à l'étude de la littérature grecque ?

J. de R. — Jamais !

A.G. — Les circonstances en ont décidé pour vous ?

J. de R. — Je suis entrée en hypokhâgne puis en khâgne, ce qui était déjà un choix. Je me rappelle avoir rencontré, à un bal chez une grand-tante, un jeune homme qui préparait l'agrégation et qui me dit : « Vous verrez, on arrive progressivement d'étape en étape ; on se trouve au bout sans l'avoir voulu. » C'était fort bien observé, comme j'ai pu le vérifier à bien des reprises depuis. Mais je dois avouer que j'avais été d'abord, après mon entrée à la rue d'Ulm, tentée par l'étude de la littérature française ; à chaque fois que je croisais le directeur dans les couloirs de l'École, il me demandait : « Alors, cette thèse sur Marivaux, ça avance ? »

A.G. — Vous venez de dire que vous avez obtenu vos prix l'année même où le Concours général s'ouvrait aux filles. Vous êtes-vous alors rendu compte de l'importance et de la signification de cette évolution ?

J. de R. — Oui, très bien : déjà, lorsque j'avais commencé le grec, en quatrième, c'était la première année où il devenait accessible aux filles dans l'enseignement. J'étais alors élève au lycée Molière, et les professeurs étaient des hommes qu'on faisait venir de l'extérieur, parce qu'il n'y avait pas encore de femmes enseignant le latin et le grec. Je comprenais bien que toutes ces nouvelles possibilités d'apprendre étaient des conquêtes pour ma génération.

A.G. — La parité dans l'enseignement, en somme.

J. de R. — Le mot ne me plaît pas : je parlerais plutôt d'une ouverture progressive. Quelques années plus tard, les concours étaient différents pour les garçons et pour les filles : ceux des garçons avaient un programme où les langues anciennes tenaient plus de place. C'est ainsi que je suis entrée à l'École normale supérieure de la rue d'Ulm, alors pratiquement réservée aux garçons : nous étions deux filles sur trente élèves, et le même phénomène se reproduisit pour l'agrégation un peu après. Encore quelques années, et je me retrouvai aux jurys de ces concours, alors qu'ils n'étaient toujours pas communs aux garçons et aux filles mais qu'ils avaient désormais les mêmes programmes.

A.G. — Plus tard, vous avez été la première femme à être élue au Collège de France, puis la première à entrer à l'Académie des Inscriptions et Belles-Lettres. C'est une avancée qui vous a accompagnée, que vous avez accompagnée à tous les échelons de l'enseignement et tout au long de votre vie.

J. de R. — Oui, j'ai eu cette chance. Mais au moment où j'étais élève, cette avancée se doublait d'une progression du grec dans l'enseignement tout entier : c'était par exemple l'époque où l'on venait de mettre le thème grec en licence. On assistait à un véritable essor du grec : partout les portes semblaient s'ouvrir.

A.G. — Et c'est d'autant plus frappant de voir aujourd'hui ces mêmes portes se fermer.

J. de R. — Oui, et cela dans l'espace d'une vie seulement.

A.G. — À partir du début du vingtième siècle, apparaît une nouvelle façon de traiter la Grèce dans la littérature et le théâtre : je pense bien sûr à Giraudoux – que vous avez connu, je crois –, mais aussi à Gide, à Cocteau, à Anouilh, puis à Sartre. Parallèlement, en Allemagne, se déploie une philosophie – celle d'Heidegger – qui, d'une certaine manière, se fonde sur la référence, le retour à la Grèce. Y a-t-il eu alors, à votre avis, un lien de cause à effet entre l'enseignement et la création littéraire ?

J. de R. — Cet intérêt renouvelé pour la Grèce était peut-être dû aux extraordinaires progrès qu'avait connus, tout au long du dix-neuvième siècle, la philologie classique : à la fin de ce siècle, et au début du vingtième siècle, on disposait ainsi, dans les principaux pays d'Europe, d'éditions savantes et de commentaires, qui permettaient désormais d'étudier sérieusement les grands textes grecs. D'une façon plus générale, je crois qu'il y a eu alors une tendance à recourir librement au mythe grec en fonction du présent et que cela a été une nouvelle source d'inspiration.

A.G. — Quant à vous, en choisissant de devenir professeur et spécialiste de la littérature grecque antique, que cherchiez-vous ? La continuation d'une tradition familiale, la possibilité d'écrire et de publier, comme le faisait déjà votre mère…

J. de R. — Dans un tout autre domaine : elle écrivait des romans, et aussi des pièces de théâtre, et ne se souciait pas de la Grèce.

A.G. — En me référant à la fameuse méthode mise au point par Taine au dix-neuvième siècle pour expliquer les œuvres littéraires, je serais tenté de dire que votre vocation d'helléniste résulte d'une équation où entrent en jeu : le milieu, une famille de professeurs ; l'influence de votre mère, qui était femme de lettres ; la volonté personnelle, avec le souhait de développer les dons que vous aviez si brillamment manifestés au Concours général.

J. de R. — Je ne crois pas que les choses soient si simples et si schématiques.

A.G. — Heureusement ! En tout cas, quelles qu'aient été les causes de votre vocation, vous voici, après la rue d'Ulm, après l'agrégation que vous passez en 1936, professeur : c'est le début d'une longue et prestigieuse carrière, durant laquelle vous enseignerez le grec à tous les publics et à tous les niveaux, de la quatrième au Collège de France. Quel fut votre premier poste ?

J. de R. — J'ai d'abord été au collège Sévigné, où je m'occupais également de l'administration. Au moment de la guerre, j'ai pris un poste à Bordeaux, au lycée, où j'avais des classes de quatrième et de seconde ainsi qu'une khâgne ; parallèlement, j'assurais un service complet à la Faculté tout en enseignant en quatrième année à l'École normale de la ville.

A.G. — Et lorsque survint l'Armistice ?

J. de R. — Il y a eu alors un règlement stipulant que l'on devait rejoindre le poste où l'on aurait dû être, et c'est comme cela que je me suis retrouvée successivement aux lycées de jeunes filles de Tournon puis de Montpellier. C'est le moment aussi où je venais de me marier.

A.G. — Que faisait votre mari ?

J. de R. — Il était éditeur et travaillait aux éditions Les Belles Lettres.

A.G. — Votre père était d'origine juive. Comment s'est traduit pour vous le statut des juifs, promulgué par Vichy en 1941 ?

J. de R. — J'ai été suspendue de mes fonctions.

A.G. — Je peux donc dire avec Alain Peyrefitte vous recevant sous la Coupole de l'Académie : *« Le service de la France vous avait enlevé votre père ; et voilà que l'on vous fait un crime de ce père, au nom de la France. »*

J. de R. — J'ai dû, pendant des années un peu angoissantes, attendre avec ma mère de savoir comment tourneraient nos vies. Pendant cette période, j'ai enseigné brièvement dans une petite école catholique d'Aix.

A.G. — Avez-vous dû vous cacher ?

J. de R. — Bien entendu, et changer souvent de lieu, voire de nom ! Il faut vous représenter ma vie avec une coupure absolue en 1940 : avant, j'allais très souvent dans les grands concerts et au théâtre, que ce soit avec ma mère ou avec des amis. Et puis, d'un seul coup, plus rien. Après la guerre, je suis beaucoup moins allée aux spectacles, parce que nous avions tant à faire pour rattraper le temps perdu !

A.G. — Est-ce que cette expérience de 1940 et les persécutions raciales dont vous avez été victime sous l'Occupation n'ont pas été pour vous une espèce de révélateur humain, vis-à-vis des lâchetés, des compromissions, des trahisons peut-être, auxquelles vous avez pu assister ?

J. de R. — Je voudrais dire d'abord que lorsque je parlais de 1940, je ne faisais pas allusion aux persécutions raciales, qui ne sont venues qu'ensuite. Ce n'est pas parce que j'étais juive que je ne suis plus allée au théâtre, c'est parce que nous avons alors quitté Paris. D'autre part, vous me demandez si les événements qui ont suivi ont été pour moi un révélateur humain : je répondrai « oui », mais pas du tout dans le sens où vous le pensez. C'est vrai que nous avons été tout à fait surpris par ces persécutions, et qu'elles ont entraîné pour nous une série de difficultés et d'épreuves ; mais nous avons évité le drame, puisque nous n'avons pas été pris. Le révélateur humain est inverse : alors qu'on déportait et massacrait des gens, et qu'on le savait – je tiens à le souligner –, alors qu'il y avait toute cette souffrance, la révélation humaine, pour moi, ç'a été la solidarité dont nous avons bénéficié. Je me souviens des espèces d'amitiés saugrenues qui se sont nouées à ce moment-là, de la gaieté qui accompagnait l'attente des nouvelles. Nous savions tout ce que nous risquions, et pour moi, cet épisode a été, d'une certaine manière, le désastre de ma vie : je veux dire que, venant de nous marier en 1940, nous avons eu, mon mari et moi, des débuts épouvantables, tout le monde nous recommandant de ne pas avoir d'enfant puisque nous pouvions être envoyés en camp de concentration, et tout a mal commencé pour nous. Mon mari avait, en raison des lois raciales, perdu sa situation, et nous vivions tous ensemble, avec ma mère et ma belle-famille : ce n'était pas facile ! D'un instant à l'autre, nous risquions d'être arrêtés, puis déportés : je le savais très bien. Mais ce qui me frappait, c'était autre chose : nous vivions au jour le jour, dans une atmosphère de sympathie, de chaleur, de gentillesse, d'attente de la victoire. Le dévouement, le courage et la générosité des gens étaient incroyables, et c'est plutôt en ce sens que cette période a été une révélation.

A.G. — La fin de la guerre a dû être un extraordinaire soulagement…

J. de R. — Je ne vous dirai évidemment pas le contraire ! Une anecdote, seulement : pendant toute la durée de la guerre, comme, mon mari et moi, nous étions chacun d'origine juive par un seul côté de notre famille, nous avions, mais en vain, tenté de prouver que nous ne tombions pas sous le coup des lois raciales. Après la victoire, nous sommes rentrés à Paris, où la vie quotidienne restait difficile : il avait été décidé, par exemple, qu'on rendrait, par priorité, le téléphone à ceux auxquels il avait été coupé pour raisons raciales. Nous sommes donc allés à la poste, et nous avons demandé le rétablissement de notre ligne, en expliquant que nous étions juifs. L'employé auquel nous nous adressions nous a alors dit : « Vous êtes juifs, mais est-ce que vous pouvez le prouver ? » Bien entendu, nous ne le pouvions pas !

A.G. — Une fois rentrée à Paris, où avez-vous été nommée ?

J. de R. — Au lycée de Versailles, en classes préparatoires.

A.G. — Combien de temps ?

J. de R. — Deux ans, puis je suis partie pour être assistante à la Sorbonne, avant de revenir, une fois ma thèse passée, pour deux autres années.

A.G. — Vous avez alors été nommée professeur à l'université de Lille.

J. de R. — Oui, et en même temps j'assurais des cours dans les deux Écoles Normales Supérieures (Sèvres et Ulm). Dans ces mêmes années, j'ai également siégé successivement aux jurys d'entrée à ces deux établissements, puis, comme je vous l'ai dit, à ceux de l'agrégation, dont je fus la secrétaire pendant cinq ans.

A.G. — Voilà une expérience très variée, et même complète.

J. de R. — Non, il me manque la maternelle et l'agrégation de grammaire ! Mais c'est vrai que toutes ces tâches ont beaucoup rempli mon existence, l'ont même encombrée, en créant des difficultés pour mes travaux scientifiques. Cependant, c'est cette longue expérience, continuée pendant presque un demi-siècle, qui me permet aujourd'hui de dire ce qui est important pour l'enseignement.

A.G. — Vous n'avez pas enseigné seulement en France : je crois savoir que plusieurs universités étrangères vous ont accueillie tout au long de votre carrière.

J. de R. — Les contacts internationaux ont toujours été pour moi très importants. J'ai professé au Danemark, en Angleterre, à Cambridge et à Oxford, en Allemagne, en Italie à l'École normale de Pise, en Espagne à Salamanque, un peu partout en Grèce bien sûr, ainsi qu'aux États-Unis, aux universités d'Ann Arbor et de Cornell où j'ai été professeur *at large*, « au large », c'est-à-dire intermittent.

A.G. — C'est ce qui explique que plusieurs de vos livres ont été publiés en anglais ? Je pense notamment au *Temps dans la tragédie grecque*, qui a été publié aussi en français (1971) ; mais d'autres ne l'ont pas été, comme le livre sur la rhétorique ou celui sur la grandeur et la décadence des États…

J. de R. — Oui, il s'agissait de conférences faites d'abord directement dans cette langue.

A.G. — J'ai l'impression que cette dimension internationale de vos activités a eu une grande importance pour vous…

J. de R. — Sans aucun doute : j'ai consacré beaucoup de temps et d'énergie à des institutions comme la Fédération internationale des études classiques. C'est là que j'ai rencontré des collègues étrangers dont plusieurs sont devenus des amis, comme l'historien de Rome, Ronald Syme.

A.G. — L'auteur de *La Révolution romaine* ayant été aussi diplomate, je ne suis pas étonné d'apprendre qu'il jouait un grand rôle dans des associations internationales.

J. de R. — C'était un homme d'une intelligence, d'un style et d'une culture éblouissants. Il fut pour moi un très grand ami. Spécialiste de Rome et des historiens latins Salluste et Tacite, il connaissait aussi Thucydide à fond. Sa conversation était étincelante ; il avait en particulier le don des formules fulgurantes : un mot, une phrase, et tout était dit sur une personne ou une situation. Avec cela, il pouvait se mettre tout à coup à déclamer du Dante en italien ! Il était extraordinairement drôle et brillant.

A.G. — Vous avez également bien connu le grand historien italien Arnaldo Momigliano ?

J. de R. — Momigliano avait un caractère bien différent, tout feu, tout flamme. Il n'avait pas les meilleurs rapports avec Syme, pour une obscure histoire de compte rendu, je crois. Il aimait écrire à ses amis, dispersés dans le monde entier, et ses lettres reflétaient sa riche personnalité. Mais c'était un homme à drames : il me reprocha beaucoup, par exemple, d'avoir écrit, à propos d'une rencontre, pendant la guerre, avec un juif allemand qui ne parlait pas le français mais qui m'avait cité en grec le premier vers de l'*Odyssée*, que ce vers avait été la seule chose que nous avions en commun. D'après lui, j'aurais dû me sentir proche de cet homme d'abord du fait de mes origines juives, ce qui, très franchement, n'était pas le cas.

A.G. — Comment votre mère, à laquelle vous étiez très attachée et qui, je crois, a toujours vécu à vos côtés, supportait-elle les absences qu'entraînaient ces séjours à l'étranger ?

J. de R. — Très bien ! Mais avant chacun de mes départs, elle préparait un ruban où elle traçait des traits correspondant au nombre de jours où je ne serais pas là, puis, lorsque j'étais partie, jour après jour, elle coupait le ruban… C'est pour elle que je n'ai pas été dans les universités où il m'aurait fallu rester trop longtemps.

A.G. — Et cette diversité de lieux et de publics impliquait-elle une diversité, un changement dans votre façon d'enseigner ? Enseigne-t-on de la même manière en classe préparatoires et à l'université, et est-ce encore la même chose d'enseigner au Collège de France ?

J. de R. — On est évidemment obligé de changer quelque peu, mais je vous surprendrai peut-être en vous disant que c'est la continuité qui l'emporte. Même pour un cours du secondaire, j'essayais de me tenir au courant de l'évolution de la science, sans, bien sûr, donner les références savantes à mes élèves. Le Collège de France est un endroit merveilleux, et j'y ai été très heureuse. Mais, du point de vue de l'enseignement, la khâgne est incomparable : on s'y adresse à des jeunes gens qui sont déjà mûrs, qui ont choisi ce qu'ils font, et qui donnent le meilleur d'eux-mêmes pour réussir. Sans être obligé de batailler pour défendre son point de vue dans un débat d'érudition, on peut leur ouvrir des perspectives et pousser déjà loin la réflexion.

A.G. — Dans *Nous autres professeurs*, livre que vous avez écrit au lendemain des événements de mai 1968, il y a une très belle page où vous évoquez ce phénomène toujours un peu mystérieux – pour les professeurs eux-mêmes – qu'est une classe durant un cours : *« La classe*, écrivez-vous, *se met à exister comme une personne. »* Cette classe que l'on suit tout au long de l'année, qui vous suit, cet univers clos entre quatre murs, n'est-ce pas comme un navire que dirige le professeur ?

J. de R. — Oui, et on entre là en laissant à la porte tous les soucis ; c'est une expérience unique qui associe maître et élèves, et qui se produit, ou peut se produire, à tous les niveaux scolaires et universitaires. Dans le livre que vous citez, j'écrivais qu'on a l'âge de ses élèves : bien sûr, il faut espérer que ce ne soit pas tout à fait le cas ! Mais je voulais dire qu'on prend, qu'on retrouve, avec eux, leur curiosité, leur étonnement, leur sentiment de découverte.

A.G. — Vous écriviez qu'*« il est peu de cours qui ne comportent au moins quelques instants de grâce »*. Au regard des conditions qui sont souvent celles de l'enseignement aujourd'hui, n'est-ce pas là une profession de foi trop optimiste ?

J. de R. — J'espère bien que non, même si je n'ignore rien des conditions dont vous parlez. Mais il faut tout faire pour maintenir la possibilité de tels instants.

A.G. — En somme, un professeur enseigne, apprend quelque chose à ses élèves et, en même temps, il apprend, il reçoit d'eux. Le caractère essentiel de cet échange n'apparaît-il pas dans le double sens du verbe « apprendre » ?

J. de R. — Oui, et c'est toute la grandeur et la beauté du métier d'enseignant. Mais à la base, il doit y avoir le savoir et la compétence du professeur.

A.G. — Avant de devenir vous-même helléniste et

professeur, vous avez eu des professeurs, dont certains, avez-vous souvent dit, vous ont beaucoup marquée. De qui s'agissait-il ?

J. de R. — D'abord d'un professeur du secondaire, Gaston Cayrou, grammairien sec et exigeant, mais impeccable et entraînant. Je n'ai pas le souvenir d'une grande révélation littéraire, mais il savait nous faire apprendre la grammaire : l'amusement de l'apprentissage était là et, à cet âge, il joue un rôle primordial.

A.G. — De ce point de vue, ne pensez-vous pas que les nouvelles technologies informatiques et les ordinateurs personnels apportent de nouvelles possibilités ?

J. de R. — Ils peuvent rendre des services, c'est certain. Mais je ne crois pas qu'ils puissent jamais remplacer cette sorte de dialogue et d'entraînement intellectuel mutuel qui se produit dans une classe, et qui, à mon avis, est peut-être encore plus important que le fait de savoir la langue.

A.G. — Par quels autres professeurs avez-vous aussi été influencée ?

J. de R. — Dans ces mêmes années, j'ai eu un excellent professeur de français ; je me rappelle encore son nom : Mlle Pottecher. Elle nous a fait découvrir Racine, et je me souviens encore de mon émerveillement.

A.G. — Et dans l'enseignement supérieur ?

J. de R. — Paul Mazon a beaucoup compté.

A.G. — Le traducteur de Sophocle ?

J. de R. — Oui ; il avait fait sa thèse sur Hésiode. C'était un maître extraordinaire. Il n'y a pas de jour de ma vie où je n'éprouve de la reconnaissance pour ce qu'il nous avait fait découvrir, à nous qui étions ses étudiants en Sorbonne, quelquefois par sa science, plus souvent encore par la beauté de la façon dont il lisait les textes, en les faisant résonner dans toutes leurs harmoniques.

A.G. — N'avez-vous pas écrit quelque part qu'il vous avait associée à sa traduction de Sophocle ?

J. de R. — Oui, j'étais déjà à ce moment professeur à l'université de Lille et j'habitais à Paris, pas loin de la Fondation Thiers, où il résidait en tant que directeur de cette institution : je venais le voir et nous relisions une pièce par après-midi. Mon rôle n'était que de vérifier sur le texte grec, pendant qu'il me lisait sa traduction, qu'il n'avait rien oublié. Nous nous interrompions tous les deux cents vers environ, pour discuter des points particuliers qui pouvaient apparaître. Cette collaboration, très modeste vous le voyez pour ce qui me concerne, a été un grand moment dans ma vie ; c'était une épreuve d'attention épuisante, mais extraordinaire. Bien sûr, lorsque nous nous arrêtions dans la relecture, nous discutions souvent pour savoir si telle scène était belle, importante, originale. Le souvenir de ces après-midi reste dans ma mémoire :

c'est comme un cadeau inoubliable, offert pour toujours.

A.G. — Avez-vous eu d'autres maîtres qui ont compté pour vous ?

J. de R. — Sans qu'il ait été l'un de mes maîtres, Jacques Desjardins présidait un des jurys d'agrégation dont j'ai fait partie ; il était inspecteur général, et il nous répétait : *« Vous n'enseignez pas seulement ce que vous savez, vous enseignez ce que vous êtes. »* Il y a eu aussi Chapoutier.

A.G. — L'historien, auteur des *Dioscures*…

J. de R. — Oui, et directeur de l'École normale supérieure. C'était un homme d'une grande douceur, qui connaissait aussi bien la littérature que l'art de la Grèce. Il était au jury de ma thèse, et pendant la soutenance, il me reprocha je ne sais plus quel argument que j'avais employé, en ajoutant : *« Remarquez, je sais bien, c'est moi qui vous l'ai dit. »*

A.G. — Une leçon d'humilité et de méthode ! On imagine bien ce genre de remarque dans un dialogue de Platon. Nous parlons là de vos professeurs et maîtres ; tout à l'heure nous évoquions deux de vos collègues étrangers. Y en a-t-il eu d'autres qui ont compté pour vous ?

J. de R. — Oui : mes véritables relations intellectuelles, c'était à l'étranger que je les trouvais, à Pise, à

Oxford par exemple, où il était tout à fait normal de croiser des étudiants hellénistes lisant Homère ou Euripide dans le texte. Je vous ai parlé de Syme et de Momigliano, mais beaucoup d'autres, moins connus aujourd'hui, ont été pour moi des interlocuteurs réguliers et des amis : je pense au Danois Karsten Högg, à l'Allemand Bruno Snell, à l'Autrichien Albin Lesky, au Grec Ioannis Th. Kakridis, et à bien d'autres encore.

A.G. — Et en France ?

J. de R. — Avec mes collègues français, j'avais souvent à « parler boutique », à régler les questions d'examens, de jurys à constituer, de postes à défendre auprès de l'administration, si bien que les discussions étaient finalement beaucoup plus superficielles. Cela dit, Pierre Chantraine et Paul Lemerle ont beaucoup compté pour moi, ainsi que des collègues plus jeunes comme Raymond Weil, qui collabora ensuite avec moi à l'édition de Thucydide. Je voudrais citer aussi les latinistes Pierre Grimal et Jacques Heurgon, que j'ai eus comme collègues à la Sorbonne et que j'ai retrouvés plus tard à l'Institut. Avec Grimal, nous assurions les enseignements du même certificat (comme on disait alors) de licence. J'étais toujours stupéfiée par sa rapidité et sa sûreté de jugement et d'exécution. J'avais eu Heurgon comme collègue à Lille et nos relations étaient très agréables : il était un esprit d'une extraordinaire finesse.

A.G. — N'aviez-vous pas le sentiment de travailler, avec Pierre Grimal, dans la même direction de recherche : l'étude des grands auteurs et des grands chefs-d'œuvre de la littérature antique, aux deux époques classiques par excellence que sont le cinquième siècle avant J.-C. pour la Grèce et la fin du premier et le début de notre ère pour Rome ?

J. de R. — Oui, mais Grimal était plus historien que moi, qui suis restée une pure littéraire. Mais ce que vous dites est vrai : il y avait une parenté dans le travail que nous menions chacun de notre côté.

A.G. — Après votre soutenance, vous êtes élue professeur à l'université de Lille.

J. de R. — Oui, en 1949.

A.G. — À partir de cette date, votre carrière universitaire va se dérouler de façon brillante et rapide : vous arrivez à la Sorbonne en 1957, à quarante-quatre ans, puis en 1973 vous serez élue au Collège de France, et, deux ans plus tard, à l'Académie des Inscriptions et Belles-Lettres. Votre carrière semble ainsi tout entière orientée selon une trajectoire rectiligne et guidée par une volonté sans faille. Jacqueline de Romilly, étiez-vous ambitieuse ?

J. de R. — Si vous appelez ambition la volonté de donner le meilleur de soi-même pour faire son travail au mieux et pour accomplir sa vocation, oui. Quant à la rapidité de ma carrière, vous êtes victime d'un effet de perspective : je suis ainsi restée plus de quinze ans à la Sorbonne ! Pour le reste, les choses se sont faites un peu sans moi : Chantraine et Lemerle m'ont proposé en même temps l'Institut et le Collège de France ; on a choisi le Collège d'abord, car c'était professionnel. Ce qui m'a guidée, depuis mes débuts mêmes d'élève au lycée Molière, c'est un sentiment général de gaieté, de camaraderie, d'espérance, une manière de foi dans certaines valeurs fondamentales. Aujourd'hui, tout cela est évidemment atténué par ma situation, par l'âge aussi, sans doute, mais j'éprouve toujours le besoin de lutter pour faire partager les idées auxquelles je crois.

A.G. — Aujourd'hui, vous êtes à l'Académie française et votre renom a, depuis longtemps, franchi le cercle étroit des spécialistes. Il se trouve que deux de vos confrères, Jean d'Ormesson et Jean-François Revel, ont récemment, chacun de leur côté, décrit éloquemment les tracas et les contraintes, presque les affres, que leur valait leur célébrité : et vous ?

J. de R. — Je vais essayer de vous répondre en toute honnêteté : il est parfaitement exact qu'on est dérangé sans cesse par des gens qui ont écrit quelque chose et qui veulent avoir votre avis ou votre appui. Moi-même, alors que je n'y vois plus et que tout le monde le sait, je reçois, indéfiniment, des manuscrits de toutes sortes, avec des lettres m'expliquant pourquoi il est absolument nécessaire que je les regarde ! D'autre part, dès qu'un auteur est commémoré, on me téléphone pour me demander ce que j'ai à en dire, et c'est la même chose quand survient une nouvelle importante. Alors, il est vrai que tout cela est fastidieux. Mais je suis âgée et je suis certainement beaucoup moins sollicitée que ne doivent l'être Jean-François Revel ou Jean d'Ormesson. Pour être franche, je voudrais aussi dire que ces demandes incessantes sont la rançon, l'autre aspect des honneurs et du plaisir qu'ils peuvent procurer. J'avoue, pour ma part, que tout au long de ma vie, les honneurs m'ont amusée, et par conséquent m'ont fait plaisir, parce que, lorsqu'ils survenaient, c'était toujours une découverte ; et puis, être la première femme au Concours général, au Collège de France, à l'Institut, c'était amusant et peut-être, je l'espère, utile. Bien sûr, avec les années, on se blase un peu, mais je dois dire que j'ai été énormément honorée par les Grecs et que j'en retire toujours une grande joie. Je suis très fière d'avoir la citoyenneté grecque, et j'ai été très heureuse de recevoir le prix Onassis. D'ailleurs tous mes livres ont été traduits en grec. Tout cela ne change rien à ma vie, mais cela me fait plaisir et me touche. De toute façon, maintenant que je suis très âgée et que je n'y vois plus, on me laisse beaucoup plus tranquille, et la célébrité, je dois l'avouer, ne m'encombre pas tellement !

A.G. — Quand on récapitule votre carrière et les honneurs qu'elle vous a apportés, on a le sentiment d'une réussite exceptionnelle et on a l'impression que tout ce que vous pouviez souhaiter, vous l'avez obtenu.

J. de R. — Je n'ai pas eu le temps de le souhaiter ! J'ai seulement souhaité réussir au baccalauréat ! Mais après, les choses sont venues dans l'ordre, et en plus. Bien sûr, j'ai été ravie d'entrer à l'École normale, ravie d'être reçue à l'agrégation. Et après, au fur et à mesure que j'avançais, il y avait toujours quelqu'un pour me demander d'être candidate ici ou là.

A.G. — N'avez-vous connu aucun échec ?

J. de R. — J'ai tout de même été collée une fois à l'Académie française et aussi, je crois, au permis de conduire ! Soyons sérieux : des échecs, on en a tous les jours, j'en ai tous les jours. Je publie un livre sur la violence, et je lis dans un compte rendu que *« Madame de Romilly semble ignorer qu'en Grèce il y a eu des guerres »*. C'est à la fois un camouflet et un échec, puisque cela prouve que je ne me suis pas fait comprendre, ce qui, pour un professeur, est un échec. Il m'arrivera aussi de plaider pour un candidat, et il sera collé : c'est encore un échec…

A.G. — Un de vos confrères, Jean-Marie Rouart, a écrit un livre sur la vertu salvatrice, fondatrice de l'échec. Pour vous, j'ai l'impression…

J. de R. — Je vous accorde que je n'ai pas été très gâtée de ce point de vue-là ; j'étais trop bonne élève. Seulement, je n'ai eu que cela !

A.G. — C'est-à-dire ?

J. de R. — C'est-à-dire que je n'ai pas de famille, pas d'enfants, que je ne reçois pas. Il y a toutes sortes d'aspects de la vie que je n'ai pas et qui peuvent être considérés, à juste titre, comme très souhaitables.

A.G. — Est-ce que cela veut dire que vous les avez volontairement sacrifiés à votre carrière ?

J. de R. — Involontairement. Parce que, depuis l'âge de dix-neuf ans, j'ai toujours pensé que, l'année suivante, j'aurais le temps de faire ceci ou cela. Et tout de même, maintenant, ça devient tard !

A.G. — L'enseignement tel que vous l'avez connu, et si excellemment illustré, était fondé sur la sélection : or ce n'est un secret pour personne que, durant ces dernières décennies, la sélection a été un mot tabou ; on peut se demander, du reste, si le résultat de cette situation n'est pas la pratique d'une sélection insidieuse et inavouée, beaucoup plus injuste, en définitive, que n'importe quel autre système.

J. de R. — En vous écoutant, je me rends compte que ce mot ne représentait rien pour nous, même si ce qu'il désigne devait exister bien sûr, mais à notre insu. L'émulation, elle, était bien présente, et dans tout le courant de la classe et de la vie. Je m'en souviens, et comme élève et comme professeur, comme d'un stimulant absolument admirable. Nous travaillions avec amitié et dans un sentiment d'épanouissement. On a fait de « sélection » un mot antipathique, parce qu'on voulait laisser leur chance à tous les élèves le plus longtemps possible ; puis cet objectif tout à fait légitime a été transformé insensiblement en obligation de garder tout le monde à égalité, sans tenir compte des différences de niveau, et c'est ainsi qu'on a abouti à une situation absurde et pénalisante pour tous. Mais, bien sûr, si on entend par sélection l'idée de vouloir arrêter les élèves au niveau où ils en sont, sans chercher à les faire progresser, je trouve cela absolument consternant.

A.G. — Il y a, de fait, une sélection par la condition sociale et l'origine socioculturelle.

J. de R. — Sans doute, et il faut bien entendu chercher à l'atténuer, mais cette inégalité me semble moins grande que jadis, car notre société est aujourd'hui beaucoup plus ouverte.

A.G. — Que pensez-vous de ces institutions – l'École des sciences politiques en l'occurrence – qui décident d'accueillir sans sélection un certain nombre d'étudiants venant de milieux défavorisés ?

J. de R. — Je suis très réservée, car je crains que cette justice ne soit très injuste pour tous les autres candidats.

A.G. — L'apprentissage du grec – comme du latin – a longtemps été un moyen de sélection : certains diront un signe d'appartenance sociale. Faut-il regretter qu'il n'en soit plus ainsi ?

J. de R. — Non, évidemment non. Mais la situation que vous évoquez et l'argument qu'on en tire parfois contre les études classiques n'ont plus aujourd'hui aucune réalité. Tout le monde le sait maintenant, et ceux qui emploient ce genre d'argument – je devrais dire de prétexte – pour essayer de diminuer encore la part du grec et du latin dans l'enseignement ne sont pas sérieux. Car la situation, de nos jours, est exactement inverse : dans l'enseignement, c'est l'ignorance, et non plus le savoir, qui crée l'inégalité ; en rabaissant les exigences scolaires, on a introduit une véritable, et scandaleuse, inégalité entre ceux des élèves qui sont aidés par leur famille et ceux qui ne le sont pas.

A.G. — Je voudrais vous poser maintenant une question qui aurait dû être sans doute la première de cet entretien : Jacqueline de Romilly, le grec, à quoi ça sert ? ou pour reprendre une tournure que vous avez souvent employée : pourquoi le grec ? Vaste question, me direz-vous, mais vous n'êtes pas contrainte d'y répondre, comme on le doit en général à la télévision, par une seule phrase.

J. de R. — Pourquoi pas ? Je dirais seulement alors : le grec ne sert à rien, donc à tout !

A.G. — Tout est dit, en effet, et c'est d'ailleurs la même chose pour le latin. En réalité, les arguments en faveur des langues anciennes sont si nombreux qu'il n'est peut-être pas inutile d'essayer de les classer. En relisant vos nombreux plaidoyers, il m'a ainsi semblé qu'il y avait en gros quatre arguments principaux en faveur du grec. D'abord, on peut dire que le grec apprend l'exactitude ; ensuite, il développe l'esprit de jugement ; il améliore aussi les capacités de démonstration et de persuasion ; il permet enfin l'épanouissement des qualités humaines chez celui ou celle qui le pratique. Pour le dire autrement, il y a l'argument didactique, l'argument critique, l'argument rhétorique et enfin, l'argument éthique.

J. de R. — Vous avez vous-même fort bien répondu à votre propre question ! Toute plaisanterie mise à part, je ferai d'abord observer que votre classification laisse un peu de côté un aspect qui me paraît essentiel : c'est qu'il ne s'agit pas seulement d'analyse intellectuelle, car ces textes grecs nous parlent de personnages qui nous restent familiers. Dans le monde moderne, on se réfère encore à Orphée, à Athéna, à Ulysse et à tant d'autres… La littérature grecque a fait naître des héros qui ont traversé les siècles et qui parlent encore à notre imagination. Je suis frappée de voir combien notre époque se passionne pour le mythe grec. Sur un plan plus général, je dirais aussi que la culture est une formation et que culture et éducation sont deux mots synonymes : étymologiquement, ils signifient la même chose et désignent tous deux la transformation, l'amélioration progressive, du point de vue intellectuel et moral, d'un individu par le biais des connaissances et des textes qu'on lui fait découvrir. Eh bien, le grec comme le latin sont de merveilleux instruments de culture et d'éducation !

A.G. — C'est bien pourquoi ils doivent avoir leur place dans l'enseignement et être accessibles à tous les élèves qui le souhaitent.

J. de R. — Vous avez raison de préciser « à tous ceux qui le souhaitent » ; on feint parfois de croire que ceux qui luttent pour la défense des langues anciennes veulent les rendre obligatoires pour tous. Nous ne nous battons pas pour l'instauration d'une contrainte, mais pour le rétablissement d'une liberté. Pour en revenir à ce que vous appelez l'argument didactique, je rappellerai que le latin et le grec sont des langues à flexions, comme disent les grammairiens, c'est-à-dire que, suivant les fonctions qu'ils ont dans la phrase, les mots se terminent de différentes façons : c'est ce qu'on appelle les cas, qui permettent aux mots d'être placés très librement dans la phrase, si bien qu'on est obligé de faire attention pour l'analyser ; il y a aussi en grec un type de verbes, appartenant à ce qu'on désigne par la « voix moyenne », employée pour marquer une forte participation ou implication du sujet dans l'action décrite. Apprendre à reconnaître tout cela, et l'apprendre en classe, quand on est jeune, développe à l'extrême les capacités d'analyse et de concentration : l'identification de l'erreur et la découverte de l'exactitude deviennent un jeu, et cela est d'autant plus important que le grec et le latin sont assez différents de la langue française pour éveiller l'attention, et cependant très proches puisqu'ils sont l'origine même de notre langue. Au-delà de l'apprentissage proprement dit, cela forme l'esprit et le prépare plus tard à être capable d'acquérir, avec facilité et rapidité, d'autres connaissances.

A.G. — Cela concerne l'argument didactique ; et pour le point de vue critique, c'est-à-dire la formation du jugement ?

J. de R. — Qu'est-ce que le *logos*, ce terme qu'on traduit souvent par « discours » ou « raison », mais qui avait pour les Grecs une très riche signification, sinon l'alliance de la parole et de la pensée ? Toute traduction d'un texte grec, faite en classe sous le guide du professeur, sera de ce fait un effort d'analyse et de clairvoyance. Et puis il y a ce merveilleux outil pour l'expression de la pensée que sont, dans la phrase grecque, les particules, ces petits mots invariables qui peuvent être employés seuls ou à plusieurs les uns à la suite des autres : quel admirable instrument de précision et de subtilité cela devient dans les mains d'un Thucydide ou d'un Platon ! Par ailleurs, les Grecs – et particulièrement les Athéniens – ont inventé la démocratie, cette forme de gouvernement par le peuple, où les points de vue opposés peuvent s'affronter publiquement sous la forme de discours. Cette invention du débat contradictoire a ensuite été utilisée par les Grecs dans tous les domaines de la pensée, notamment l'histoire et la philosophie. C'est pour cela que l'apprentissage du grec et de sa littérature forme le jugement.

A.G. — Nous en arrivons ainsi à l'argument suivant, qui concerne la rhétorique. Dans ceux de vos livres récents où vous faites appel à des témoignages de personnalités – je pense à la *Lettre aux parents sur les choix scolaires* –, j'ai été très frappé de constater que d'éminents dirigeants d'administrations ou d'entreprises soulignaient tout ce qu'ils devaient au grec de ce point de vue : la capacité à disposer ses arguments et l'habileté dans l'art de persuader ses interlocuteurs sont des qualités qui ne sont certes pas devenues inutiles !

J. de R. — C'est même un aspect essentiel, mais qui a été complètement ignoré par ceux qui ont donné aux matières scientifiques une prédominance écrasante dans l'enseignement secondaire. D'un simple point de vue pratique, si l'on ne veut pas que notre pays paie un jour cette erreur d'appréciation au prix fort, il vaudrait mieux que l'on redonne au grec, au latin et aux enseignements littéraires en général la place et la considération qu'ils méritent.

A.G. — Des efforts ont été faits, pourtant, ces dernières années.

J. de R. — C'est vrai, et c'est déjà beaucoup, mais on est encore loin du compte, vous savez ! On en reparlera peut-être. Mais, pour en rester à notre propos, je ne voudrais pas oublier ce que vous avez appelé l'argument éthique. L'étude de ces grands textes grecs, si beaux littérairement et si pénétrés des grandes valeurs civilisatrices et morales, communique peu à peu, je l'ai souvent observé, une sorte de familiarité avec ces valeurs qui, après cela, aident à se forger à soi-même un idéal de vie. On trouve par exemple dans ces textes antiques l'éloge de la cité et de la démocratie, de l'héroïsme et de la générosité, de la tolérance et de la douceur, et c'est pourquoi ces études ont cette valeur morale qui me paraît très importante. Je me souviens ainsi d'un jour, pendant la guerre, où, à Montpellier, j'expliquais à une classe un texte de Lysias : cet auteur, qui vivait à Athènes au début du quatrième siècle avant J.-C., y dénonce les mesures prises alors contre les étrangers résidents – que les Grecs appelaient « métèques ». Je me rappelle encore le brusque silence qui se fit parmi mes élèves, leur surprise et leur émotion. Sans le dire, chacune d'elles pensait aux rafles et aux persécutions contre les juifs : l'étude de ce texte, vieux de plus de deux mille quatre cents ans, leur avait d'un coup révélé toute la monstruosité de ce qui s'accomplissait alors.

A.G. — Est-ce que l'humanisme grec permet de penser l'impensable, la Shoah ?

J. de R. — De le penser, non ; de l'éviter et de le combattre, oui !

A.G. — Avons-nous donné toutes les raisons d'étudier le grec ?

J. de R. — Nous en avons oublié une, mon cher, et essentielle : la beauté. Tout le monde connaît, par l'expérience ou par les photos, la clarté et la grandeur des paysages grecs. Eh bien, cette clarté et cette grandeur se retrouvent dans la littérature grecque : elles donnent aux choses plus de présence, des contours plus nets, et comme une simplicité et une pureté originelles.

A.G. — Mais pourquoi les textes de l'Antiquité seraient-ils supérieurs, après tout, à ceux des grandes littératures modernes ?

J. de R. — Indépendamment de l'élan vers la découverte qui la caractérise, il y a le fait que la littérature grecque – et ce sera encore vrai, quoique à un moindre degré, pour la latine – naît dans un monde où la transcription écrite de textes, et surtout de textes longs, pose de difficiles problèmes techniques et pratiques. Le rapport des Anciens à l'écrit n'est donc pas du tout celui qu'ont nos contemporains vis-à-vis des fleuves d'encre et des montagnes de papier qu'ils voient chaque jour passer devant eux sur les sujets les plus divers et les plus anodins. Les textes, plus rares, étaient beaucoup plus travaillés.

A.G. — Est-ce que tout texte littéraire, pour les Grecs et les Romains, n'était pas un peu un texte sacré ?

J. de R. — Sans doute. Ce qu'il y a de sûr, en tout cas, c'est que chacun des mots qui les constituent est pesé, soupesé.

A.G. — Dans cette littérature grecque, un nombre énorme d'œuvres a été perdu, et c'est la même chose pour la littérature latine. Sophocle avait ainsi composé près de cent tragédies, et l'on n'en a que sept. Peut-on dire que cette élimination a contribué à faire conserver les textes les plus beaux ?

J. de R. — Je n'irais pas jusque-là : mais il est certain que, dans beaucoup de cas, il y a eu un choix, et un choix esthétique, à l'origine de ce tri – que je regrette néanmoins fortement ! En tout cas, ces textes sont admirables ; ils sont tellement beaux qu'on en faisait autrefois apprendre par cœur des extraits aux élèves.

A.G. — Suggéreriez-vous qu'on revienne à cette pratique pédagogique ?

J. de R. — Je le souhaite vivement, mais n'oserai jamais vous le dire !

A.G. — Bien sûr ! Si nous trouvons ces œuvres si belles, n'est-ce point parce qu'elles sont les premières ? On a, avant la Grèce, quelques œuvres importantes, mais elles sont de nature d'abord religieuse – je pense aux Livres des Morts de l'Égypte ou aux Textes des Pyramides – ou juridique – je pense au code dit d'Hammourabi : mais les Grecs, avec Homère, semblent les premiers à avoir inventé l'idée même de littérature.

J. de R. — Il y a d'autres raisons, plus profondes, mais n'oubliez pas que les Grecs sont les inventeurs d'une civilisation qui vise à l'universel : ils seront ainsi les créateurs de ces genres littéraires essentiels que sont l'histoire et la tragédie.

A.G. — Nous venons de parler de la valeur littéraire de ces textes grecs : mais dans un monde comme le nôtre, où ne compte que ce qui a une valeur marchande ou une utilité pratique, quelle peut être la portée d'un tel argument ?

J. de R. — Ce raisonnement du point de vue de l'utilité que vous évoquez, sans le reprendre à votre compte, je le sais, que de fois l'ai-je entendu ! Mais qu'est-ce qu'on utilise vraiment dans la vie courante ? Les mathématiques elles-mêmes, qui servent dans toutes les inventions, ne sont guère pratiquées par la plupart des gens qu'à leur niveau le plus simple. Que de disciplines, dans notre enseignement, dont l'utilité n'est au mieux qu'indirecte ! Ceux qui soutiennent aujourd'hui que le grec et le latin ne servent à rien, soutiendront demain – ils sont déjà en train de le faire, en vérité –

qu'il en va de même pour le français, l'histoire, la philosophie, et bien d'autres disciplines encore…

A.G. — C'est bien pourquoi œuvrer pour la défense et le rayonnement des langues anciennes, c'est œuvrer pour la culture en général.

J. de R. — Exactement. Le grec est le type même de l'enseignement dont l'utilisation pratique semble nulle mais dont la valeur de formation est la plus ample et la plus complexe qui soit. Je ne voudrais pas cependant que nos propos prennent un tour trop général : le mouvement se prouve en marchant et je préfère que nous laissions les mille et une autres raisons qu'il y a de faire du grec apparaître d'elles-mêmes dans la suite de ces entretiens.

A.G. — Que dire alors des raisons invoquées par certains pour supprimer, ou du moins limiter l'étude du grec ?

J. de R. — Est-ce vraiment la peine d'en parler ?

A.G. — Je le crois, car certaines de ces raisons négatives, si je puis dire, inspirent ou au moins servent à justifier les restrictions imposées à l'enseignement des langues anciennes. On entend ainsi assez souvent l'argument selon lequel le déclin du grec dans l'enseignement général n'aurait pas trop d'importance, et qu'il suffirait que subsiste une élite de quelques dizaines de chercheurs hautement spécialisés. Le grec et le latin passeraient ainsi au statut du chinois : on connaît la qualité de l'école sinologique française, mais le chinois ne fait pas encore partie des langues apprises dans le secondaire. Que pensez-vous donc de cette position ?

J. de R. — J'y suis très hostile : pour moi, je vous l'ai dit, la grande utilité des langues anciennes vient de tout ce qu'elles apportent pour la formation de l'esprit. Cela posé, j'ajouterai que cette idée me paraît dommageable et également un peu incohérente. Parce que, enfin, pour que ces cinquante savants éminents émergent, il faut bien qu'un nombre plus grand, beaucoup plus grand, d'étudiants se soient préalablement essayés au grec, tout au long de l'enseignement. On ne naît tout de même pas avec l'idée qu'on sera philologue et helléniste !

A.G. — On peut le devenir grâce à une formation hautement spécialisée.

J. de R. — Mais si elle est limitée à un nombre restreint de professeurs et d'élèves, sa qualité s'en ressentira forcément, et que dire de son audience ? Non seulement cette idée me paraît illogique, mais, à mes yeux, ce n'est pas là le vrai problème. Je veux dire que, si je crois à la philologie – à laquelle j'ai consacré une bonne part de mon travail et de ma vie –, je crois aussi qu'elle n'a de sens que parce qu'il s'agit de faire connaître les œuvres et de leur donner le plus grand rayonnement possible. La Renaissance, ce n'est pas le travail de quelques savants isolés, c'est, tout à coup, le fait que Montaigne peut lire Plutarque, que Ronsard se précipite sur Pindare, que tel auteur découvre les pièces d'Euripide. Et aujourd'hui, je pense que s'il n'y avait pas en France toutes les éditions et traductions publiées par la collection Budé, pour ne pas la nommer, il n'y aurait pas, sur nos scènes contemporaines, cette présence du théâtre grec que nous constatons. Le travail philologique est une condition, un moyen, il ne doit jamais être une fin en soi.

A.G. — L'érudition doit toujours viser à l'enrichissement de la culture ?

J. de R. — Toujours, non, mais à chaque fois que c'est possible ; c'est la même chose que pour l'archéologie, qui permet de multiplier les découvertes d'objets et de sites nouveaux. Le public a droit à tout cela et c'est un devoir pour les spécialistes de répondre, le plus précisément possible, à la curiosité et au goût qui se manifestent pour l'art et la civilisation du passé. Je souhaite qu'il en aille de même pour la littérature et les textes grecs.

A.G. — Votre réponse illustre le lien que vous avez toujours, me semble-t-il, cherché à maintenir, dans votre travail, entre l'enseignement et la recherche, entre les articles d'érudition, réservés à un nombre restreint de collègues très spécialisés, et les livres, d'une portée plus générale et destinés à un plus vaste public.

J. de R. — Remarquez qu'il y a des livres savants, et j'en ai écrit quelques-uns qui eux-mêmes sont, de fait, réservés aux érudits ; inversement, il y a des articles qui peuvent résulter d'une conférence devant un auditoire non spécialisé.

A.G. — Vous en avez aussi écrit quelques-uns ! J'ai simplement voulu décrire une tendance générale, à partir de la dualité enseignement-recherche. Est-ce que la liaison entre les deux vous paraît indispensable ?

J. de R. — Indispensable, non : il y a des professeurs extraordinaires qui ne font pas de recherche et qui ont un merveilleux sens de l'enseignement ; ce qui est indispensable, c'est une certaine curiosité, une forme de vivacité intellectuelle. Je crois simplement que l'échange entre ces deux activités est bon pour les deux, et je pense que le contact avec des auditoires de jeunes est utile et stimulant intellectuellement. Je crois beaucoup aussi à l'utilité des discussions entre collègues travaillant sur différents domaines, ce qu'on appelle aujourd'hui, un peu pompeusement, l'interdisciplinarité. Je garde un merveilleux souvenir des conversations que j'avais, dans le train qui nous ramenait à Paris, avec mes collègues, du temps où j'étais à l'université de Lille. Nous parlions, les uns d'un livre, les autres d'un sujet scientifique. À chacun de nous, cette « présence ensemble », si je puis dire, apportait beaucoup.

A.G. — Nous évoquions les deux formes de travail et de public que supposent les livres et les articles. Comment se passait, pour vous, la répartition entre les uns et les autres ?

J. de R. — Les articles naissaient toujours d'occasions venues du dehors ; on me les demandait pour un colloque ou pour une collaboration à un ouvrage collectif. Les livres, c'est différent : on les veut pour soi, même s'il peut y avoir un rapport entre les deux : par exemple, mon livre sur la *Violence* est parti de deux conférences que j'ai développées. Mais dans mon cas, entre les livres et les articles, c'est plutôt la séparation qui a primé : j'écrivais les articles par courtoisie, et les livres…

A.G. — Par nécessité ?

J. de R. — Par choix.

A.G. — Je ne sais plus qui a écrit qu'on ne choisit pas les livres que l'on écrit, voulant signifier par là qu'ils répondent à une espèce de nécessité intérieure, qui s'impose à l'auteur lui-même.

J. de R. — Cela sonne bien, c'est flatteur, mais, très franchement, ça ne correspond pas à mon impression. Plusieurs de mes livres sont nés d'une conversation, d'une réaction à une lecture, plutôt que d'une nécessité intérieure qui, en ce qui me concerne, m'aurait plutôt poussée à aller me promener du côté de la montagne Sainte-Victoire !

A.G. — Mais revenons aux arguments par lesquels la culture contemporaine – l'inculture plutôt, en l'occurrence – cherche à justifier l'élimination de l'Antiquité dans tout l'enseignement. On entend parfois dire qu'ainsi, du fait même de n'être plus étudiées en classe, les littératures grecque et latine acquièrent, ou retrouvent, une couleur d'étrangeté, d'exotisme, qui leur donnerait un intérêt et un attrait qu'à force d'être rabâchées du temps où elles étaient très présentes au lycée, elles avaient fini par perdre. En somme, la Grèce est morte, vive la Grèce !

J. de R. — Je ne suis pas du tout d'accord avec vous…

A.G. — Moi non plus !

J. de R. — …parce que je ne souhaite pas qu'on en revienne aux grands textes classiques pour leur étrangeté, comme si on se tournait vers des civilisations lointaines et saugrenues : entre ces textes grecs et nous, il y a un lien étroit, pour ainsi dire de filiation, qui fait qu'ils nous paraissent proches encore de nos jours.

A.G. — Ne serait-ce pas d'ailleurs la raison profonde pour laquelle on cherche aujourd'hui à en barrer l'accès à la jeunesse ?

J. de R. — Alors même que le grec n'est plus, ou quasi plus enseigné au collège, je suis frappée par le nombre de professeurs qui essaient de faire lire et découvrir Homère par leurs élèves, malgré les brimades administratives que cela leur vaut souvent. À chaque fois, ces lectures provoquent la curiosité et l'enthousiasme.

A.G. — Certains ont pu aussi, par souci de justice, vouloir abandonner un enseignement qui avait été longtemps comme une espèce de privilège social.

J. de R. — Oui : je me rappelle une très bonne étudiante que j'avais à la Sorbonne et qui me déclara, tout de go, peu après mai 1968 : « Oh ! non, la culture, je n'en veux plus, car je pense à ceux qui ne l'ont pas ! »

A.G. — Voilà une grande naïveté qui cachait mal de grands préjugés : parler ainsi de la culture comme on le ferait d'un patrimoine ou d'un avantage matériel, c'est oublier son caractère éminemment transmissible et formateur.

J. de R. — Oui, et cette déclaration, avec son défaitisme et sa mauvaise conscience, m'a beaucoup frappée. Il est si évident que la conclusion inverse s'impose : il faut donner et répandre cette culture le plus possible, à tous ceux qui le souhaitent.

A.G. — Est-ce que mai 1968 est la cause du déclin des langues anciennes ?

J. de R. — Non : il n'a fait que précipiter une évolution qui avait commencé dès les lendemains de la guerre.

A.G. — Depuis plus de vingt ans, par des livres et par une présence constante dans le débat public, vous luttez pour la défense du grec. Par une ironie que je n'ose qualifier de tragique, le sort a voulu que, suite à ce combat, à ce rôle qui devenait le vôtre, à partir des années 1970, de porte-parole des études classiques, votre nom et votre œuvre ont franchi le cercle des spécialistes et conquis une très vaste audience. Cette défense et cette illustration de l'enseignement, qui vous ont amenée à lutter de toutes vos forces contre le déclin des études grecques dans le système scolaire, ne vous ont-elles pas aussi fait découvrir le grand public ?

J. de R. — Découvrir, non ; vous oubliez l'épisode du Concours général.

A.G. — Je remarque qu'à partir des années 1980, vos livres se font plus généraux et d'une portée plus vaste, comme si vous les adressiez désormais, non plus aux seuls étudiants, aux chercheurs et aux lecteurs hellénistes, mais à tous vos concitoyens.

J. de R. — Je pourrais vous objecter que j'ai publié encore, après 1980, des livres, et des articles, où il n'était question que de littérature grecque, et de manière parfois très technique – je pense en particulier à *La Construction de la vérité chez Thucydide*, qui date seulement de 1990 ; que, d'autre part, j'ai toujours eu, et dès ma thèse, le souci de donner à ma réflexion une portée générale. Bien entendu, il y a du vrai dans ce que vous dites ; cela tient d'abord à une évolution normale et, je dirais, classique : on commence comme savant à se spécialiser dans un sujet, puis, avec les années, on élargit et multiplie ses champs de recherche, de telle sorte qu'on finit par intéresser un public plus vaste. Mais, en m'adressant ainsi à un public élargi, j'ai été poussée par un sentiment plus personnel. Voyez-vous, nous venons d'indiquer un certain nombre d'arguments en faveur de l'étude du grec et des littératures anciennes, et on pourrait assurément en trouver d'autres encore. Mais, au-delà de ces arguments, si justes soient-ils – et ils le sont –, je souhaite évoquer, simplement et peut-être plus directement, ce qui a été mon expérience : après avoir fait du grec et travaillé sur le grec toute ma vie, je voudrais témoigner de la joie et du bonheur que m'ont donnés ces textes. Durant toutes ces années, et ceci depuis le début, chaque moment d'étude, chaque lecture, chaque recherche sur un auteur m'ont apporté quelque chose : selon les jours, selon les cas, c'était tout à coup une idée qui s'éclairait, un raisonnement que je découvrais et auquel je n'avais pas pensé, une expression qui me frappait, un sentiment humain qui m'atteignait, et, à chaque fois, c'était une impression d'approfondissement et d'enrichissement intellectuel et moral. La présence de ces textes a été pour moi source d'un étonnement, d'une admiration et d'une émotion constamment renouvelés. Et il y a un mot qui s'impose ici, un mot trop peu utilisé aujourd'hui, celui de beauté ; je l'ai déjà employé – pardon si je recommence –, mais en voyant la façon dont étaient exprimées, en ce début de notre culture, ces idées que les Grecs découvraient alors et qu'ils développaient avec une merveilleuse clarté, j'ai très souvent éprouvé cette espèce de saisissement qu'apporte la présence de la beauté. Je ne veux pas dire par là que les Grecs étaient des optimistes béats, peignant la vie sous des couleurs absolument charmantes et douces ! Ils sont les inventeurs de la tragédie, ils connaissaient la violence, la guerre, la mort ; mais ils ont eu conscience de tout ce qu'il y a d'émouvant, de magnifique, de stimulant même dans la vie humaine, et ils ont su le dire de manière incomparable. L'enseignement, c'est ou ce devrait être faire aimer ces textes, et on ne le fait plus assez aujourd'hui. Ces textes, je puis le dire, je les ai aimés, ils m'ont tenu compagnie et ils ont vraiment éclairé presque quotidiennement mon existence ; je leur en suis reconnaissante, et je voudrais que chacun – notamment les jeunes – puisse les découvrir et recevoir d'eux tout ce qu'ils ont à donner. Tout ce que j'ai fait, je l'ai fait d'abord dans ce but-là.

A.G. — Oui, je pensais à cette série de livres dont la visée générale se marque par la présence du nom de la Grèce dans le titre : *La Grèce à la découverte de la liberté ; Pourquoi la Grèce ? ; Rencontres avec la Grèce antique ; La Grèce antique contre la violence.*

J. de R. — C'est vrai : mon combat pour l'enseignement m'a montré que l'on ne pouvait pas se contenter de défendre les études classiques en interne, si je puis dire. Il m'est apparu qu'il fallait, de toute urgence, s'adresser à l'opinion et faire en sorte que la Grèce classique soit présente dans la culture de notre temps. Je crois d'ailleurs qu'il se passe en ce moment une chose curieuse, c'est que la bataille, qui semble presque perdue dans l'enseignement, semble presque gagnée hors de l'enseignement. On n'a jamais autant publié d'œuvres antiques, souvent dans des éditions de poche ; on n'a jamais autant joué de pièces antiques ou inspirées par l'Antiquité ; on n'a jamais autant écrit sur l'Antiquité. Alors, est-ce que le système scolaire va s'enferrer dans son erreur ? Cela n'est pas sûr.

A.G. — La situation n'est pas brillante de ce côté-là, pourtant.

J. de R. — C'est parce que notre temps pense pouvoir et, surtout, devoir se passer du grec et du latin. J'ai souvent comparé cette attitude avec celle des Pères de l'Église, qui, au début du christianisme, pensaient que l'on devait bannir de l'enseignement et de la culture tout l'héritage classique. Puis, heureusement, ils ont changé d'avis, et on a assisté à une alliance très féconde entre les deux formes de culture, la païenne et la chrétienne.

A.G. — Pouvons-nous espérer une renaissance ?

J. de R. — Oui, il faut l'espérer. Je ne crois pas, en de tels domaines, aux évolutions à sens unique. J'ai toujours pratiqué l'optimisme de la volonté.

A.G. — …et le pessimisme de la raison ?

J. de R. — Disons plutôt la lucidité. Mais tant qu'il y aura des professeurs suffisamment formés, tout restera possible.

Alexandre Grandazzi m'a, sans aucun doute, posé les bonnes questions ; je lui ai répondu en toute sincérité, et, me semble-t-il, selon la vérité. Mais alors, comment expliquer cet obscur sentiment de malaise avec lequel je revois ce que je lui ai effectivement déclaré ? Ce n'est pas parce que l'on parcourt en quelques pages toute une vie, qui va depuis mes premières années d'élève jusque par-delà ma retraite. Cela donne l'impression que la vie est bien courte, mais il est indiscutable qu'elle est en fait bien courte ; et je n'avais pas besoin de cette expérience pour m'en persuader ! La vraie raison est plutôt que, suivant une piste précise, nous avons par là élagué tout ce qui entourait et soutenait cette carrière d'helléniste. Nous avons, non sans raison, écarté toutes les émotions, les joies et les peines, et les tendresses diverses. Or pour moi, tout était mêlé et j'aurais pu raconter ma vie à quelqu'un d'autre sur un mode tout différent. Qu'était ma jeunesse sans la tendresse de ma mère, sans sa gaieté, sans la connivence qui régnait entre nous, sans nos rires et notre profonde dépendance mutuelle ? De même, qu'étaient les étapes successives d'une carrière et la découverte des livres, sans la découverte des êtres qui, parfois, comptaient plus encore ?

J'écris ces lignes dans ma maison de Provence, et mon regard se perd vers la tonnelle de roses en fleur et plus loin les deux platanes, mais je sais bien que souvent j'ai travaillé face à cette même vue, et que je m'interrompais, émerveillée, pour aller regarder une fleur qui poussait, arracher un peu de chiendent, regarder la lumière sur la montagne Sainte-Victoire, oubliant un peu le grec, ou plutôt, mariant étroitement la réflexion intellectuelle et les joies concrètes que m'offrait le jardin. Car, pour moi, tout se rejoint. J'ai parlé à Alexandre Grandazzi du jour où je lisais Thucydide pour la première fois en vacances, à Combloux. Mais dans mon souvenir, je revois aussi le grand pré en pente dans lequel j'étais étendue, le soleil et la fraîcheur de l'air, et ce vent léger qui me caressait le visage : ce vent se confondait avec la force intellectuelle du texte que je lisais et qui passait elle aussi sur moi, s'accompagnant d'une sorte de fierté et de confiance. L'un allait avec l'autre.

Toujours, il en a été ainsi ; toujours, le sentiment de ce que la Grèce m'avait apporté rendait plus précieuses, en profondeur, les joies que je connaissais ou les expériences que je traversais ; et elles-mêmes me faisaient mieux comprendre tout le poids et toute la densité de ces textes.

Thucydide n'est pas un auteur comique ; défendre le grec à l'heure actuelle n'est pas une aventure facile ni heureuse ; et pourtant, j'ai l'impression dans ma vie d'avoir *beaucoup ri et plaisanté, d'avoir beaucoup fait rire, même les élèves que j'initiais au grec. Je défends aujourd'hui des thèses sérieuses, sur un ton que l'urgence rend parfois presque grandiloquent; mais ce n'est pas là tout à fait le ton de ma vie. Alors, s'il vous plaît, restituez tout ce jaillissement vivant, qui n'avait pas sa place ici, mais qui s'enlace si étroitement à ma carrière d'helléniste. On peut aimer passionnément le grec et y consacrer sa vie et ses forces sans pour autant être un monstre. Et voyez comme je suis : voilà qu'à nouveau on me prend à plaider, car c'est un argument encore de témoigner que la culture grecque n'est pas un dessèchement, mais un enrichissement de toutes les minutes : c'est ce qu'elle a été pour moi.*

Jacqueline de Romilly

[illegible]

[illegible]

CHAPITRE DEUXIÈME

À THUCY POUR LA VIE !

ALEXANDRE GRANDAZZI. — Si grand et si lumineux qu'il eût été, le cinquième siècle grec allait finir par une inexpiable guerre de Trente Ans : de 431 à 404 avant J.-C., la Grèce tout entière se déchira dans un conflit qui opposait deux coalitions, guidées, l'une par Athènes, l'autre par Sparte. De cette guerre, et de ce siècle qui avait été en bonne partie le sien, Athènes allait sortir vaincue et brisée. L'*Histoire de la guerre du Péloponnèse* est racontée dans une œuvre qui est l'un des monuments de la littérature universelle, et, de celui qui l'écrivit, Thucydide, je n'hésite pas ici à dire qu'il est « l'auteur de votre vie » : vous lui avez consacré, en effet, pas moins de trois livres ainsi que de très nombreux articles d'érudition, qui ou bien l'ont comme sujet exclusif ou bien parlent de lui. Je n'oublie pas non plus l'édition du texte grec et la traduction que vous avez assurées pour la Collection des Universités de France. Thucydide est, pour ainsi dire, votre auteur, celui dont vous n'avez cessé de vous occuper depuis les débuts de votre carrière. Comment avez-vous été amenée à faire ce choix, et comment s'est passée votre première rencontre avec lui ?

JACQUELINE DE ROMILLY. — Ma mère m'a offert un jour une édition ancienne, dont la reliure en parchemin lui avait plu. C'était en 1933, nous partions en vacances et je souhaitais faire un peu de grec pendant l'été pour m'entraîner. Comme elle m'avait donné ces volumes – il y en avait sept et je les ai encore –, j'en ai emporté un ou deux, par zèle de bonne élève.

A.G. — Vous étiez-vous déjà montrée intéressée par Thucydide ? Souhaitiez-vous alors travailler sur cet auteur ?

J. de R. — Non, nullement : j'avais, bien sûr, entendu, dans ma scolarité, parler de Thucydide comme de quelqu'un de respectable, mais c'était tout.

A.G. — Ce qui a déterminé l'orientation de toute votre vie a donc été une rencontre qui devait plus au hasard – celui d'un cadeau – qu'à la nécessité ? Voilà qui est dérangeant, troublant presque…

J. de R. — Il y a certainement une part de hasard, mais qui ne commande pas tout. Ma mère m'a fait bien d'autres cadeaux dans ma vie, qui n'ont pas eu un tel effet. Parce que le livre était beau et qu'elle me l'avait donné, j'ai commencé à le lire, et cette œuvre que je ne connaissais pas m'a tout de suite fascinée. Ce n'est plus le hasard, là, c'est une rencontre intellectuelle qui se produit.

A.G. — Vous souvenez-vous encore de votre première lecture ?

J. de R. — Très bien : j'étais dehors, étendue dans un pré – ce qui ne semble pas aller avec un auteur aussi austère !

A.G. — Vous décidez donc de lui consacrer vos recherches ?

J. de R. — Non, j'étais bien loin de penser qu'il allait dominer, de cette façon, ma vie ; il n'a d'abord été question que du travail d'un an, l'équivalent de ce qu'est aujourd'hui la Maîtrise. Mais, quand on commence à s'intéresser à un auteur ou à un thème, on voit se formuler des problèmes, des pistes s'ouvrir devant soi, et l'on continue ainsi toujours plus avant.

A.G. — Votre mère pouvait-elle avoir elle-même une prédilection pour Thucydide, qui lui aurait inspiré ce cadeau ?

J. de R. — Non ; elle savait bien sûr de qui il s'agissait, mais je ne crois pas qu'à cette époque elle l'ait lu.

A.G. — Votre père – très brillant normalien et agrégé, reçu premier à ces deux difficiles concours –, est mort au front dès le début de la Première Guerre mondiale, alors que vous n'aviez qu'un an. Vingt ans plus tard, vous, sa fille unique, vous choisissez de travailler sur un auteur qui, dans toute la littérature universelle, est sans doute l'un de ceux qui ont porté le plus loin l'effort d'analyse de ce phénomène, entre tous complexe et opaque, qu'est la guerre. N'y avait-il pas dans votre choix, peut-être inconsciemment, une espèce de recherche, de demande d'explication à l'égard de cette perte immense qu'est, pour un enfant, la mort de son père ?

J. de R. — C'est une hypothèse plausible et intéressante, mais je ne pense pas pouvoir y souscrire. Vous parlez de l'inconscient, et on ne peut certes pas jurer de ce qui se passe sur ce plan ! Je ne crois pas du tout, cependant, qu'il en ait été ainsi. D'abord parce que, si j'ai perdu mon père très jeune, j'ai eu néanmoins une enfance très heureuse, très entourée par ma mère qui a veillé à m'épargner toute idée de deuil et de perte.

A.G. — En tout cas, vous écrivez votre thèse d'État, qui porte sur Thucydide, au moment de la Seconde Guerre mondiale.

J. de R. — Mais j'avais déjà choisi mon sujet plusieurs années avant. D'ailleurs, chez Thucydide, ce n'est pas sa réaction à la guerre qui m'a le plus touchée. De ce point de vue, d'autres textes me parlent davantage : il y a une pitié à l'égard des événements nés de la guerre, qui est sans doute plus grande dans la tragédie, et peut-être plus directement accessible.

A.G. — Je pensais à l'effort d'intelligibilité, de

rationalisation vis-à-vis du caractère toujours un peu irrationnel qu'a tout conflit armé…

J. de R. — En réalité, j'étais éblouie par la fermeté de pensée, l'ambition de conquête intellectuelle que révèle l'œuvre de Thucydide plutôt que par l'objet sur lequel elle porte. Je pense en particulier à sa volonté de faire de son œuvre *« un trésor pour toujours »*. Je découvrais un monde où l'intelligence semblait vouloir conquérir le réel, où les mobiles humains se pressaient, s'affrontaient, en pleine lumière, où, enfin, l'ambition et la peur se dressaient face à face, partout présentes, dans un conflit éclatant. Ce monde et cette œuvre respiraient la fierté ; à la même époque, Périclès faisait aussi construire l'Acropole, pour qu'il témoigne à jamais de la gloire d'Athènes : cette fierté du présent m'a frappée dès l'origine, et davantage encore aujourd'hui, par comparaison avec trop de formes de pessimisme.

A.G. — L'*Histoire* de Thucydide comme une Acropole intellectuelle, en somme ! Et à présent, comment jugez-vous votre choix initial ? Je m'explique : maintenant que vous avez écrit tous ces livres sur tous ces auteurs, si vous étiez, pour ainsi dire, rétroactivement l'artisan de votre propre vie et que vous étiez là, ayant la maîtrise des événements, en train de regarder cette jeune fille qui se voit offrir ce cadeau par sa mère, lui feriez-vous encore choisir de travailler sur Thucydide ? N'y a-t-il pas, finalement, d'autres auteurs qui vous semblent aller plus loin dans la découverte de l'homme et apporter, au moins à vous, davantage ?

J. de R. — Je répondrai à votre question en deux temps. D'abord, consacrerais-je encore ma vie au grec, si on m'avait prévenue qu'on le chasserait, comme on le fait, de notre enseignement et de notre culture ? Je crois que oui, mais cela serait une décision difficile, car on ne peut pas accepter de gaieté de cœur d'avoir consacré sa vie à un idéal et de risquer de le voir périr entre ses mains, et même s'il ne doit pas périr, d'avoir à donner tant de temps à sa défense au lieu de profiter des joies de la lecture. Deuxièmement, je ne serai jamais infidèle à Thucydide, qui m'éblouit toujours autant. Il est certain cependant qu'avec l'âge on évolue un peu. Je me rappelle Louis Bodin, éminent spécialiste de Thucydide dont il avait commencé l'édition, me disant un peu avant sa mort : « Ah ! finalement, maintenant, je voudrais ne plus m'occuper que d'Homère ! »

A.G. — On pense, toutes proportions gardées, à Swann découvrant à la fin de son amour pour elle qu'Odette n'était pas son genre…

J. de R. — Eh bien, il m'arrive un peu la même chose ! Moi aussi, je m'occupe davantage d'autres auteurs maintenant, mais ce n'est pas un changement d'avis, c'est une évolution : à côté de l'austérité de Thucydide, j'éprouve un grand bonheur à me tourner vers les auteurs à mythes, à poèmes, à héros.

A.G. — La passion des Tragiques après la raison de l'historien ?

J. de R. — Elles ne sont pas si opposées qu'on pourrait le penser. Lorsque j'ai eu mon sujet de thèse et obtenu une bourse d'une année, j'ai décidé d'abord de lire en continu toute la littérature grecque classique. J'avais compris qu'il était absurde de travailler sur un auteur sans avoir lu ses prédécesseurs, ses contemporains, ses successeurs, de s'intéresser à l'histoire en se détournant de l'épopée, de la tragédie et de la philosophie. Cette exploration systématique m'a fait ressentir très fortement ce qui devait se préciser dans la suite de mes recherches : le fait qu'il y a une continuité d'invention, de création, et que cette littérature apparaît comme un grand mouvement de découverte des idées et de l'homme. Il faut lire toutes ces œuvres à la suite pour s'en apercevoir et en être… ému, disons-le, car c'est le mot qui convient.

A.G. — La littérature grecque comme une seule œuvre qui ne s'interrompt pas ?

J. de R. — Comme une continuité d'œuvres différentes. Car la liberté implique la diversité, les discussions, et le débat qui, ne l'oublions pas, est le fond de cette littérature grecque.

A.G. — Cette lecture en continu n'était-elle pas, pour la chercheuse débutante que vous étiez, le moyen de vérifier que Thucydide était bien « l'auteur de votre vie » ?

J. de R. — Non ! C'était trop tard ! À vingt et un ans, pensez-vous !

A.G. — Votre premier livre, *Thucydide et l'impérialisme athénien*, a été ce qu'on appelait une thèse d'État, c'est-à-dire un grand travail de fond sur un grand sujet. Combien de temps y avez-vous travaillé ?

J. de R. — J'ai passé l'agrégation en 1936 et soutenu ma thèse en 1947. Il faut dire que ces années n'étaient pas d'une absolue tranquillité. Inversement, j'avais des loisirs !

A.G. — Aujourd'hui, la thèse d'État a été supprimée et remplacée par une thèse courte, à faire en quatre ou cinq ans ; cette réforme a été inspirée par l'exemple des pays anglo-saxons, sous l'influence de ce qui se faisait déjà pour les mathématiques et la physique. En 1984, vous vous éleviez déjà contre cette suppression de la thèse d'État : presque vingt ans plus tard, qu'en pensez-vous ?

J. de R. — Je persiste et je signe. On a voulu comparer ce qui n'était pas comparable : un travail de recherche dans les disciplines littéraires et les sciences humaines suppose énormément de lectures préalables ; si on veut trouver du nouveau, il est impossible de se mettre à écrire en ignorant ce qui a été fait avant. Alors, comme on dispose de moins de temps, on va maintenant soit vers des sujets plus restreints, soit vers des survols plus hâtifs. Il y a un abaissement des exigences scientifiques, que je constate avec tristesse et inquiétude. Une grande thèse réussie, c'était souvent un grand livre, qui était lu à l'étranger. C'était, de toute façon, pour le savant qui la menait à bien, une école de formation et de rigueur, que rien ne peut tout à fait remplacer.

A.G. — Vous avez d'ailleurs continué à travailler sur « votre » auteur même après votre thèse, et vous avez publié, en 1956, *Histoire et raison chez Thucydide*.

J. de R. — Oui. Un ami peintre qui était venu assister à ma soutenance de thèse, en Sorbonne, avait fait une esquisse me représentant, qu'il avait ornée de la légende : *« À Thucy pour la vie ! »* C'est devenu en effet la formule de mon existence.

A.G. — Travaillant ainsi sur un auteur qui a raconté une grande guerre pendant une autre grande guerre, avez-vous eu le sentiment d'obéir, même malgré vous, à cette loi énoncée par le philosophe italien Benedetto Croce, selon lequel *« toute histoire, même ancienne, est toujours science du présent »* ?

J. de R. — Cela n'a déterminé ni mon choix ni l'orientation de ma recherche ; mais il est certain que cela donnait un éclat particulier à certains textes ou à certaines formules ; et je le ressentais de façon à peine consciente. Peut-être mettais-je un peu de Périclès dans l'idée que je me faisais de De Gaulle, mais c'était inconscient. Mais, par exemple, l'aspect raciste de l'idéologie nazie n'a pas d'équivalent en Grèce. Bien sûr, le rapprochement possible entre l'impérialisme athénien, condamné par sa démesure, et la conquête hitlérienne m'est apparu, mais son évidence même s'imposait d'emblée et n'était pas un objet de recherche.

A.G. — C'était du moins encourageant…

J. de R. — Vous posez la question de la présence de la culture dans notre vie. En réalité, ce ne sont pas les analogies particulières qui comptent, mais la compréhension d'ensemble qu'on acquiert par rapport aux événements. Il est certain que l'idéalisme qui est celui de l'oraison funèbre prononcée par Périclès en l'honneur des Athéniens morts à la guerre, me touchait : je me rappelle par exemple le retour à Paris en 1945 et l'impression de libération tout au long de la route. Mais c'était un sentiment plutôt diffus qu'explicite. En général, Thucydide m'a surtout aidée à prendre de la distance par rapport à ce que je vivais : je me souviens ainsi d'un jour, en Savoie, où une fusillade se produisit autour de la maison que nous habitions ; tout le monde se moquait de moi, car je tenais absolument à terminer de dactylographier mon chapitre, et le bruit de la machine à écrire se mêlait à celui des balles. Thucydide était pour moi une forteresse !

A.G. — Et votre thèse, une fois publiée, a-t-elle changé le cours de la recherche sur Thucydide ? Avez-vous eu des contradicteurs ?

J. de R. — On n'imprimait une thèse qu'à un nombre restreint d'exemplaires. Cela dit, l'accueil a été favorable, ce qui ne veut pas dire qu'il n'y ait eu ni critiques ni objections : la recherche, vous le savez bien, ce n'est pas une guerre de ceux qui pensent ceci contre ceux qui pensent cela, c'est un effort commun.

A.G. — Votre thèse portait sur Thucydide et l'impérialisme athénien : qui vous en avait donné le sujet ?

J. de R. — À la vérité, personne : mon maître Paul Mazon m'avait donné à étudier la genèse de l'œuvre, et j'ai glissé vers l'analyse de la pensée de l'historien.

A.G. — Vous êtes passée de l'étude de la forme à celle du fond.

J. de R. — J'ai essayé de faire que ça se rejoigne, parce qu'il s'agissait aussi de savoir si sa pensée avait été nette dès le début ou s'il y avait eu évolution, et comment celle-ci s'était faite.

A.G. — On voit là l'un des risques – ou des avantages – de feu la thèse d'État : que le candidat élabore son sujet lui-même…

J. de R. — Oui, mais pour cela, il faut du temps. Je me trouvais confrontée à des travaux savants qui avaient cherché à mettre en évidence, dans les auteurs anciens – Homère, surtout, mais aussi Thucydide et les Tragiques –, les contradictions et les coupures. Ces discussions ont été très utiles, car elles ont fait très bien apparaître les difficultés et les évolutions.

A.G. — On retrouve les mêmes tendances à l'époque dans les études latines.

J. de R. — Avec d'autres, il m'a semblé que le moment était venu de reconsidérer les textes dans leur unité, en conservant l'idée de moments différents dans la préparation de l'œuvre, mais en admettant l'existence d'une rédaction finale, et en cherchant à préciser l'inspiration qui a, alors, guidé Thucydide dans ses choix.

A.G. — Cette œuvre de Thucydide, nous allons en venir bientôt à ce qui fait encore son immense intérêt pour les lecteurs d'aujourd'hui : sa double et extraordinaire recherche de l'objectivité et de l'universalité. Mais auparavant, je voudrais que nous parlions de la traduction qu'on vous doit des huit livres de la *Guerre du Péloponnèse*, travail qui vous a occupée pendant bien des années.

J. de R. — Il faut préciser que j'ai repris et continué la traduction de Louis Bodin, qui était entièrement achevée pour certains livres, avec des essais pour tout le reste ; puis mon ami et collègue Raymond Weil a pris la suite, mais tous les deux, nous avons suivi les directives de précision et de fidélité au texte fixées par Bodin. Cette traduction est donc une œuvre à trois.

A.G. — Louis Bodin était pour moi l'auteur des si remarquables éditions commentées à usage scolaire, des *Orateurs attiques* et des extraits d'Aristophane.

J. de R. — En réalité, l'œuvre de sa vie devait être l'édition de Thucydide. Il était un helléniste exceptionnel. Je crois qu'il s'est absorbé complètement dans un effort pour atteindre au système même de la rhétorique et de la pensée de Thucydide. Il faisait des tableaux, indéfiniment, montrant comment, dans les discours cités par l'historien, les mots, les formules se répondaient. Ce sont en effet des constructions savantes et subtiles ; et l'on reconnaît dans les discours qui s'opposent l'un à l'autre l'art raffiné des sophistes du temps. Louis Bodin a admirablement montré cette subtilité ; peut-être n'a-t-il pas mis la dernière main à son travail parce qu'il a fini par chercher ce qui allait au-delà du texte de Thucydide et peut-être n'existait pas : les discours de Thucydide n'étaient sans doute pas d'une construction aussi savante que ce qu'il tentait de démontrer. Sans être son élève, je parlais de ma thèse avec lui. Pendant l'Occupation, nous échangions des cartes postales interzones où il était question de « notre ami d'Alimonthe », ce qui était une manière de désigner Thucydide, né dans ce bourg de l'Attique. Juste après la guerre, Bodin est mort, et il m'a légué sa bibliothèque et ses papiers.

A.G. — Votre traduction est justement célèbre : elle rend le détail du texte dans ses moindres nuances de pensée et d'expression.

J. de R. — Je sais qu'on discute beaucoup, à l'heure actuelle, sur l'art de la traduction et sur le degré de fidélité que celle-ci doit observer : pour un auteur comme Thucydide, je continue à penser qu'une fidélité attentive à tous les détails du texte est, de loin, préférable. C'est très différent de traduire Thucydide ou de traduire un poète moderne. Il faut rendre compte de chaque mot, de chaque construction ; et le style était, alors, dense : il doit le rester pour suggérer le même effort d'intelligence et de raccourci. On ne peut pas le traduire librement sans fausser et le détail et le ton.

A.G. — Pourquoi avez-vous choisi de traduire Thucydide, tâche qui, vous le saviez, exigerait des années ? Était-ce, de votre part, l'acceptation d'une invitation, la soumission à un usage universitaire, le souhait d'accompagner votre thèse par un travail sur le texte même ?

J. de R. — Il y avait de la bonne foi et presque de la naïveté : admirant Thucydide et aimant le grec, j'ai considéré comme un honneur et un accomplissement de pouvoir collaborer à ce qui devait être, pour mon temps, comme l'édition officielle de cet auteur. J'en étais, je puis l'avouer, toute fière ! Je ne me suis donc pas posé de question.

A.G. — Comment répartissiez-vous votre travail entre la traduction, qui vous a occupée jusqu'au début des années 1970, et les nombreux articles et livres que vous avez publiés pendant la même période ?

J. de R. — Dans une complète désorganisation ! J'ai le souvenir d'avoir, à partir de 1947, mené les deux formes de travail en parallèle. Je travaillais chez moi, le plus possible. J'allais bien sûr dans les bibliothèques – notamment celle de l'École normale supérieure, rue d'Ulm –, mais j'ai fait en sorte d'avoir à moi les photographies des manuscrits anciens et toutes les éditions commentées de Thucydide.

A.G. — Vous évoquez les manuscrits anciens de Thucydide. Comme toujours pour les œuvres de l'Antiquité, je suppose qu'il s'agit de manuscrits médiévaux par lesquels nous a été conservé le texte de l'historien grec. Votre travail consistait à comparer entre eux ces manuscrits pour faire ce qu'on appelle « l'établissement du texte » : n'avait-il jamais été fait ?

J. de R. — Si, bien sûr, mais c'est une tâche qui n'est jamais achevée. À l'époque, en particulier, les recherches menées par plusieurs savants avaient renouvelé le sujet : il me fallait, à chaque fois, vérifier si leurs hypothèses étaient compatibles avec ce que je lisais sur ces manuscrits, qui ont été copiés par plusieurs « mains » différentes, et dont l'analyse est très complexe.

A.G. — C'est la science que l'on appelle la philologie.

J. de R. — Oui, et au cours de trente années de travail, qui étaient pour moi autant d'années de formation et de découverte, en devenant ainsi philologue, en allant à des colloques internationaux, en entrant plus tard à l'Académie des Inscriptions, j'ai acquis un goût et un respect profonds pour la rigueur, la précision, qui sont, dans ce domaine, des exigences impératives : c'est ce qu'on appelle aujourd'hui du « travail scientifique », et il faut savoir qu'il existe aussi dans le domaine littéraire. Il s'agit, la plupart du temps, de vérifier des identifications déjà faites ou d'écarter des hypothèses aventureuses, de sorte qu'en fin de compte on ne change pas beaucoup le texte tel qu'il était déjà connu. Mais c'est ce souci constant de la vérification et cette recherche de la preuve qui sont importants : lorsque je vais à l'Académie des Inscriptions, je suis frappée de voir combien tous ces savants se donnent de peine pour être complets dans leur science et pour éviter toute erreur : à une époque comme la nôtre, je trouve même que cette espèce de scrupule a une valeur morale.

A.G. — Vous rejoignez Renan, qui disait exactement la même chose.

J. de R. — Vous m'en voyez flattée.

A.G. — Dans l'une de ses *Conversations avec Eckermann*, Goethe fait l'éloge des traductions qui, dit-il, *« évitent de perdre un temps précieux »* à l'étude pénible de langues parmi lesquelles il compte le latin et le grec… *« On va très loin*, ajoute-t-il, *avec une bonne traduction. »* Alors, pour Thucydide, est-ce que votre traduction ne donne pas le moyen de laisser ce texte grec, si difficile et si austère, aux seuls spécialistes, tout en mettant sa signification à la portée de tout le monde ? Bref, Jacqueline de Romilly ne nous permet-elle pas de nous passer de Thucydide ? Vous comprendrez que ma question…

J. de R. — …me fasse bondir, naturellement !

A.G. — Elle est faite pour ça !

J. de R. — Eh bien, elle y réussit ! En réalité, l'effort même de la traduction montre assez qu'il est impossible de se passer du grec, et qu'il reste toujours quelque chose qui échappe à la restitution. Avec ce passage d'une langue dans une autre, on ne peut pas être sûr, même en comprenant parfaitement le texte original, de le rendre entièrement.

A.G. — Par rapport au texte original, on perd, et parfois aussi on en rajoute : vous avez souvent montré, à propos de Thucydide, que les interprètes modernes se croient quelquefois obligés d'ajouter des mots et des précisions là où le texte grec leur semble par trop dense ou elliptique.

J. de R. — C'est ici le moment de faire un éloge attendu et normal : le rêve, pour tout texte ancien, est d'avoir une édition bilingue – en France, nous avons la collection dite Budé – et de pouvoir vérifier sur le grec quand on le veut. Cela étant, quelle que soit la traduction, elle donnera une bonne idée d'ensemble. Il est frappant, du reste, de constater que plusieurs traductions de Thucydide ne sont pas l'œuvre d'hellénistes professionnels. Il y a ainsi une traduction de Hobbes.

A.G. — Oui, 1629 : c'est, dit-on, la première en langue moderne.

J. de R. — Ce qui est intéressant, c'est qu'elle vienne non pas d'un philologue mais d'un philosophe. Il y en a aussi une – au moins pour les premiers livres – qui a été faite par Venizelos, qui était un homme politique grec. Toutes ces traductions se sont attachées à tirer le meilleur de ce texte extraordinaire. Certaines contiennent quelquefois des idées très judicieuses.

A.G. — Finalement, traduire, c'est la meilleure manière de lire, c'est la lecture portée, si je puis dire, à incandescence, la lecture totale.

J. de R. — C'est un effort magnifique, palpitant et épuisant. Mais je ne pense tout de même pas que cet effort soit indispensable pour tous !

A.G. — Votre traduction est la référence en France ; elle avait été précédée par d'autres, et depuis sa publication, d'autres ont paru. Qu'est-ce qui peut justifier tant d'efforts qui, à première vue, et pour parler très franchement, semblent un peu inutiles ?

J. de R. — C'est une question que je me suis souvent posée et à laquelle il y a au moins deux types de réponses. D'abord, et pour rester sur un plan extérieur, je ferai intervenir le goût de chaque époque. On ne traduit pas, on ne traduira jamais, toujours de la même façon : cet effort de rigueur, par exemple, que nous avons voulu faire, aurait été complètement déplacé à l'époque de ce qu'on appelle « les belles infidèles », ces traductions très imprécises des dix-huitième et dix-neuvième siècles, où l'élégance de l'expression était recherchée au détriment de l'exactitude ; en outre, chaque époque s'intéresse à certains problèmes, remarque certains mots, découvre des rapports nouveaux ; la traduction reflète ce renouvellement intellectuel. Il y a eu des moments où l'on traduisait les textes grecs en cherchant à les rendre faciles à lire, et d'autres moments où l'on insistait, au contraire, sur ce qu'ils peuvent avoir de déroutant.

A.G. — Je pense à la traduction d'Homère par Leconte de Lisle, pleine d'archaïsmes et de mots rares.

J. de R. — Oui, mais il y a aussi autre chose : il faut se rendre compte, en effet, que l'on écrit et que l'on cherche sans cesse, que l'on découvre du nouveau et qu'il existe ainsi un progrès des études grecques. Vous me parlez de ma traduction : certes, la mise en français du grec de Thucydide m'a donné du travail, mais j'ai consacré la plus grande partie de mes efforts à la relecture des manuscrits anciens, à l'étude sans cesse reprise de ce qu'apportaient de neuf tel papyrus, telle inscription, qui venaient d'être découverts ; ce pouvait être encore l'identification d'un nouveau site pour une ville dont parle Thucydide, ou un texte d'un historien de la même époque, fût-il réduit à un fragment qui pouvait modifier le sens d'un mot ou d'une phrase…

A.G. — Toutes ces découvertes ne concernent-elles pas le commentaire plutôt que la traduction ?

J. de R. — Non, la traduction d'abord, même si elles influencent aussi le commentaire : le sens du texte grec s'en trouve changé, tout simplement. Je crois que l'on ne se rend pas assez compte de la masse des découvertes nouvelles qui viennent sans cesse nourrir l'étude du monde grec.

A.G. — …et de l'ensemble du monde antique.

J. de R. — Sans aucun doute. Pour ne parler que de la Grèce, quand je pense qu'en l'espace d'une vie – ma vie ! – on a su lire l'écriture mycénienne, ce qui a révélé alors un grec bien plus ancien qu'on ne l'avait cru…

A.G. — Sept siècles d'un coup !

J. de R. — C'est durant ma vie qu'on a découvert Théra, Santorin – Cnossos avait été mis au jour une dizaine d'années seulement avant ma naissance ; c'est durant ma vie qu'a été trouvé le tombeau de Philippe, avec ses ors qui se sont promenés depuis partout à travers le monde ; c'est durant ma vie, aussi, qu'on a découvert des textes de Ménandre – et de Ménandre, l'un des auteurs de comédies les plus lus de l'Antiquité, il ne restait jusque-là plus aucune pièce : aujourd'hui on en a deux !

A.G. — Ce qui a changé complètement notre regard sur ses imitateurs latins, Plaute et surtout Térence.

J. de R. — Sait-on que, chaque année, on trouve des centaines d'inscriptions grecques à travers tout le bassin méditerranéen ? Grâce à cet afflux continu de données nouvelles, notre interprétation de Thucydide évolue progressivement et constamment : c'est ici le sens d'un mot qui change, là une date qu'il faut modifier, ailleurs, le sens d'une phrase, voire d'un paragraphe entier ; et pour un auteur comme Thucydide, ce n'est pas rien ! Étudier les textes grecs, ce n'est donc pas répéter toujours les mêmes choses sur un passé qui serait inventorié et décrit une fois pour toutes. Jusqu'aux instruments de connaissance et de référence – je pense aux incertitudes dans lesquelles on était plongé lorsqu'on voulait réfléchir sur l'étymologie d'un mot, du temps où le merveilleux *Dictionnaire* de Chantraine n'existait pas encore. Tout est renouvelé, sans cesse et, parfois, profondément.

A.G. — Peut-on dire que commenter un texte antique, c'est, à chaque fois, tout remettre sur le métier, afin de dire autre chose que ce qui a déjà été dit ?

J. de R. — Ce serait aller trop loin : il ne peut s'agir là du but, mais seulement du résultat éventuel. En réalité, pour changer notre interprétation de Thucydide, il y a, outre les apports de l'érudition, la façon dont chaque époque éclaire et questionne l'œuvre : d'une manière générale, la lecture des textes antiques est caractérisée par un perpétuel renouvellement intellectuel.

A.G. — Et le style de Thucydide, comment le caractériseriez-vous ? Ce n'est pas un auteur facile !

J. de R. — « *Les choses belles sont difficiles* », disait Platon, et Cicéron disait déjà que Thucydide était difficile. Je dois dire que les qualités qui m'éblouissaient quand je l'étudiais et qui me frappent à chaque fois que je le reprends, sont la difficulté et, en même temps, la solidité et l'éclat du style.

A.G. — L'éclat et la difficulté dépendraient-ils l'un de l'autre ?

J. de R. — Pour moi, oui ; et c'est pourquoi j'ai essayé de garder un peu de cette difficulté en le traduisant. Je suis toujours surprise de voir du Thucydide traduit comme si c'était de l'Isocrate : on perd quelque chose.

A.G. — Comment décririez-vous la langue de Thucydide pour qui n'y a pas accès ? On dit en France, depuis Boileau, que *« ce qui se conçoit bien s'énonce clairement »* ; or je remarque que Thucydide – et vous l'avez magnifiquement montré dans vos livres – conçoit bien, et même très bien, mais la franchise m'oblige à dire qu'il n'est pas toujours clair. N'est-ce pas une contradiction ?

J. de R. — C'est qu'il s'agit des débuts de la prose grecque : l'aisance ne vient et ne pouvait venir qu'après. Il y avait eu des poètes, puis Hérodote, qui n'était pas athénien ; mais la prose contemporaine est un peu difficile et recherchée, parce que nouvelle. De plus, Thucydide, qui cherche la vérité, la densité, l'adhésion la plus exacte possible au mouvement de la pensée, est aussi influencé par les recherches des sophistes et les effets extérieurs de style, notamment dans les discours qu'il prête aux personnages de son *Histoire :* on y trouve des oppositions et des rimes, que nous avons essayé de garder dans notre traduction, L. Bodin, R. Weil et moi-même ; je pense à une phrase comme celle que prononce Périclès au livre II : *« Nous culti-*

vons le beau dans la simplicité, et les choses de l'esprit sans manquer de fermeté. » Toutes ces raisons concourent à rendre son écriture difficile.

A.G. — Quel auteur français, parlât-il de sujets très différents, vous semble proche, par son style, de Thucydide ?

J. de R. — Je pense, pour sa force et sa concision, à Agrippa d'Aubigné : « *De l'enfer il ne sort que l'éternelle soif d'une impossible mort.* » Voilà qui est, à mon sens, un peu comparable à du Thucydide.

A.G. — Puisqu'on sait, depuis La Bruyère, que « *le style c'est l'homme* », venons-en à l'homme Thucydide : que sait-on de lui ?

J. de R. — Uniquement ce qu'il en dit lui-même, tout le reste étant suppositions des Anciens ou des Modernes : il était athénien et riche ; en 423 avant J.-C., parce qu'il n'avait pu empêcher la prise d'Amphipolis, ville située au nord de la Grèce, où il était alors en tant que stratège, c'est-à-dire chef militaire, les Athéniens le condamnèrent à un exil qui dura vingt ans.

A.G. — Il a donc été à la fois témoin et acteur de cette guerre du Péloponnèse qu'il raconte : de son exil, il dira qu'il lui « *a donné tout loisir de se rendre un peu mieux compte des choses* » ; c'était revendiquer cette objectivité que l'on reconnaît souvent comme l'une de ses principales qualités.

J. de R. — L'exil était, pour un homme de l'Antiquité, une terrible épreuve personnelle ; mais Thucydide écrit seulement qu'il a ainsi pu se renseigner des deux côtés. Le désir de la vérité et de l'œuvre à créer l'emporte sur toute autre considération et donne cette valeur objective à son récit. Pour moi, c'est un texte où l'austérité même devient émouvante.

A.G. — Paradoxalement, c'est ce souci de s'effacer devant les événements qui conduit beaucoup de lecteurs et de commentateurs à s'interroger sur les opinions personnelles de Thucydide.

J. de R. — C'est paradoxal et presque critiquable : car on cherche à dégager les sentiments personnels d'un auteur qui s'est donné pour mission de ne pas les dire, et de ne donner que les faits. Naturellement, on peut faire certaines suppositions, mais en restant très prudent.

A.G. — Quel est, par exemple, son sentiment sur l'impérialisme athénien ? N'est-il pas fier de la grandeur d'Athènes à son apogée ? Ne peut-on pas déceler chez lui une forme de patriotisme ?

J. de R. — Si vous voulez dire que l'on sent aux accents mêmes du texte et à sa vibration ce avec quoi Thucydide sympathise et ce qui l'émeut, oui, et là, on sent chez lui un patriotisme athénien, mais je ne crois pas que l'on puisse sans danger, ni sur l'impérialisme, ni sur la démocratie, ni sur toute autre question, lui attribuer en bloc des jugements généraux et immuables.

Il montre très clairement l'enchaînement d'erreurs et d'abus où était entraînée Athènes, dont le pouvoir sur ses alliés ne reposait plus que sur la force. Cela dit, il y a certainement chez lui une forme de patriotisme athénien : la preuve en est, simplement, qu'il attribue plusieurs discours à Périclès, qui expriment de grandes idées, alors qu'il n'a fait figurer dans son *Histoire* presque aucun discours lacédémonien.

A.G. — Les Spartiates – appelés aussi Laconiens – n'aimaient pas parler, comme l'indique le mot de laconisme : il n'a fait que répondre à la vraisemblance historique !

J. de R. — Il y a bien, lorsqu'il s'agit du successeur de Périclès, un discours des ambassadeurs lacédémoniens, mais qui reste sans réponse. Il n'y a donc pas, chez Thucydide, d'idéalisme spartiate, et l'on ne trouve rien dans son œuvre qui soit l'équivalent de la fameuse oraison funèbre prononcée par Périclès en l'honneur des soldats athéniens tombés à la guerre, et qui est l'occasion d'un magnifique éloge d'Athènes.

A.G. — Le Spartiate Brasidas, qui avait réussi à prendre Amphipolis malgré Thucydide, ne se voit-il pas réserver un traitement de faveur ?

J. de R. — Thucydide l'estime, c'est évident ; mais lorsqu'il montre comment les compagnons d'armes du général spartiate le divinisent après sa mort, il se livre à une analyse totalement objective, et très moderne.

A.G. — Je vois que je n'arriverai pas à vous faire dire que Thucydide n'est pas objectif ! Est-ce qu'on ne sent pas, tout de même, ses préférences personnelles, favorables, par exemple, à Périclès, et défavorables – ô combien ! – à l'égard de Cléon, qui prit après ce dernier tant d'influence auprès des Athéniens ?

J. de R. — C'est certain, et il ne s'en cache pas ; mais cela ne signifie pas qu'il fausse les faits : et, en plus, il avait peut-être raison !

A.G. — Et que pense-t-il d'Alcibiade ?

J. de R. — Son jugement est à la fois très net et parfaitement nuancé : il reconnaît aussi bien ses qualités de chef que ses défauts personnels – ambition démesurée et vie privée dissolue. Il y a eu toutes sortes de discussions savantes sur la possibilité qu'ils se soient rencontrés, mais cette question m'indiffère complètement.

A.G. — Au total, l'objectivité de Thucydide n'empêche donc pas que son jugement personnel soit perceptible.

J. de R. — Nous aimons savoir ce que les auteurs ont fait et pensé, mais c'est une curiosité de Modernes, qui ne correspond pas aux habitudes des Anciens. Nous n'avons pas à faire ce qui aurait été précisément l'erreur aux yeux de Thucydide : tirer de son œuvre des jugements simples et clairs, dégagés du contexte et devenus partisans. Il a voulu montrer dans sa complexité la vérité de ce qui s'était passé ; son idéal d'expression objective fait que les jugements sont insérés dans le récit des faits. Ne cherchons donc pas à lui faire dire ce qu'il a soigneusement évité de dire !

A.G. — Vous parlez de jugements insérés dans les faits : je pense au nombre de fois où il relève les massacres et les exécutions sommaires, qu'il s'agisse de guerres civiles ou encore de soldats tués par leurs vainqueurs, ce qui pouvait pourtant être considéré à l'époque comme un usage normal de la guerre. Il note toujours les ruses et les promesses non tenues, donnant même – je pense à l'épisode qui oppose les Platéens et les Thébains – le nombre de tués, ce qui est rare chez lui. Malgré l'absence de commentaire de sa part, on sent très bien la réprobation morale.

J. de R. — C'est tout à fait vrai. Il est rare qu'il intervienne directement, comme il le fait pour les massacres des guerres civiles ou de Sicile, ou pour les tueries pratiquées par les Thraces ; encore est-ce toujours en une ou deux phrases au plus.

A.G. — Cette sobriété, qui est la marque de son objectivité, est finalement beaucoup plus efficace que ne le serait toute une tirade indignée.

J. de R. — Oui, parce que l'ensemble du texte reste sobre, dépourvu de sentimentalité, de sorte que les faits parlent d'eux-mêmes.

A.G. — Il y a tout de même une caractéristique de l'œuvre de Thucydide qui, au moins à première vue, peut difficilement être considérée comme une preuve d'objectivité : je veux parler des nombreux discours qu'il prête aux principaux personnages de son *Histoire*. Ces discours sont toujours brillants, magnifiques même, parfois éblouissants, mais, enfin, ils sont inventés ! Thucydide nous le dit lui-même. Avouez que comme preuve d'objectivité, il y a mieux !

J. de R. — C'était une tradition : il y avait des discours dans l'épopée, et il y en a chez Hérodote. Thucydide a été plus loin encore, en présentant des discours qui ont été nécessairement refaits, puisqu'ils s'opposent deux à deux. Mais ils correspondent, pour leur très grande majorité, à des discours réellement tenus, et on ne peut pas dire qu'ils sont inventés : il les a récrits pour qu'ils soient tout à fait clairs, mais en prenant bien soin d'être fidèle à la pensée et à l'inspiration générale de ceux qui les avaient prononcés.

A.G. — Reste qu'il est un peu difficile à admettre, pour notre mentalité moderne en tout cas, que cet historien, qui passe pour le symbole même de l'objectivité, ait introduit dans son récit des discours, sinon inventés, du moins complètement récrits, qui se répondent, se contredisent, se correspondent. Je sais bien que l'usage a ensuite été suivi par les historiens latins, notamment Salluste, Tite-Live et Tacite, mais cela ne résout pas la contradiction.

J. de R. — En réalité, ces discours n'ont pas de fonction oratoire ; je dirais plutôt que ce sont des éléments d'analyse présentés sous forme de discours. C'est, si vous voulez, un procédé de présentation.

A.G. — Il est vrai qu'il n'a pas pu inventer des discours que tout le monde avait entendus – je pense à Périclès. On peut donc lui faire confiance.

J. de R. — Je vous accorde que cela peut faire réfléchir sur la notion d'objectivité, mais je ne crois pas que cela s'oppose à la vérité. Après tout, nos historiens modernes, dès qu'ils enchaînent deux événements, que font-ils, sinon de l'interprétation, mais sans le dire ! Avec ses discours, Thucydide ne prétend pas du tout faire un simple compte rendu ; ce n'est pas contraire à l'objectivité que de s'effacer, en tant qu'historien, pour faire plaider sa cause à quelqu'un, en disant bien qu'il ne s'agit que d'un mode de présentation conforme à la vraisemblance. Le parallèle est frappant avec la tragédie : on prête aux personnages des paroles au lieu de commenter leur conduite.

A.G. — Mais la tragédie se place dans le mythe, pas dans l'histoire.

J. de R. — L'historien moderne dira, à propos d'un personnage historique : « Il voulait que, il avait l'intention de… » ; voilà qui est très peu objectif, parce que non argumenté et présenté comme un fait, alors qu'il s'agit d'une hypothèse non prouvée. Je dirais donc que l'insertion de discours dans son récit par Thucydide est une méthode de présentation défendable, même si, bien entendu, on n'irait plus écrire l'histoire ainsi aujourd'hui !

A.G. — Pourquoi pas ?

J. de R. — Parce que l'histoire s'est modifiée, et nos exigences formelles en même temps.

A.G. — N'y a-t-il pas aussi le fait que Thucydide parle d'un passé tout récent ? Or, n'est-ce pas aujourd'hui la mission qui est celle du journalisme ? On assiste de nos jours à une espèce de partage des tâches, les historiens écrivant sur des événements dont eux-mêmes et leurs lecteurs n'ont pu être témoins, les journalistes racontant le présent, « l'histoire immédiate ». Je simplifie évidemment un peu les choses. Mais je constate que ces ouvrages d'histoire immédiate, qui en général concernent l'histoire politique, sont bourrés de dialogues, voire de tirades, dont les trois quarts sont, à coup sûr, inventés. Ces journalistes-auteurs font parler tel ou tel dirigeant, tel ou tel président, dans des conversations ultra-confidentielles ou décisives, comme s'ils y avaient assisté ! Alors, même si ces propos sont, hélas !, beaucoup moins élaborés que les discours de Thucydide, je me demande s'il n'y a pas une manière de continuité. Dans un cas comme dans l'autre, il s'agirait d'une espèce de « mentir-vrai », comme aurait dit Aragon.

J. de R. — Je vois ce que vous voulez dire. Mais, à mon avis, on est sur un plan complètement différent ; ces auteurs modernes cherchent ce que Thucydide ne cherchait pas : faire vivant. Thucydide, lui, fait de l'analyse et, même de son temps, personne n'aurait parlé comme il fait parler dans ses discours. Il y a donc une différence d'orientation qui me paraît très importante.

A.G. — On pourrait être surpris que Thucydide ait précisément choisi de faire porter son effort d'analyse et de mise à distance des événements sur une période qui était pour lui de l'histoire immédiate, s'il ne nous avait pas lui-même indiqué que ce choix lui avait été inspiré par la conscience qu'il avait eue, dès ses débuts, de l'importance de cette guerre du Péloponnèse.

J. de R. — Oui, mais déjà Hérodote n'était pas tellement loin des guerres médiques, au moment où il avait décidé d'en écrire l'histoire. Je pense que la raison profonde de ces choix tient aussi au mouvement même par lequel l'histoire, qui était alors en train de naître, s'est détachée de l'épopée : on avait d'abord chanté la célébration des fondations de villes, celle des dieux et des héros, puis, tout à coup, la curiosité de ce qui se passait « ici et maintenant » est née avec force. Quant à faire l'histoire du passé lointain, on n'avait pas de documents le permettant.

A.G. — C'est ainsi qu'on en arrive à une histoire qui, pour les Grecs, était synonyme de proximité dans le temps, et, pour nous, d'éloignement.

J. de R. — Si vous voulez ; mais n'oublions pas qu'« histoire » veut d'abord dire « enquête » en grec ; le sens actuel n'est venu qu'après. Si l'on cherchait un équivalent moderne à ce qu'était l'« histoire » pour les Grecs, on ne trouverait que le genre de ces *Mémoires* qu'écrivent ceux qui ont joué un rôle historique, mais il y a là un côté personnel et individualiste qui est complètement absent dans l'Antiquité, et surtout chez Thucydide. Celui avec qui l'histoire est vraiment devenue un travail de compilation fait en bibliothèque sur un passé lointain, c'est Diodore.

A.G. — Si objectif que soit Thucydide, parmi les motifs qui ont pu le pousser à écrire l'histoire de cette guerre du Péloponnèse, outre la volonté d'intelligibilité sans doute majeure chez lui, ne peut-on pas penser qu'il y ait eu aussi le désir d'offrir à Athènes, une fois la défaite survenue, son ultime revanche ? Certes, Athènes avait perdu la guerre, mais grâce à Thucydide, elle avait produit l'œuvre, la *Guerre du Péloponnèse* : une œuvre qui serait comme une gigantesque oraison funèbre d'Athènes.

J. de R. — Pas mal ! Je ne sais pas s'il l'a pensé ainsi, mais cela sonne bien. En réalité, il a commencé à écrire cette *Histoire*, il le dit lui-même, dès le début de la guerre : ce n'était donc pas son intention. Qu'une certaine idée de ce genre ait pu naître, on peut cependant le supposer ou l'admettre, au vu de ce que déclare Périclès dans son dernier discours : *« Si même un jour il nous arrive de connaître un déclin, le souvenir nous en sera laissé éternellement. »*

A.G. — Thucydide a pu penser à lui en écrivant cela.

J. de R. — Je ne sais pas ; je croirais plutôt ce qu'il dit lui-même de son désir de faire œuvre utile pour l'avenir. Il n'a pu être guidé seulement par la volonté de glorifier Athènes dans une œuvre qui est tout de même l'histoire de son désastre ! Ce que pouvait avoir d'immortel à ses yeux son œuvre, c'était, je pense, l'aide qu'elle apporterait à ses lecteurs, pour la compréhension et l'analyse de ce qu'ils vivraient eux-mêmes, avec l'espoir qu'ils ne tomberaient pas dans les mêmes erreurs que celles qui avaient caractérisé la guerre du Péloponnèse. J'ai un jour donné à l'un de mes articles, un peu par provocation, le titre : « L'optimisme de Thucydide ». Bien sûr, Thucydide est un auteur pessimiste, et sa vision de la nature humaine n'est pas rose. Mais il y a chez lui, je crois, un certain optimisme dans cette idée, en partie sous-jacente à son propos, que ce qu'il écrit pourra être utile après lui.

A.G. — Nous en arrivons à l'ambition d'universalité qui caractérise son œuvre. Vous avez comparé un jour l'historien à un photographe : il aspire à fixer sur la pellicule l'ensemble de la réalité, mais il ne dispose pour ce faire que d'un appareil à champ limité. Thucydide est peut-être désireux de donner à son propos une signification universelle, mais force est de constater que, par rapport à son prédécesseur Hérodote, qui s'intéressait tant aux Barbares et au monde non grec, il y a chez lui ce que j'appellerais, pour rester dans le domaine photographique, une très nette restriction de champ. Par rapport à ce souci de l'altérité, comme on dit aujourd'hui, qui marque si fortement Hérodote, mais non Thucydide, l'historien le plus moderne n'est-il pas plutôt Hérodote ?

J. de R. — À cet égard, sûrement. Mais Hérodote avait à raconter la lutte des Grecs contre les Barbares ; Thucydide, lui, met en présence des Grecs luttant contre d'autres Grecs, et son sujet, qu'il traite comme une intrigue précise de tragédie, est la guerre du Péloponnèse. À l'intérieur de ce cadre bien délimité, il cherche à atteindre une tout autre universalité ; il ne s'agit pas de la variété des hommes et des cultures : il s'agit de retrouver, dans les événements que l'on rapporte et les réactions qui ont eu lieu, l'action des grands sentiments propres à l'homme et des enchaînements qui peuvent se répéter. C'est une universalité en profondeur, une universalité menant à l'homme. Il raconte des faits particuliers en leur donnant valeur universelle, et il le fait sans jamais tomber dans la généralisation, et c'est cela qui est extraordinaire. Voyez le fameux dialogue entre les Athéniens et les habitants de la petite île de Mélos…

A.G. — …qui est la Milo de la Vénus du même nom. C'est le moment où les Athéniens sont venus conquérir cette petite île, qui n'a d'autre tort que d'être restée indépendante, et où ils expliquent à ses habitants pourquoi ils devraient leur céder et reconnaître la souveraineté d'Athènes.

J. de R. — C'est en fait le dialogue entre la conquête et la résistance inutile, entre la force et le droit ; et dans ce dialogue qui éclaire les mobiles des hommes et parle aussi des dieux, il y a toute une philosophie, une richesse d'idées, que Thucydide arrive à exposer de façon dense et inoubliable. J'ai toujours été frappée de l'actualité que l'on reconnaissait à chaque fois, tout au long de l'histoire du vingtième siècle, à ce dialogue. À travers la description d'un événement limité et contemporain de Thucydide, on a comme une image, un cadre définitif traversant les siècles.

A.G. — Mais n'y a-t-il pas là une manière de paradoxe dans l'œuvre de Thucydide, et dans l'ambition qu'il a de viser l'universel à travers la description du singulier ? De la part de Thucydide, n'est-ce pas, plus, il est vrai, du point de vue de la théorie que de la pratique – parce que dans la pratique il a merveilleusement réussi et c'est déjà une réponse –, n'est-ce pas là occulter presque la dimension même de l'histoire, qui est d'abord celle du singulier, de ce qui n'arrive qu'une fois ? S'il s'agit de retrouver des lois éternelles, n'y a-t-il pas presque une contradiction, au moins latente, dans le projet de Thucydide ? Est-il possible de raconter un événement qui, en tant que tel, est quelque chose d'irréductiblement singulier, et, en même temps, d'essayer d'aller vers l'universel à partir de ce singulier ?

J. de R. — D'abord, je rectifierai, si vous le permettez, dans ce que vous dites, l'idée même de lois universelles. Parce que décrire des événements sous leur jour le plus profondément humain, ce n'est pas forcément dégager des lois : lui s'est toujours bien gardé de le faire, et lorsqu'on essaie d'en tirer à partir de son œuvre, on fausse presque toujours sa pensée ; il cherche seulement à décrire les faits sous leur aspect le plus général. Aujourd'hui, après des dizaines d'années passées à étudier la littérature grecque, je pense qu'il y a là une tendance générale de l'esprit grec, qu'on trouve déjà chez Homère, puis dans la tragédie : c'est une caractéristique que, plus tard, j'ai essayé de mettre en lumière. Pour en revenir à Thucydide, il est vrai qu'il a l'habitude de ne pas s'attacher aux détails de l'histoire : il ne donne pas, ou pas beaucoup, de noms ni de chiffres, ce qui est évidemment voulu et hautement significatif.

A.G. — En cela, il diffère beaucoup des historiens qui vont le suivre.

J. de R. — Et des Modernes !

A.G. — D'ailleurs, de nombreux érudits lui reprochent, de manière parfois presque comique, de ne pas donner le jour exact de telle bataille, le nombre de soldats engagés et autres précisions analogues…

J. de R. — Et cependant – ce sera la seconde partie de ma réponse –, depuis qu'on essaie de trouver ce qu'il aurait faussé, omis, déformé, ce qui serait chez lui inexact ou incomplet, on n'est jamais arrivé à le prendre en faute. Ce n'est pas qu'il se détache des faits pour en rester aux idées générales, c'est qu'il réussit à élaguer son récit tout en donnant un sens visible aux événements qu'il présente, sans en oublier aucun aspect.

A.G. — Mais aucun événement historique n'a un seul sens ou une cause unique !

J. de R. — Thucydide le sait bien et il utilise la notion de causalité multiple. C'est ainsi qu'il distingue, dans l'analyse des causes de la guerre, des différends particuliers – qui sont comme des causes adjacentes – et ce qu'il appelle *« la cause la plus vraie »* : celle-ci réside dans le développement même de l'impérialisme athénien, et elle joue sur des années. Et c'est aussi parce qu'il voit loin qu'il découvre l'unité des différentes parties de la guerre du Péloponnèse…

A.G. — …que la plupart de ses contemporains n'avaient pas vue : c'est un peu comme si un historien moderne avait compris, dès les années 1920, qu'il n'y aurait pas deux guerres mondiales séparées par une période de paix, mais une seule grande guerre dont les deux épisodes principaux encadreraient une trêve vouée à être précaire.

J. de R. — Si vous voulez ; Thucydide voit toujours la généralité au sein du devenir, et c'est pourquoi il déclare avec fierté qu'il cherche la vérité.

A.G. — Vous écrivez quelque part qu'*« une bataille devient chez lui un raisonnement vérifié »*.

J. de R. — Oui, c'est à propos de Naupacte, bataille navale qui opposa, en 429, dans le golfe de Corinthe, Athéniens et Péloponnésiens, et qui se termina à l'avantage des premiers grâce à leur habileté à manœuvrer leurs bateaux. Là et par la suite, à travers toute l'histoire de la guerre, l'analyse que fait Thucydide de la tactique et de la stratégie ramène la diversité des événements à l'unité. On comprend que les succès remportés, au début, par les Athéniens, sont dus à leur technique et à leur intelligence, mais qu'ils se mettent à échouer à partir du moment où leurs adversaires réussissent à les empêcher d'utiliser ces atouts, en bloquant leur liberté de manœuvre et en les contraignant à combattre dans un espace étroit.

A.G. — Le désastre de la flotte athénienne, coincée dans la rade de Syracuse, constitue en ce sens l'autre volet de la démonstration. Avec cette vision pour ainsi dire panoramique des batailles, on est à l'opposé de descriptions comme celles que font Stendhal pour Waterloo ou Tolstoï pour la Moskowa : chez eux, une bataille n'est jamais vue en totalité, et tout n'est alors que confusion, désordre, incompréhension. Cette volonté de rationalité qui anime Thucydide, ne se réalise-t-elle pas au détriment de la vraisemblance historique ?

J. de R. — Il avait été stratège, c'est-à-dire général, et non simple soldat ! Et les batailles antiques mettaient aux prises des effectifs réduits. En réalité, l'analyse de Thucydide arrive, par sa rigueur – un mot qui, à son propos, s'impose tout le temps –, à faire qu'elle ne fausse pas les choses et que cette généralité devienne visible en termes humains : les grands mobiles de l'histoire qu'il raconte, ce sont la crainte, l'espoir, l'ambition. Nous sommes en train de le présenter sous une forme complètement intellectuelle, mais n'oublions pas que c'est aussi extraordinairement brillant : il y a d'abord ces figures éclatantes qui surgissent au cours des pages, brièvement évoquées, comme Périclès ou Alcibiade, et puis l'enchaînement des faits, en devenant clair, devient passionnant.

A.G. — Oui, c'est une œuvre qui se lit avec un intérêt soutenu. Je défie n'importe quel lecteur normalement constitué de lire, par exemple, tout ce qui concerne l'expédition de Sicile – cette énorme invasion par mer, programmée par Athènes contre la Sicile – sans voir son rythme cardiaque s'accélérer très fortement ! Il y a vraiment là un mouvement d'ensemble magnifique, avec les fautes qui s'accumulent du côté des Athéniens, jusqu'à la défaite finale, évidemment connue du lecteur, qui fait de toute l'œuvre comme la chronique d'un désastre annoncé, de sorte que l'on peut se demander si cette *Histoire*, sur laquelle plane constamment une espèce de mélancolie grandiose, n'est pas à placer du côté de la tragédie.

J. de R. — Oui, Thucydide est très proche de la tragédie, partout : il a beaucoup de rapports avec Euripide, mais, plus profondément, sa façon de penser est marquée par le genre tragique ; c'est très net pour l'expédition de Sicile, qui est un peu la tragédie d'Athènes. Mais c'est un auteur très vivant : nous évoquions le dialogue entre Athéniens et Méliens, il faudrait citer aussi toutes les discussions dans les assemblées, qui sont toujours palpitantes. Parce que Thucydide s'est voulu dense et austère, on a eu tendance à le déformer un peu trop dans ce sens-là.

A.G. — C'est une façon de le lire qu'il a tout fait pour favoriser ! Un jour, vous avez parlé de *« l'effort de Thucydide, cet effort peut-être déraisonnable qu'il a tenté pour tout ramener à la raison et rester exceptionnel »*. Est-ce que nous n'atteignons pas ici la limite et – qu'il me pardonne ! – la naïveté de Thucydide : croire que tout obéit à la rationalité ?

J. de R. — Ce que vous dites est entièrement faux !

A.G. — Ce n'est pas moi, c'est vous !

J. de R. — Eh bien j'ai eu tort ! En réalité, il n'y a guère d'œuvres où l'histoire humaine obéisse aussi peu à la rationalité. Il faut faire très attention : l'œuvre est rationnelle, les hommes dont elle décrit l'action ne le sont pas. On voit bien que le peuple d'Athènes n'est pas mû par la rationalité, c'est le moins qu'on puisse dire ! Ce que veut le peuple – *oper dèmos philei poiein* – n'est que folies, inconséquences, retournements pleins d'incohérence.

A.G. — Thucydide écrit dans un monde encore proche des temps de l'irrationnel et du mythe ; son effort pour s'en dégager est très net, notamment lorsqu'il raconte, dans cette partie initiale de son œuvre que l'on appelle l'*Archéologie*, le passé le plus ancien de la Grèce.

J. de R. — Oui, il a une vue qu'on pourrait dire modernisante, et lorsqu'il parle de la Crète de Minos, il la présente comme un empire fondé sur la mer, sans parler du Minotaure. Son récit de la découverte des tombes anciennes des Cariens lors de la purification de Délos est déjà marqué par un véritable esprit scientifique.

A.G. — La religion est-elle absente de son œuvre ?

J. de R. — On ne peut pas dire cela. Les dieux n'interviennent jamais, ne causent pas les événements : rien, dans son *Histoire*, n'est présenté comme une intervention miraculeuse. Cela est certain et fortement marqué, mais cela n'implique pas nécessairement qu'il n'ait pas fait sienne la croyance dans les dieux. Il indique comme un des maux résultant de la peste d'Athènes ou de la guerre civile, que la croyance dans les dieux et le respect des lois divines se perdaient, et il semble bien le déplorer ; le fait qu'il écarte les dieux du récit et s'en tienne aux causes humaines est une certitude ; mais avons-nous le droit de dépasser ce niveau, et de lui prêter des opinions qu'il n'a pas exprimées et dont nous ne savons rien ? J'en doute fort.

A.G. — Il est vrai qu'il cite des oracles, quatorze je crois.

J. de R. — Vous êtes précis ! Mais il le fait de façon tout à fait objective et avec, parfois, un scepticisme nettement avoué.

A.G. — Puisque son attitude « moderne » vis-à-vis de la question que nous évoquons est difficilement contestable, pourrait-on dire qu'il se sentait, par rapport à cette Grèce de l'obscur et du mythe, comme un philosophe de l'époque des Lumières par rapport au Moyen Âge ?

J. de R. — Je pense qu'il ne faut, à aucun prix, comparer le rationalisme grec avec celui des Lumières : car le *logos* grec est encore très proche du non-rationnel et du mythe, il est mêlé et concret ; ainsi il ne tombe en rien dans les critiques que l'on peut adresser au rationalisme des Lumières : sécheresse, optimisme béat, scientisme parfois un peu niais ; ce n'est pas le genre, ce n'est pas le ton. D'autre part, Thucydide se distingue de ses contemporains par sa façon d'écrire l'histoire, mais non par sa vision du monde et de l'homme.

A.G. — N'a-t-il pas pu se sentir comme un homme des Lumières, comme l'homme d'une nouvelle époque et d'une nouvelle façon de penser, par rapport à la Grèce de son temps ? Il critique le chef athénien Nicias, qui laisse passer une occasion décisive à cause d'une éclipse.

J. de R. — Oui, et on ne peut pas ne pas penser, à ce propos, à l'attitude rationnelle qu'avait, au contraire, Périclès en semblable circonstance. Thucydide appartenait sans conteste au groupe des dirigeants éclairés d'Athènes. Il reste que ce rationalisme grec est très différent de celui des Lumières : il s'agit d'un effort, souvent difficile, pour se détourner d'un monde mythique encore tout proche, alors que la philosophie des Lumières s'opposait à ce qui était déjà pour elle… de l'histoire ancienne.

A.G. — Thucydide a-t-il pu espérer qu'en expliquant, en éclairant cette irrationalité, son œuvre servirait à la diminuer ?

J. de R. — Jamais il ne l'a dit ; il a déclaré qu'il espérait qu'elle pourrait servir à mieux comprendre, à voir clair, *to saphés skopein*. Personnellement, j'en conclu que, si on y voit plus clair, on pourra, dans certains cas, éviter certaines erreurs : c'est pourquoi la notion d'utilité est, à mon avis, présente à l'arrière-plan de son œuvre. Mais il est tellement précis et tellement prudent qu'il ne l'a pas dit.

A.G. — Mais à qui s'adressait-il ? Cette question du public préoccupe beaucoup les spécialistes de la littérature latine, qui, par exemple, pensent que l'historien Tacite destinait son œuvre aux milieux dirigeants de Rome, notamment aux sénateurs. Au-delà de sa volonté de constituer *« un trésor pour toujours »*, à quel type de lecteur pensait Thucydide ?

J. de R. — On ne sait pas ; selon toute vraisemblance, à des gens s'occupant de politique. De par son style, il était réservé à des lecteurs un peu savants. Ce qu'il y a de sûr, c'est que son œuvre a été très vite connue et reconnue.

A.G. — Oui, mais ses successeurs n'adopteront pas ses méthodes.

J. de R. — Il n'est pas sûr qu'il faille chercher la lecture et la compréhension de Thucydide chez les historiens : il est possible que des hommes politiques l'aient lu, et je pense aussi à un auteur comme Plutarque, qui n'a pas imité son style ni ses méthodes, mais qui a subi son influence.

A.G. — Est-ce que l'énormité de l'œuvre n'était pas un obstacle à sa diffusion ?

J. de R. — Probablement pas : on en faisait des lectures publiques – il le dit lui-même – et on ne lisait pas tout. Le problème est le même pour Homère ou pour Hérodote. Et n'oubliez pas que ces Grecs étaient capables d'écouter trois tragédies à la file !

A.G. — Un chapitre de votre livre, *Histoire et raison chez Thucydide*, prend pour point de départ une phrase du philosophe Héraclite : *« Il ne dit ni ne cache, il fournit un signe »* ; vous montrez que cette idée d'un sens caché qui est à découvrir par le lecteur a une grande importance dans la littérature grecque, et qu'elle pourrait valoir, en particulier, pour Thucydide, dont l'œuvre exigerait ainsi une participation active du lecteur. Démarche complètement en opposition avec les usages de notre époque où, au contraire, tout doit être non seulement dit en clair, mais répété, souligné, rabâché presque ! Alors est-ce que la *Guerre du Péloponnèse* a un sens caché, codé, crypté ?

J. de R. — C'est vrai qu'il s'agit d'une habitude grecque, mais j'ai sans doute été trop loin en parlant de significations cachées ; il s'agit plutôt de significations suggérées, et obtenues par des échos savamment agencés de mots, de formules, par les rapports qui s'établissent à distance entre des passages différents.

A.G. — En forçant ce type d'interprétation, on a parlé, pour Platon, d'une œuvre réservée aux initiés.

J. de R. — Oui, mais c'est beaucoup moins net chez Thucydide, qui cherche, lui, à « voir clair ». Ce qui me paraît intéressant à retenir dans cette idée, c'est qu'au-delà des significations explicites et revendiquées comme telles dans l'œuvre, on voit apparaître des relations et des interprétations, qui y figurent objectivement, mais sans que l'auteur les revendique et sans qu'il nous prenne, pour ainsi dire, par la main.

A.G. — De telles répétitions ou allusions ne peuvent-elles pas s'expliquer tout simplement parce qu'un auteur a un peu toujours les mêmes formules qui lui reviennent à l'esprit ?

J. de R. — Non, parce que là, il y a une rigueur presque mathématique dans la progression, avec des échos, des reprises, qui ne peuvent être le fruit du hasard : le style de Thucydide n'est pas assez facile pour que les répétitions y viennent d'elles-mêmes !

A.G. — Il ne s'agit donc ni d'habitudes d'écriture ni de maladresses ?

J. de R. — Pas du tout. En parlant avec vous, je me rends compte que si j'ai consacré la plus grande partie de ma vie et de mes recherches à un historien, ce qui m'intéresse chez lui, plus que l'histoire, c'est l'écriture, la pensée et, pour tout dire, la littérature.

A.G. — Chez Thucydide, la beauté littéraire est inséparable de l'efficacité narrative. Son œuvre est belle parce qu'efficace et efficace parce que belle.

J. de R. — Et elle est belle parce qu'elle est comprise.

A.G. — Cette *Histoire de la guerre du Péloponnèse* est donc d'abord une œuvre littéraire. Nous rejoignons là certains débats très contemporains sur l'histoire *(historia)* que l'on a longtemps définie comme une science et qui se trouve ramenée de plus en plus, par certains théoriciens actuels, du côté de l'art du récit.

J. de R. — Il est vrai que les historiens que l'on continue à lire après leur époque sont tous des écrivains, de Michelet à Braudel : mais l'art du récit chez Thucydide ne concerne pas seulement la qualité de l'expression. Quant à l'aspect scientifique, n'allons pas jusqu'à dire qu'il ne compte pas : dans son analyse précise – je dirais presque son diagnostic – des causes et du déroulement des événements, Thucydide a, très consciemment, cherché à atteindre la précision et la rigueur de cette toute jeune science qu'était alors la médecine.

A.G. — Il est en effet, je crois, le contemporain

d'Hippocrate. Il fait également un usage très scientifique de la notion de document, lorsqu'il cite le texte exact de traités conclu entre des cités. Au total, j'observe que son œuvre, avec l'alliance qu'elle présente de science et d'art, de précision, d'objectivité et d'universalité, est restée sans équivalent.

J. de R. — C'est un cas unique, je l'admets ; mais cela n'a rien pour me déplaire !

A.G. — Cette solitude de l'œuvre de Thucydide n'est-elle pas le signe du caractère impossible de son entreprise ? N'est-il pas utopique de vouloir concilier ainsi une telle volonté d'objectivité et, en même temps, un agencement si élaboré du récit historique ?

J. de R. — Je ne qualifierai pas d'impossible une chose qui a été faite, fût-ce une seule fois ! C'est ma seule réserve : c'est une entreprise, pour ainsi dire, extrême, qui n'est peut-être pas applicable à tous les sujets, car il s'agit d'une histoire formant un ensemble continu, où les différentes questions – vie culturelle, politique extérieure, etc. – ne sont pas distinguées les unes des autres comme elles le seraient aujourd'hui. On a devant soi un genre et une ambition qui demeurent à part : l'œuvre apparaît en effet comme un *unicum*, et Thucydide n'est pas le père de nos historiens modernes.

A.G. — N'est-il pas un peu paradoxal que l'histoire ait, dès ses débuts – puisque Thucydide vient juste après Hérodote –, atteint la perfection, et que, d'autre part, cette perfection soit à jamais, sinon impossible ou inimitable, du moins inégalable ?

J. de R. — Non, si l'on admet qu'il y a plusieurs manières d'être parfait !

A.G. — Depuis plusieurs décennies, vous travaillez et méditez sur Thucydide : au demi-siècle de science « thucydidéenne » que vous incarnez, je voudrais demander si, forte de votre expérience, vous distinguez les évolutions futures de la recherche. Continuera-t-on demain à chercher quand et comment Thucydide a composé son œuvre, quelles furent ses intentions, quels documents nouveaux peuvent l'éclairer ?

J. de R. — Dans tout secteur d'étude, je crois qu'il y a des moments de hauts et des moments de bas : j'ai eu la chance d'appartenir à une époque particulièrement favorisée, pour ce qui est de Thucydide, grâce notamment à la parution du commentaire historique de Gomme, qui a été une énorme entreprise, d'une valeur fondamentale. Mais je suis persuadée qu'il peut suffire, demain, d'un livre qui suggère une nouvelle façon de voir, pour que notre lecture de Thucydide en soit modifiée de nouveau.

A.G. — N'y a-t-il pas, d'ores et déjà, des évolutions perceptibles ?

J. de R. — De plus en plus, on passe de l'étude d'un auteur à l'étude de l'histoire des idées : ce peut être une recherche sur un mot ou sur un concept. C'est ce que j'ai personnellement fait, en allant de Thucydide à une réflexion sur la démocratie grecque, qui connut au cinquième siècle, tout à la fois son apogée et sa crise.

A.G. — C'est ce que nous allons voir maintenant.

En ai-je passé des heures de ma jeunesse ou de ma maturité à peiner sur ce texte, m'obstinant, heure après heure et jour après jour! À vrai dire, j'en ai quelques remords, quand je pense à toutes les affections que j'aurais pu entretenir, et à tous les plaisirs ou toutes les distractions, qu'il est trop tard pour accueillir. Mais je ne pouvais pas m'arracher à la tentation: je voulais comprendre et faire comprendre.

Il faut dire d'abord que c'est un jeu merveilleux de se mesurer à un texte aussi dense, connu pour sa difficulté dès l'Antiquité, et où, à force d'attention, on découvre que chaque mot a sa valeur, qu'il fait écho à un autre situé bien plus loin, que la construction cache des intentions, révèle un sens. Il m'arrivait de passer une journée entière sur une phrase d'une ligne, à comparer les interprétations, à faire des rapprochements avec des passages voisins ou bien des textes d'autres auteurs, et j'avais le sentiment, à chaque fois, d'approcher d'un peu plus près une pensée qui en valait la peine et que je ne dominerais vraiment que plus tard.

Oui, ce furent des journées de lutte intense. Et pourtant, quel choix surprenant ! M'être ainsi attachée toujours à ce texte si peu fait pour une femme, si occupé de guerre et de politique, de batailles et de stratégie, et, dans le domaine humain, d'ambition et de colère !

La force d'un texte ne cesse de m'éblouir. Mais il y a beaucoup plus, je m'en rends compte. Plus tard, à chaque instant, cette pensée rejoignait mon époque et mon temps ; et elle venait jeter une vive clarté sur ce qui faisait ma vie. Je travaillais à ma thèse sur Thucydide et je lisais, selon les jours, les textes où s'inscrit si clairement le danger que court un conquérant qui, en accumulant les conquêtes, accumule aussi les hostilités qui, pour finir, auront raison de lui. J'écoutais un jour, au cours de la dernière guerre, les nouvelles, et je lisais, un autre jour, un petit texte de Thucydide sur la difficulté d'un débarquement dans un pays occupé par l'ennemi. J'entendais à la radio les nouvelles d'invasions gratuites et cruelles, et je lisais dans Thucydide le dialogue au cours duquel s'opposent un conquérant qui cherche à se maintenir par la force et un petit peuple qui se voit obligé de céder en espérant seulement dans l'avenir. Chaque fois, ces rencontres me donnaient comme un petit coup au cœur. Plus tard, il y eut de Gaulle : comment n'aurais-je pas été émue en relisant dans Thucydide le portrait de Périclès, présenté comme un homme d'État loyal et lucide, prévoyant, juste et se faisant entendre du peuple ? Venaient aussi, au cours des années, des nouvelles cruelles d'actes de barbarie, ou bien de massacres lamentables : et moi j'en étais à relire le texte où, avec une rare sobriété, Thucydide signale la tuerie qui eut lieu dans cette petite ville où une bande de

Thraces alla jusqu'à massacrer les enfants dans l'école ! Ou bien je relisais les textes où il s'étend sur les souffrances des prisonniers entassés dans les carrières de Syracuse, les latomies. Il arrivait aussi que j'entende parler de procès et de politique : j'écrivais alors un livre sur Alcibiade où je retrouvais les analyses de Thucydide montrant comment, à cause de son ambition, il fut pris dans des désordres et des procès qui finirent par une trahison, ruineuse pour Athènes. À chaque instant, de toute part, les rencontres naissaient ; et c'était bien de notre temps que me parlait cet auteur vieux de vingt-cinq siècles.

Comment avait-il fait, ce diable d'homme, pour atteindre ainsi, sans jamais ou presque prendre parti, sans généraliser, sans risquer d'imprudences, une vérité qui soit encore la nôtre, à tout moment ? Quel moyen lui avait permis de le faire ? Et quel trait de l'humanité ces rencontres révélaient-elles ? Je me suis posé ces questions, après bien d'autres et avant d'autres encore. Car ce lien avec un présent toujours renouvelé fait que la recherche prend à chaque fois, elle aussi, un tour un peu modifié. Mais c'est que la question vaut la peine d'être posée et d'occuper toutes nos pensées pendant des années. Son importance me servira d'excuse et de justification.

Oui, j'ai passé beaucoup d'heures de ma jeunesse et de ma maturité à peiner sur Thucydide. Je le reconnais, et je sais quels regrets peuvent accompagner cette constatation. Mais au total, quand je repense à l'éclat de ces textes et à la signification que prend encore à mes yeux ce « trésor pour toujours », je suis prête à conclure, avec les mots de la chanson, et cela plus de soixante ans après mon premier choix : « Non, je ne regrette rien ! »

Jacqueline de Romilly

CHAPITRE TROISIÈME

HISTOIRE DES IDÉES : LA DÉMOCRATIE

ALEXANDRE GRANDAZZI. – Thucydide, nous venons de le voir, aimait les idées : c'est sans doute ce qui vous a conduite à vous intéresser, au fil des ans, à l'ensemble de la pensée morale et politique de la Grèce classique, cette Grèce qui, comme chacun sait, inventa la démocratie. Cette pensée, et cette invention, vous les avez étudiées, en effet, dans plusieurs livres dont l'un est consacré à la loi, un autre à la découverte de la liberté, un autre encore aux problèmes – étonnamment modernes – qu'eut à affronter cette démocratie grecque, sans parler d'autres travaux, comme votre monographie sur la douceur, vertu qui, vous le montrez, fut considérée par les Grecs comme aussi nécessaire sur le plan public que dans les relations privées. Travaillant ainsi dans le domaine de l'histoire des idées, vous avez, dans ces livres et dans les nombreux articles qui les ont accompagnés, appliqué une méthode qui est devenue un peu comme votre marque de fabrique. D'auteur en auteur et d'œuvre en œuvre, vous traquez tel ou tel mot désignant telle ou telle idée, et vous en restituez la naissance, le développement et, parfois, la disparition ou la métamorphose. Ainsi les idées, loin d'être, comme on pourrait le croire, autonomes et délivrées des servitudes de l'espace et du temps, auraient, elles aussi, une histoire ? Cependant, je m'interroge et je vous interroge : n'avons-nous pas perdu beaucoup de textes dans cette littérature grecque, et ces manques ne rendent-ils pas illusoire toute tentative de reconstitution en la matière ? À supposer même que cela ne soit pas le cas, peut-on admettre comme prouvé que la première expression d'une idée dans un texte indique réellement le moment où cette idée a pris naissance ? N'y a-t-il pas là une autre illusion ? Et lorsqu'une idée se manifeste dans un texte, est-ce que tout n'est pas, déjà, présent dans cette origine : la thèse, l'antithèse et la synthèse ? N'est-il pas arbitraire de les étaler dans le temps ?

JACQUELINE DE ROMILLY. — Il y a, dans ce que vous venez de dire, à la fois une question très générale et des problèmes particuliers. En fait, dès le début, quand j'ai commencé à travailler sur Thucydide, j'ai été amenée, je vous l'ai dit, à lire les autres auteurs grecs, appartenant aux différentes époques de l'hellénisme, et j'ai été frappée par la parenté de préoccupations qui, au-delà des spécificités de chacun, les réunissait tous. Je n'ai pas tardé à m'apercevoir que la littérature grecque se présentait comme un long dialogue entre les auteurs successifs, qui s'étend sur une très longue période, mais qui connaît son apogée au cinquième siècle avant J.-C. : on assiste alors à un magnifique essor de discussions et de créations, sans précédent et, sans doute, sans équivalent par la suite. L'histoire des idées que j'ai ainsi cherché à écrire ne doit pas, je tiens à le dire, être confondue avec l'histoire des mentalités, qui s'attache, elle, à retracer l'opinion moyenne et ses évolutions, alors que j'ai, quant à moi, tenté d'éclairer le sens et la portée d'écrits qui sont des chefs-d'œuvre littéraires.

A.G. — En somme, vous êtes en train de dire que la littérature ne se réduit pas à la sociologie. Mais ne s'influencent-elles pas mutuellement, et ne peut-il pas y avoir une histoire des idées anonymes et collectives qui sont, à différents moments, celles d'un peuple et d'une civilisation ?

J. de R. — Oui, bien sûr, et je ne méconnais pas leur importance, mais, même pour ce qui concerne l'opinion commune, je suis frappée par le rôle qu'ont joué ces chefs-d'œuvre que sont, par exemple, les tragédies. Pour une part, elles reflétaient, sans doute, cette opinion moyenne, mais pour une part peut-être plus grande encore, elles la façonnaient, l'ouvraient à de nouvelles idées et à de nouveaux sentiments. Retracer l'histoire des idées consiste donc à mettre en lumière ce que chaque auteur, réagissant aux déclarations du précédent, ainsi qu'à l'opinion moyenne dans une certaine mesure, répond pour faire avancer le débat : on a d'abord une thèse, puis une objection, et voici que l'idée se précise au contact de l'expérience, et c'est finalement une pensée plus ou moins continue que l'on voit se développer, en assistant vraiment au progrès de la réflexion. Vous m'avez, il est vrai, présenté des objections possibles, en rappelant d'abord que tous les textes ne sont pas conservés, ce qui est certain : il y a des lacunes, des incertitudes, des vides dont quelques-uns, du reste, peuvent être comblés au fur et à mesure des découvertes. Mais au total, il est tout de même extraordinaire de penser que, s'agissant de ce cinquième siècle athénien, nous avons, dans tous les genres littéraires, des témoignages que nous pouvons dater précisément. Nous avons des tragédies qui se succèdent et dont nous savons presque toujours la date, à un an près ; nous avons des comédies et, également, des récits historiques qui racontent les mêmes événements ; nous avons même, déjà, quelques traces d'éloquence ainsi que des commentaires du temps. Puis, pour le quatrième siècle, et dans le domaine des idées politiques, nous avons aussi les discours transcrits ou refaits par les historiens, et dont l'ensemble aboutit à une extraordinaire continuité intellectuelle. Voyez aussi la pensée philosophique, avec des auteurs allant de Socrate et de ses prédécesseurs à Platon, de Platon à Aristote, puis aux écoles postérieures : tout cela représente une continuité presque sans exemple. Nous avons ainsi, avec les Grecs, ce phénomène unique : ils se passionnaient pour les idées, qu'ils étaient les premiers à découvrir, puisqu'ils sont au début de la réflexion occidentale, et, grâce à la conservation, malgré les pertes subies, de tant d'œuvres, les jalons nous sont fournis pour retracer leur cheminement. C'était donc pour moi une tentation excitante de restituer cette histoire, qui, en même temps, constitue le point de départ de beaucoup des idées politiques, morales, psychologiques que nous retrouvons dans le monde d'aujourd'hui, sous une forme plus élaborée mais aussi plus brouillée, et dont, avec la Grèce, nous découvrons l'origine et le développement premier. Voilà ce qui m'a paru un domaine de recherches passionnant, combinant l'analyse littéraire et la prise en compte de l'histoire ; ainsi, à partir du moment où j'ai pris un peu de liberté par rapport à Thucydide, tout ce que j'ai écrit moi-même et tous les travaux que j'ai dirigés ont été orientés dans cette direction : prendre une idée, en suivre la naissance et le développement.

A.G. — Si je vous comprends bien, l'ensemble des œuvres produites durant ce cinquième siècle athénien est à considérer comme une espèce de dialogue ininterrompu où l'on peut presque abolir les frontières entre les différents genres littéraires que sont la tragédie, la comédie, l'histoire, le traité philosophique, alors que nous avons, nous, l'habitude de les considérer, pour ainsi dire, comme des monades, c'est-à-dire des entités se suffisant à elles-mêmes et n'ayant que peu de rapports les unes avec les autres.

J. de R. — C'est tout à fait juste, et c'est d'ailleurs à mettre en rapport avec le fait qu'il n'y avait pas, à cette époque d'écrivains enfermés chez eux et travaillant tout seuls.

A.G. — Pas d'écrivains et seulement des intellectuels écrivant…

J. de R. — Oui, parce que tout s'inscrivait dans le cadre de la cité : le théâtre, qu'il s'agisse de tragédie ou de comédie, s'adressait à la cité ; les historiens, également, faisaient l'histoire de la cité et mettaient en scène des personnages de l'actualité, de sorte qu'on peut parler d'une vie intellectuelle menée en commun. Il faut toutefois nuancer ce tableau, car si cette situation est évidente pour le cinquième siècle, elle l'est beaucoup moins avant et après. Ce qui permet cependant de faire une histoire des idées dans des limites plus larges, disons d'Homère à Plutarque, c'est que les Grecs n'ont jamais cessé de s'appuyer toujours sur les grands textes qui les avaient précédés : ils s'en inspiraient dans leur vie, ils en connaissaient de longs passages par cœur et ils les commentaient dans leurs conversations. Tout cela permet de rétablir, même quand on change de lieu et de siècle, et même si elle est moins rigoureuse que durant le cinquième siècle, une forme de continuité. On suit donc l'évolution de la pensée, de siècle en siècle : elle est liée à l'histoire et se trouve complètement engagée dans la cité au cinquième siècle, et puis elle s'en libère, pour être plus tournée vers la philosophie. Je ne veux certes pas faire ici toute l'histoire de la littérature grecque, mais je tiens à dire que, pour moi, cette histoire est déjà une histoire des idées.

A.G. — Le mot figurait d'ailleurs dans la désignation de votre chaire au Collège de France.

J. de R. — Oui ; avec l'intitulé « La Grèce et la formation des idées morales et politiques » je donnais à mon travail à la fois des limites de temps et de contenu, puisque j'entendais étudier avant tout la naissance et les premiers développements des idées, en restant dans les domaines de l'éthique et de la politique, ce qui forme déjà un ensemble très vaste.

A.G. — Dans cet ensemble, vous avez surtout étudié les idées liées, comme conditions d'existence ou comme conséquences, à la démocratie.

J. de R. — Surtout, mais pas seulement : mon premier cours au Collège de France, par exemple, était consacré à l'idée de puissance ; je me demandais ce qui faisait, pour les Grecs, la puissance d'un État, ses limites, ses dangers. J'ai traité ce sujet pendant deux ou trois ans, accumulant quantité de notes, mais cela n'a pas abouti à un livre de synthèse.

A.G. — Pourquoi ?

J. de R. — Les circonstances, sans doute ; elles comptent beaucoup, vous savez, dans une vie et une bibliographie ! En revanche, certaines recherches ont abouti, comme mon enquête sur la douceur ; *La Grèce antique contre la violence* s'inscrit aussi dans cette lignée.

A.G. — Même dans ces livres, cependant, vous montrez bien que la démocratie a été le type de régime qui préservait, mieux ou, en tout cas, moins mal que d'autres, les valeurs de douceur et d'humanité. Mais pourquoi avoir ainsi privilégié la formation des idées : est-ce à dire qu'après le quatrième siècle avant J.-C., il s'agit d'autre chose ?

J. de R. — Non, ça dépend entièrement de l'idée qui est étudiée. Il est vrai que dans *Les Problèmes de la démocratie grecque* ou dans *La Naissance de l'idée de liberté en Grèce*, je me suis arrêtée, autant qu'il me souvienne, à Aristote, parce que, à la fin du quatrième siècle, pour ce qui est de ces deux sujets, la doctrine et l'expérience politiques sont déjà très complètes ; mais étudiant l'idée de douceur, dans ce gros livre qui, d'ailleurs, a été le premier que j'ai fait imprimer après mon entrée au Collège de France, j'ai été jusqu'aux Pères de l'Église, puisque c'est une idée dont l'évolution est encore très importante après l'époque classique.

A.G. — Personnellement, j'ai un peu le sentiment que les deux livres que vous venez d'évoquer sont, pour ainsi dire, nés d'un autre, qui les a précédés et préparés, et qui était consacré à *La Loi dans la pensée grecque*. En me référant à cette habitude qu'avaient les sophistes d'avancer successivement les arguments en faveur et contre une thèse, *pro* et *contra* comme on dit en latin, je verrais dans votre livre sur la loi l'énoncé de la thèse et des principes, puis dans *Les Problèmes de la démocratie*, le réquisitoire – les arguments *contra* – et dans *La Grèce à la découverte de la liberté*, le plaidoyer – les arguments *pro*, publiés en 1989, date significative puisque c'était celle du bicentenaire de la Révolution. Êtes-vous d'accord avec cette présentation ?

J. de R. — Pas du tout ! Je la trouve brillante, mais je ne reconnais absolument rien de ma démarche réelle. J'ai beau penser et dire que l'on peut faire l'histoire des idées dans la Grèce antique, et avoir œuvré en ce sens, le déroulement de mes travaux tout au long de ma vie ne m'est jamais apparu aussi linéaire, mais beaucoup plus brouillé. Même si les livres s'inscrivent en général, chez tout auteur, dans une continuité intellectuelle, ils dépendent aussi des circonstances. Le livre sur la loi est le résultat d'un enseignement au Collège de France : il n'est du reste pas consacré directement à la démocratie, mais aux réflexions et aux discussions serrés des Grecs sur l'origine et la valeur de la loi. Pour les deux autres livres que vous venez de citer, il est vrai qu'ils sont un peu antithétiques, mais le plus important, me semble-t-il, est qu'ils se complètent. Il ne s'agit pas qu'un livre soit pour la démocratie et un autre, contre ; il s'agit de restituer la série des découvertes par lesquelles les Grecs, en l'occurrence les Athéniens, ont vu, soit les merveilles de la liberté, soit les difficultés de la démocratie. Quant au livre sur la liberté, il n'était pas du tout lié au bicentenaire : simplement, ayant tout le temps vécu en compagnie de ces idées et de leur histoire, je développais, selon les occasions qui se présentaient, un aspect ou l'autre.

A.G. — Vous parlez d'occasions : de ce point de vue, je remarque que vous avez publié votre livre sur la loi en 1971 ; en me fondant sur la vraisemblance – critère inventé aussi par les sophistes ! – j'en déduis que vous avez dû commencer à y travailler vers 1970 ou vers 1969, c'est-à-dire bien peu de temps après un certain mois de mai où il avait été dit et répété qu'il était interdit d'interdire. Alors, est-ce que le fait de consacrer un livre à la loi dans un tel contexte n'était pas un petit peu, de votre part, une réponse, peut-être même une petite provocation ?

J. de R. — Je crois que, si j'avais voulu écrire une réponse à certains des propos tenus en 1968, elle aurait été plus vigoureuse et plus directe…

A.G. — Il est vrai que vous avez publié, en 1969, *Nous autres professeurs*… qui apportait cette réponse.

J. de R. — Oui ; quand je parlais d'occasions, je pensais plus simplement à une conversation avec un ami éditeur, qui, alors que nous évoquions les réflexions des Grecs sur les problèmes de la démocratie, me proposa de faire un livre sur ce sujet. Ce qui ne veut pas dire, naturellement, que la vie politique et culturelle de mon époque n'ait pas joué un rôle, comme le montre l'exemple même de cette conversation que j'évoque. Sans doute les circonstances politiques que je vivais avaient-elles une grande influence sur le choix de mes thèmes de réflexion : après tout, j'avais parlé de l'impérialisme au sujet de Thucydide, au moment même où se manifestait l'impérialisme d'Hitler ; même alors, je n'avais pas eu le sentiment d'un choix conscient. Je veux bien admettre que tel événement ou telle discussion contemporains sur la démocratie ou sur la loi avivaient mon intérêt, mais l'influence n'a été souvent que très indirecte.

A.G. — De vos propos, si nuancés soient-ils, je retire tout de même l'impression qu'elle a été nette.

J. de R. — Curieusement, je vois très bien l'influence des faits politiques grecs sur la pensée grecque, mais quant à moi, je vis tellement enfermée dans ces œuvres merveilleuses, que je crois que l'inspiration de mes travaux est à chercher en elles. Néanmoins, je reconnais que si j'ai récemment étudié les textes de la Grèce antique traitant de la violence, c'est peut-être parce que ce thème et, malheureusement, cette réalité ont une telle place dans le monde d'aujourd'hui que j'ai souhaité faire cette mise au point. Cependant, vous observerez que ce livre est aussi la suite directe de celui sur la douceur, qui, lui, était bien antérieur à ces discussions actuelles auxquelles je fais allusion. À chaque fois, on peut donc parler de deux sources d'inspiration…

A.G. — En entreprenant un livre sur la douceur, n'aviez-vous pas aussi songé à votre père qui, s'il n'était pas mort à la guerre en 1914, devait, m'avez-vous dit, consacrer sa thèse, dont il avait déjà choisi le sujet, à la notion désignée en grec par le mot *aidôs*, qui signifie la pudeur ?

J. de R. — L'hypothèse est séduisante, mais peu probable, car en réalité, c'est plutôt par mes travaux antérieurs sur Thucydide que j'ai, comme vous l'avez vous-même rappelé, été amenée à ce type d'études. Mais je voudrais dire que, dans ce domaine de l'histoire des idées, la voie m'était montrée par certains travaux parus à l'étranger. Sans faire une liste, je souhaite citer les travaux de Bruno Snell, dont les études sur l'apparition, dans la pensée grecque, de tel mot ou de tel concept, étaient pour moi très stimulantes.

A.G. — Est-ce que, d'une manière générale, la recherche anglo-saxonne ne montrait pas, pour ce type d'approche, un intérêt beaucoup plus grand qu'en France ? L'histoire de la pensée politique, par exemple, n'était-elle pas déjà une spécialité anglaise ?

J. de R. — Oui, mais on travaillait en ce sens en Allemagne aussi : Bruno Snell, ainsi que Werner Jaeger, l'auteur de *Paideia*, étaient allemands, même si le premier avait eu une grande partie de sa formation en Angleterre, et si le second résidait aux États-Unis. La réalité, c'est que la France avait un certain retard : on y était plus tourné vers l'esthétique des textes que vers l'histoire intellectuelle. C'est pourquoi il m'a paru intéressant de prendre ce chemin.

A.G. — À propos de chemin, justement, il y a une définition célèbre de la méthode comme *« le chemin une fois qu'on l'a parcouru »*. Me trompé-je si je donne à la vôtre les qualificatifs de « sémantique » et de « chronologique », puisque vous essayez à chaque fois de retracer et de dater l'apparition et l'évolution des mots et des idées ?

J. de R. — Vous avez tout à fait raison. Je me rappelle, par exemple, avoir consacré plusieurs articles à l'apparition d'un mot qu'on voit surgir, alors qu'on est sûr qu'il n'existait pas auparavant, et qui se répand ensuite dans tous les textes : c'est le mot *homonoia*, qui signifie la concorde, et dont on n'a pas une attestation avant le moment où Athènes a connu une crise, l'a surmontée et a décidé de s'unir.

A.G. — De quelle crise s'agit-il ?

J. de R. — En 411, lorsque s'est manifesté, à Athènes, qui connaissait des difficultés, un début de guerre civile ; les Athéniens ont réagi et ont su se réconcilier à temps. Cette idée de concorde a triomphé à la fin de la guerre, quand, de même, il y a eu une occupation d'Athènes par des ennemis de la démocratie, puis une guerre civile, puis une réconciliation.

A.G. — L'histoire des idées, c'est donc les idées dans et de l'histoire ?

J. de R. — Au moins en partie, oui. À Athènes, les crises politiques se reflètent en progrès philosophiques.

A.G. — Et pour restituer ces naissances et ces développements de mots et d'idées, comment procédiez-vous ?

J. de R. — Pour étudier l'idée de douceur, par exemple, par laquelle j'ai traduit le terme grec *praos* – qui signifie à la fois l'indulgence, la compréhension, la facilité des rapports, etc. –, j'ai commencé par établir un petit tableau qui montrait, en toute clarté, que les mots désignant ces vertus apparaissaient progressivement : quelques occurrences seulement chez Homère, nettement plus chez Euripide, et une grande abondance chez Isocrate. L'évolution est donc très nette au fur et à mesure que l'on avance dans le temps.

A.G. — Ainsi les mots que l'on emploie révèlent toujours quelque chose. C'est ce que disaient, à leur manière, ceux qui, dans les années 70 du siècle précédent, affirmaient que *« le langage n'est pas innocent »*.

J. de R. — Jamais, en effet ; il n'y a qu'à voir, malheureusement, quels mots nous mettons à la mode aujourd'hui !

A.G. — D'un point de vue pratique, est-ce que l'informatique n'apporte pas des facilités à ce type de recherches ? On peut faire tenir toute la littérature grecque sur un seul support, et on peut suivre ainsi les emplois de n'importe quel mot.

J. de R. — Elle facilite le déblayage initial, si je puis dire. Mais vous savez qu'on disposait déjà, avant l'informatique, de ces instruments de travail très utiles que sont, pour chaque auteur grec, les index, qui recensent très précisément les références des passages où apparaît tel ou tel mot. J'avais chez moi tous ceux qui existaient pour les auteurs classiques. Cependant, les listes, les tableaux et les décomptes ne suffiront jamais ! Ce que ne donnent ni les index ni l'informatique, ou très insuffisamment, c'est le sens de ces mots, l'éclairage qui leur est apporté par le contexte où ils figurent.

A.G. — Et le mot « démocratie », quand apparaît-il ?

J. de R. — On le rencontre la première fois chez Hérodote, à propos d'événements antérieurs. On avait employé d'abord d'autres mots, très beaux, comme *isonomia*, l'égalité des droits, ou *parrèsia*, liberté de parole ; « démocratie » apparaît, semble-t-il, nettement après les guerres médiques et à peu près en même temps que les mots « aristocratie », « monarchie », « tyrannie », « oligarchie ».

A.G. — Tous mots qui fixent pour ainsi dire l'ossature de la science politique à venir. Le latiniste que je suis ajoutera que les mots « république », « loi », « liberté » et, on l'a vu, « concorde », sont, eux, d'origine latine, de même que le mot « constitution ».

J. de R. — Oui, la Grèce a défini les principes, et Rome, avec ses moyens pratiques, a continué. C'est à Athènes, en tout cas, qu'on a la première apparition d'une démocratie connue de nous ; on ne peut pas jurer qu'ailleurs – on a parlé de Chios, je crois – ce type de régime n'ait pas commencé à exister avant, mais on n'en a aucune preuve ; alors que pour Athènes, nous avons, depuis les débuts, des textes. Les documents, très nombreux, permettent de restituer toute l'histoire des idées sur la démocratie, les éloges comme les attaques qui lui furent adressés.

A.G. — Quand cette histoire commence-t-elle : avec Dracon ou avec Clisthène ?

J. de R. — Il n'y a pas un commencement absolu : on peut, il est vrai, parler de Dracon, mais il faut citer aussi Solon et même, peut-être, Thésée. Ce qui me paraît important, c'est que la démocratie grecque n'est pas un système figé : les lois évoluaient sans cesse, et la démocratie du milieu du cinquième siècle avant J.-C. était, si j'ose dire, plus démocratique que celle du début, avec Clisthène, à la fin du sixième siècle.

A.G. — Hormis deux épisodes, qui ne dureront pas, cette démocratie va exister à Athènes durant tout le cinquième et le quatrième siècle, jusqu'à la victoire définitive de la Macédoine.

J. de R. — Et même après : la démocratie a été, il est vrai, très souvent renversée, mais, un peu partout, on l'a vue renaître à chaque fois. Mais pour moi, l'important, ce n'est pas qu'elle disparaisse et qu'elle renaisse, c'est qu'elle se découvre et qu'elle progresse.

A.G. — Ce qui ne peut guère s'observer qu'à Athènes : n'est-il pas gênant que, pour parler de ce régime à vocation universelle qu'est la démocratie, on soit toujours ramené à Athènes, limité à Athènes ? Entre les deux il y a une quasi-équivalence, qui m'apparaît presque comme une contradiction de principe ; sans doute vais-je trop loin ?

J. de R. — Non, c'est une très bonne remarque, qui me permet de souligner un aspect que je crois important. Il y avait en réalité des démocraties ailleurs qu'à Athènes, ou, au moins, des partis démocratiques : on peut ainsi définir, en gros, la guerre du Péloponnèse comme le conflit entre les villes qui étaient pour Athènes et qui avaient un régime démocratique, et les villes pour Sparte, et à régime oligarchique. Ce que vous soulignez s'explique autrement : ce qui caractérise Athènes, et Athènes seule, c'est l'existence de textes relatifs à cette démocratie, qui en parlent, qui la louent ou l'attaquent. D'autre part, cette démocratie a pris, dans les faits mêmes, une ampleur et un retentissement extraordinaires. L'effervescence politique à Athènes a été exceptionnelle. La cause en est peut-être dans le rôle pris par Athènes à la tête de la défense grecque durant les guerres médiques ; puis, ayant gardé autour d'elle ses alliés, elle les a transformés en sujets. L'essentiel tient donc, non pas à la démocratie en tant que telle, mais à l'essor d'Athènes durant le cinquième siècle, à l'élan de la victoire contre les Perses, aux possibilités financières que cette victoire lui a données, et à la fierté morale qu'elle en a retirée. Elle est devenue la ville où tout le monde venait travailler et découvrir : jusqu'en Sicile on s'interrogeait sur ce qu'était telle pièce qu'Euripide venait de faire jouer ; Hérodote est venu à Athènes et Thucydide a centré son histoire sur elle, même quand il montrait ses défauts ; les sophistes l'ont tous fréquentée. Les Athéniens étaient hospitaliers, et l'on voit dans l'Oraison funèbre que Thucydide fait prononcer à Périclès qu'ils étaient fiers de leur ouverture d'esprit et de leur caractère accueillant. Ils avaient la puissance, une flotte immense qui leur permettait d'aller partout, de se faire connaître, d'entrer en relations avec tous. Ce fut vraiment un grand moment dans l'histoire humaine, qui n'a pas duré, mais un grand moment ! Même après la défaite, quand Athènes avait perdu toute importance politique, elle est restée longtemps le seul centre sérieux de culture et de rhétorique.

A.G. — Oui, tout bon Romain, à commencer par Cicéron, se devait de faire le voyage d'Athènes, comme, plus tard, tout bon Anglais devrait faire son « Grand Tour ». Mais, en vous écoutant, c'est à une autre puissance, elle aussi démocratique et maritime, que je pense : les États-Unis. Quoi qu'il en soit, et pour en rester à Athènes, vous évoquez l'importance de la victoire sur les Perses : dans la mesure où la lutte contre l'envahisseur avait requis les efforts de tous les Athéniens et où la démocratie peut être définie comme participation de chacun au devenir de la cité, ne peut-on pas dire que la démocratie est née de la guerre ?

J. de R. — Non, puisqu'elle commence avec Clisthène, avant les guerres médiques, et qu'elle résulte d'un très long mûrissement. Il est vrai, néanmoins, que la victoire sur les Perses a contribué à affermir la démocratie et a facilité son succès.

A.G. — Cette démocratie est, comme vous l'écrivez quelque part, *« à la fois plus réduite et plus radicale que la nôtre »* ; plus radicale parce que directe, à la différence de nos démocraties qui sont indirectes et représentatives. À Athènes, tout le monde participe ou est susceptible de participer, non seulement au vote mais au gouvernement : le peuple se gouverne lui-même.

J. de R. — Oui, et on a beaucoup de textes détaillant les nombreuses précautions prises pour que cette universalité soit respectée. C'est ainsi que presque toutes les magistratures étaient confiées à des citoyens tirés au sort, non rééligibles et toujours associés à un autre collègue ; j'ajoute que tout magistrat devait, à la fin de l'année, rendre des comptes. Les contrôles étaient très stricts.

A.G. — Ainsi, de par le tirage au sort, n'importe quel citoyen était censé être capable de participer au gouvernement d'une cité qui, sans atteindre la grandeur et la complexité des États modernes, était la première de la Grèce, en population et en ressources ?

J. de R. — Avec cette réserve que, pour bien des cas, il y avait tirage au sort sur des listes établies au préalable et que, d'autre part, pour les grandes fonctions militaires ou financières, il y avait même élection. Mais, en gros, le tirage au sort dominait. À son origine, il y a certainement aussi l'idée que ce sont les dieux qui choisissent. Pourtant, malgré toutes ces dispositions, les citoyens étaient loin de participer tous activement à la chose publique, faute de temps et de moyens : pour leur permettre de venir à l'Assemblée sans perdre le fruit du travail d'une journée, on a alors institué une indemnité, le *misthos* ; ce qui n'a pas été sans scandale ni réprobation, certains étant choqués de voir qu'on était désormais payé pour faire son devoir civique. Au total, cependant, la démocratie athénienne ne fut jamais confisquée au profit d'une minorité, de fait ou de droit. Ce d'autant moins que c'était parmi les citoyens qu'on tirait au sort – comme on le fait aujourd'hui chez nous pour les jurés d'assises – les membres des différents tribunaux qui regroupaient chacun plusieurs centaines de juges.

A.G. — Autrement dit, la démocratie grecque ne connaissait pas la séparation des pouvoirs, qui ne sera inventée que bien plus tard, par les Modernes. Certains usages donnaient de grands pouvoirs au peuple. Je pense en particulier à cette institution si curieuse de l'ostracisme, qui permettait aux Athéniens de condamner à l'exil ceux qui leur déplaisaient.

J. de R. — Je vous accorde que ce n'est pas une institution très sympathique ; elle a d'ailleurs vite disparu des usages athéniens. On ne doit pas négliger le rôle efficace qu'elle a pu jouer pour contrôler les aspirations au pouvoir personnel : voyez, *a contrario*, ce qui a pu se passer à Rome, où elle n'existait pas. Gardons-nous d'ailleurs de considérer les choses sur un plan trop abstrait ! La démocratie athénienne, c'était aussi un état d'esprit, fait de bienveillance et de respect mutuels : même sur un sujet comme l'ostracisme, je peux citer l'histoire d'Aristide, homme politique du cinquième siècle avant notre ère. Alors qu'on est en train de voter sur la question de son bannissement, un homme du peuple, qui ne l'a pas reconnu, s'adresse à lui : *« Je voudrais écrire le nom d'Aristide. – Je vais te l'écrire, mais pourquoi veux-tu qu'il soit banni ? – Parce que ça m'agace de l'entendre toujours appelé le Juste. »* Et Aristide écrit son propre nom…

A.G. — L'histoire est belle, et vous plaidez très bien la cause de la démocratie athénienne ! Mais en dehors du fait qu'elle a inspiré des chefs-d'œuvre littéraires, comment considérez-vous cette démocratie ? Comme une espèce de laboratoire où ont été menées des expériences qu'il est intéressant d'étudier, comme un banc d'essai pour des solutions futures ?

J. de R. — Je ne peux pas vraiment répondre à votre question. Vous me demandez ce qu'est cette démocratie indépendamment des textes magistraux qui en parlent, mais pour moi, ce qui compte, ce sont ces textes ! Puis-je le dire ? La réalité de la démocratie athénienne m'est un peu indifférente… Elle n'est certes pas pour moi un modèle indépassable, tant s'en faut ! Je la vois comme un terrain d'expérience pour les penseurs de l'époque, et ce sont ces réflexions, ces analyses, ces objections, ces débats, qui me paraissent passionnants et actuels. Bref, je ne crois pas tellement que les faits soient, par eux-mêmes, instructifs ! Mais, à mon sens, il est intéressant de voir comment ont été posés les premiers principes, quelles difficultés ont surgi, quelles modifications ont été peu à peu apportées. Les Athéniens n'ont pas cessé de réfléchir aux moyens de l'améliorer, et aujourd'hui on cherche encore !

A.G. — C'est pourquoi on a pu dire que la démocratie doit être considérée plus comme un problème que comme une solution. Elle est indéfiniment perfectible, et le principe de cette adaptation permanente nous a été transmis par les Grecs. Reste que, si admirable et si évolutive soit-elle, cette démocratie grecque est – il faut bien le dire ! – le régime politique d'une société dont toute l'organisation et l'économie reposent sur cette réalité pour nous inadmissible, presque impensable : l'esclavage.

J. de R. — Je m'attendais, évidemment, à ce que vous en parliez, et vous avez raison de le faire, car l'objection est fréquente. Mais, attention ! L'histoire montre qu'Athènes n'a pas été seule à pratiquer l'esclavage, qui existe dans toutes les sociétés anciennes ; Rome aussi l'a connu…

A.G. — Oui, mais avec une possibilité, pour l'esclave, de recevoir la liberté, ce qu'on appelle l'affranchissement, auquel les Romains ont recouru de façon massive.

J. de R. — Certes, mais l'esclavage n'en a pas moins existé chez eux, ainsi que dans de nombreuses autres civilisations : on le rencontre, au haut Moyen Âge, chez les musulmans comme chez les chrétiens ; il est, aux États-Unis, la cause de la guerre de Sécession, et, selon certains témoignages, il semblerait, hélas, qu'il n'ait pas totalement disparu du monde actuel. Alors, pourquoi s'étonner de le trouver chez les Grecs ?

A.G. — Justement : au nom même de leurs principes et des découvertes de leur pensée ! Je ne prends pas l'habit, anachronique en l'occurrence, d'un juge, mais j'en reste au point de vue des Grecs eux-mêmes : comment ont-ils pu mener cette réflexion merveilleuse sur la liberté, la dignité de la personne humaine et la démocratie, et, en même temps, être ce peuple dont chaque citoyen avait un ou plusieurs esclaves à son service ? Je me souviens qu'Aristote définissait l'esclave comme *« un outil parlant »* !

J. de R. — C'est d'ailleurs la pire formule sur ce sujet dans toute la littérature grecque; il n'y en a pas d'équivalente.

A.G. — C'est pour cela que je la cite !

J. de R. — Quand on reproche aux Grecs d'avoir pratiqué l'esclavage, d'une certaine manière, on rend hommage à leurs propres idées. Il est vrai qu'ils ne l'ont pas supprimé, mais ils ont lancé les idées dont le développement allait, bien des siècles plus tard, permettre son abolition.

A.G. — Autre pièce à charge dans ce dossier de la démocratie grecque : elle exclut les femmes de la participation à la vie publique.

J. de R. — Comme vous le savez, il a fallu, partout dans le monde, attendre le vingtième siècle pour que cette participation devienne réalité, et, là encore, en vertu d'idées et de principes d'universalité dont la première découverte revient aux Grecs : je pense aux comédies d'Aristophane, aux idées proposées dans la *République* de Platon; mais aussi, il faut remarquer qu'il s'agit des droits du citoyen, ce qui n'empêche pas une grande considération pour le rôle que peut avoir la femme; même la tragédie, avec toutes ses héroïnes féminines, l'atteste bien.

A.G. — Rassurez-vous : je ne vais pas vous et leur reprocher de n'avoir pas inventé la parité, l'éducation nationale ou la sécurité sociale ! Venons-en maintenant aux grandes idées qui fondent cette démocratie grecque et athénienne. Et d'abord à l'idée de loi, à laquelle vous avez consacré un livre, que vous auriez pu intituler « Malaise dans la pensée grecque », tant cette histoire est celle d'une crise, d'une grande remise en question qui s'étend sur plus d'un siècle. Au début, pourtant, tout paraissait clair, car, très vite, l'existence de lois fut reconnue comme la condition de la démocratie.

J. de R. — Oui, c'est tout le sens du fameux dialogue qu'Hérodote met en scène entre le roi perse et un Spartiate qui lui dit, parlant des Athéniens : *« S'ils sont libres, ils ne sont pas libres en tout ; ils ont un maître, la loi, qu'ils redoutent encore bien plus que tes sujets ne te craignent. »*

A.G. — C'est la grande découverte grecque : l'obéissance aux lois est liberté et l'absence de lois est tyrannie. Historiquement, j'imagine que l'opposition avec la Perse monarchique a dû faciliter cette prise de conscience ?

J. de R. — Sans aucun doute ; Eschyle l'avait bien compris, lui qui fait dire à la femme du Grand Roi cette phrase pleine d'étonnement à propos des Athéniens : *« Ils ne sont esclaves ni sujets de personne. »*

A.G. — Pourtant, chez ces Grecs, qui préfèrent peut-être les questions aux réponses – alors que ce sera, me semble-t-il, plutôt l'inverse chez les Romains –, il s'est trouvé des esprits pour se demander pourquoi il fallait obéir à la loi. Parce qu'elle est une inspiration divine, une coutume, une convention, un accord imposé par la majorité, une norme utile à la société ?

J. de R. — C'est en effet une grande question, et il me semble tout à l'honneur des Athéniens de l'avoir tout de suite posée, cernée, et d'avoir tout de suite tenté d'envisager des réponses. Vous avez tout à l'heure parlé de malaise : c'est un désir de tirer au clair, de préciser, de définir, pour mieux comprendre sur quels principes on s'appuie. Si on attribue à la loi une origine divine, il devient très difficile d'expliquer et d'admettre qu'elle puisse changer, se contredire, évoluer même. Si on y voit une coutume, ou même une prescription adoptée à l'instigation d'un groupe de citoyens, fussent-ils les plus nombreux, la possibilité de son changement devient tout à fait envisageable, mais sa valeur en est d'autant plus problématique, ce qui remet en question l'obéissance qu'on lui doit. Pour sortir de ces difficultés, les Grecs ont réfléchi sur la notion de loi et sur son origine – divine ou humaine ? Du point de vue religieux ou moral, ils avaient d'ailleurs la notion de « lois non écrites », et cela conduit à Aristote et à la notion de lois naturelles. Il y a véritablement eu tout un bouillonnement intellectuel sur cette question de la loi, et ceux qui ont été le plus loin dans sa contestation ont été les sophistes, même s'ils ne sont pas les nihilistes qu'on a voulu faire d'eux. Mais, finalement, ce qui l'a emporté, c'est le sentiment de l'utilité de la loi pour la cité et pour la démocratie. Démosthène, plus que tout autre, a insisté sur le fait que le respect des personnes, les institutions de la cité, la lutte contre la violence, étaient liés à l'existence de la loi. Que la loi soit une défense contre ce qu'on appelle le droit du plus fort, c'est une idée que l'on trouve, significativement, aussi bien chez certains sophistes, qui le déplorent – voyez le Calliclès de Platon qui la définit comme *« un complot des faibles »* –, que chez les partisans de la démocratie, comme Démosthène.

A.G. — La loi a donc été ressentie comme utile, comme nécessaire même, non seulement pour le bon ordre de la cité, mais pour le bien commun de tous les citoyens, objectif qui redonnait à la loi cette valeur absolue qu'elle ne trouvait plus dans le recours à une origine divine. Si la loi est ainsi fille de la raison et de la vertu, est-ce que cela ne revient pas à placer l'éducation des citoyens au premier rang des priorités ?

J. de R. — Bien sûr, et Platon a longuement insisté là-dessus. On en arrive alors à l'idée d'une science de la politique, qui est connaissance des principes devant fonder l'élaboration des lois.

A.G. — La démocratie est donc fondée sur la loi et productrice de lois. Mais le danger, en ce domaine, ne serait-il pas dans l'excès ? Pour paraphraser une formule célèbre, je dirais que « trop de lois tue la loi » !

J. de R. — C'est pourquoi je vous répondrai, avec Isocrate : *« Les bons politiques doivent, non pas remplir les portiques de textes écrits, mais maintenir la justice dans les âmes : ce n'est pas par les décrets mais par les mœurs que les cités sont bien réglées. »*

A.G. — Si donc l'obéissance aux lois est liberté, il n'en est pas moins vrai, les Grecs l'ont dit, que cette liberté-là peut très bien exister dans une monarchie, type de régime qu'on ne confondra pas avec la tyrannie. En d'autres termes, la liberté, à elle seule, ne suffit pas à définir et à fonder la démocratie : est-ce que la vraie définition de la démocratie grecque, et peut-être de toute démocratie, ce n'est pas l'alliance de la liberté et de l'égalité ? Alliance sur laquelle allait travailler toute la pensée occidentale, qui, il faut bien l'avouer, aura du mal à ne pas y voir une contradiction, tant il s'avère difficile de concilier les deux.

J. de R. — C'est tout à fait juste pour ce qui est de la définition de la démocratie. Quant au dilemme que vous évoquez, il est venu bien après les Grecs qui, eux, entendent très exactement, par égalité, le droit pour tous à participer aux décisions politiques. Un très remarquable texte d'Euripide l'exprime lumineusement : *« La liberté, elle est dans ces mots : "Qui veut, qui peut donner un avis utile à la cité ?" Alors celui qui veut parle et l'autre se tait. Est-il plus belle égalité ? »* Vous voyez bien que dans ce texte dont le premier mot est « liberté » et le dernier « égalité », il n'est question que de la participation au gouvernement de la cité.

A.G. — Il me semble pourtant me souvenir qu'on trouve dans la pensée grecque une distinction qui concerne les aspects sociaux et économiques : je veux parler de la différence entre l'égalité arithmétique – à chacun la même chose – et l'égalité géométrique – à chacun selon ses besoins ou ses possibilités.

J. de R. — Cette distinction est née au quatrième siècle, dans un contexte de contestations sociales, et elle se trouve chez Platon, qui l'illustre, un peu curieusement, en imaginant une situation de pénurie alimentaire où l'on ne saurait, dit-il, distribuer la même quantité de nourriture aux gros et aux maigres… Cette idée de proportion dans l'égalité n'a, du reste, guère été appliquée par les Grecs.

A.G. — Elle est, par contre, à la base du système constitutionnel romain, où, de façon très organisée, le poids politique de chaque citoyen dépend de son degré de fortune. C'est le principe du régime censitaire, qui aboutit dans les faits à remplacer l'égalité par l'inégalité. Mais revenons à l'autre source de la démocratie qu'est la liberté : aujourd'hui, nous, Modernes, mettons volontiers le mot au pluriel, alors que les Grecs et les Romains ne l'employaient, me semble-t-il, qu'au singulier ; pourquoi ?

J. de R. — C'est une distinction très importante, et qui montre bien la différence entre les Grecs et nous. Pour les Athéniens, la liberté, ce fut d'abord le fait de ne pas être esclave, de ne pas recevoir d'ordre d'un souverain et de s'administrer soi-même. D'aucune manière, il ne s'agissait de liberté par rapport à la cité à laquelle on appartient, et contre laquelle on n'aurait jamais eu l'idée de réclamer tel ou tel droit : nos libertés d'expression, d'association et de réunion existaient dans les faits à Athènes – des groupes antidémocratiques y étaient tolérés –, mais on n'aurait jamais pensé à les revendiquer. C'est pour cette raison que Benjamin Constant a soutenu que la notion de liberté individuelle n'existait pas dans la liberté grecque : affirmation juste en partie, mais qui prête à malentendu, car elle semble impliquer que les droits de la personne étaient ignorés et bafoués à Athènes, ce qui n'était pas le cas. En réalité, le bonheur suprême, c'était d'être citoyen, et c'était à la participation à la vie et au gouvernement de la cité qu'on aspirait avant tout, sans songer à revendiquer une liberté qui n'aurait concerné que l'individu.

A.G. — Autrement dit, le fait même d'appartenir à la collectivité des citoyens, « citoyenne » comme on dit aujourd'hui, définissait l'idée et le sentiment de la liberté : on est à une époque où la notion de l'État, comme représentation de la collectivité, ne s'est pas encore détachée du sentiment que les gens avaient d'appartenir à cette communauté.

J. de R. — On ne saurait mieux dire ; c'est vous qui êtes spécialiste de Rome, mais il me semble que c'est à Rome, avec les tribuns de la plèbe, que cette scission commence à s'opérer.

A.G. — Oui, avec cette idée que la *res publica*, la puissance publique, peut devenir une force d'oppression et de contrainte pour l'individu, dont on confie la protection à des magistrats, chargés de défendre la plèbe contre l'aristocratie.

J. de R. — À Athènes, on a sans doute moins eu le sentiment d'une division irréductible de la population entre deux groupes, disons les riches et les pauvres pour simplifier, même si, bien entendu, elle existait tout autant dans les faits. Solon, le premier législateur, aurait déclaré vouloir se maintenir entre les deux camps, afin de préserver l'unité de la cité. Au quatrième siècle avant notre ère, Aristote, dans sa recherche de l'équilibre entre les différentes composantes de la cité, accorde toute son attention à la classe moyenne.

A.G. — À Athènes, les grandes familles aristocratiques ne participent-elles pas à la démocratie ?

J. de R. — Bien plus, elles l'ont favorisée dès le début, dans leur opposition à la tyrannie qui l'avait précédée, et dans toute l'histoire de la démocratie athénienne, ces familles ont joué un rôle prépondérant. D'ailleurs, le mépris envers les « démagogues » dont se font l'écho tant de textes, c'est un peu le mépris envers les parvenus qui voulaient s'imposer.

A.G. — Périclès lui-même appartenait à l'une de ces familles, et lorsqu'on songe qu'il fut réélu plusieurs fois de suite stratège et qu'il inspira la politique de toute la cité pendant près de vingt ans, on est un peu étonné de voir cette démocratie athénienne accorder un si grand rôle à un seul homme ; Thucydide écrit à son propos : *« Sous le nom de démocratie, c'était en fait le premier citoyen qui gouvernait »*, et les Modernes parlent même d'un « siècle de Périclès ». Est-ce que cette situation ne remet pas en cause la nature même du régime ?

J. de R. — Malgré les apparences, je ne le crois pas. Le prestige de Périclès, ami de tous les grands artistes et intellectuels de son temps, bâtisseur de l'Acropole, était immense ; certains, il est vrai, lui attribuaient une responsabilité dans le déclenchement de la guerre, mais Thucydide l'en exonère. Son maintien au pouvoir est la conséquence de réélections successives, même si, après lui, on n'en aura plus guère d'exemples analogues. Mais c'est parce que ses successeurs étaient, comme dit Thucydide, *« alors plus égaux entre eux »*, et que les rivalités primaient tout.

A.G. — Cherchant ce qui peut définir la démocratie grecque, nous avons parlé de la liberté et de l'égalité ; pour en venir au troisième terme invoqué par notre démocratie moderne, y a-t-il quelque chose, en Grèce, qui ressemble à la fraternité ?

J. de R. — Oui, c'est justement toute l'importance de la douceur, de cet esprit de bienveillance mutuelle auquel je faisais allusion. Si l'on en restait aux deux premiers termes, on aurait une vision un peu trop intellectualiste de cette démocratie grecque, qui est une idée aussi bien morale que politique.

A.G. — « Morale », dans le sens où elle concerne les mœurs, la façon de vivre ?

J. de R. — Oui, elle est, pour tous les Athéniens, un

grand principe qui les rend fiers, heureux et solidaires, avec un sentiment très fort d'appartenance à une même communauté de destin et un très grand dévouement mutuel. La fraternité est donc là, mais, pour autant, je voudrais insister sur une autre particularité qui éloigne cette démocratie grecque de la nôtre plus qu'elle ne l'en rapproche : c'est que le régime athénien se plaçait sous la protection des dieux ; aucun débat, aucun décret, aucune réunion n'étaient valides sans un sacrifice préalable, ni sans des prières publiques, et Athènes, comme son nom l'indique, se voulait la ville d'Athéna.

A.G. — Ce recours aux dieux n'était-il pas ce qui fondait en absolu cette démocratie, et lui donnait une base « transcendantale » ?

J. de R. — Peut-être, et on peut penser, sur ce point, aux États-Unis, mais pas à l'Europe.

A.G. — À Rome aussi, toute décision publique se fait sous l'autorité des dieux.

J. de R. — Certes, mais il me semble que l'on a moins mis l'accent qu'à Athènes sur ce que j'appelle la douceur : ces valeurs d'ouverture aux autres et de bienveillance envers eux. C'est une idée qui est beaucoup plus un idéal moral qu'une constitution politique.

A.G. — N'est-ce pas d'ailleurs là notre erreur, à nous Modernes : croire qu'une constitution, un texte de trente pages, peut suffire à définir et à établir un régime démocratique ?

J. de R. — Il est certain que les textes ont moins d'importance que les valeurs, l'idéal auquel sont formés les gens et pour lequel l'éducation a un rôle capital à jouer. D'ailleurs, le mot grec *politeia*, que nous traduisons par « constitution », recouvrait un sens beaucoup plus large, et impliquait les façons de vivre, les mœurs et même les valeurs.

A.G. — Est-ce que la démocratie et la politique peuvent s'enseigner ? Qu'est-ce que la politique : une science, un art, une vertu ?

J. de R. — Savoir si la politique peut s'enseigner, c'est, bien sûr, la question du *Protagoras* de Platon ; ne peut-on pas dire qu'elle est à la fois science dans la connaissance des conditions et des conséquences de l'action, art dans l'appréciation des circonstances, vertu dans l'application des qualités qui fondent la démocratie ? Mais il n'y a rien de pire que la science et l'art sans vertu, et à mes yeux ce point est essentiel.

A.G. — Nous nous référons à Platon ; mais la littérature grecque ne livre-t-elle pas une image trompeuse et idéalisée de cette démocratie ?

J. de R. — Nullement : il y a, constamment, une grande lucidité, dans l'éloge comme dans la critique, que ce soit chez Thucydide, Euripide ou les autres. Platon, en particulier, fait une critique mordante de la démocratie ; on peut citer aussi les charges d'Aristophane sur la corruption, la versatilité du peuple, qui sont d'une drôlerie et d'une force irrésistibles. À partir du cas précis de Cléon, par exemple, qui était un homme politique promettant un peu tout et n'importe quoi aux Athéniens, se développe très vite, aussi bien dans l'histoire que dans la tragédie et la comédie, une réflexion sur la démagogie, qui prend tout de suite une portée universelle.

A.G. — Au-delà des grands principes que nous venons d'évoquer, la démocratie grecque est d'abord fondée sur la parole : donnant le pouvoir à tous par le droit à la parole, elle consacre aussi le pouvoir de la parole. La rhétorique, l'éloquence, est bien la fille de la démocratie ?

J. de R. — Sans aucun doute. Il y a un peu plus d'un siècle, l'historien Fustel de Coulanges l'a très bien dit : *« Chez les Athéniens, tout dépendait du peuple et le peuple dépendait de la parole. »* La seconde moitié du cinquième siècle avant J.-C. voit dans ce domaine triompher l'enseignement des sophistes.

A.G. — Comme le montre le sens même qu'a pris leur nom, les sophistes n'ont pas vraiment bonne réputation ! Qui sont-ils ? Des charlatans, des professionnels de la communication, des professeurs en quête d'étudiants, des humanistes, des intellectuels ? Vous leur avez consacré un livre, qui est une véritable réhabilitation.

J. de R. — Parce qu'ils la méritent vraiment ! La multiplicité de leurs talents était extraordinaire, mais, étant des hommes de la parole plus que de l'écrit, ils ont souffert du discrédit qu'a jeté sur eux Platon, qui les a caricaturés et qui leur reprochait de flatter le peuple et d'enseigner la conquête du pouvoir. En réalité, ils apprenaient à leurs auditeurs à dominer l'art de la parole et, de proche en proche, les uns imitant les autres, leur enseignement s'est répandu partout.

A.G. — On a l'impression qu'on apprenait, auprès d'eux, non seulement à parler mais aussi à penser. Vous écrivez qu'avec eux, *« on passe des plaideurs aux penseurs »*.

J. de R. — Oui, parce qu'ils ont montré tout le rôle que pouvaient jouer, dans une démonstration, des arguments fondés sur la vraisemblance ou sur la sensation. Ils apprenaient à défendre une thèse, puis son contraire. Leur art de la parole était un art de l'analyse et du raisonnement : on s'en est servi d'abord au tribunal et à l'Assemblée, mais, très vite, aussi, dans la littérature et la philosophie.

A.G. — Vous en faites les créateurs de nos modernes sciences humaines.

J. de R. — En tout cas les initiateurs : l'histoire, la grammaire, la science politique, la logique, la psychologie leur doivent toutes beaucoup et n'ont, pour la plupart, commencé à exister qu'avec eux.

A.G. — L'importance de la parole publique dans cette démocratie athénienne n'a-t-elle pas eu, parfois, de graves conséquences ? N'était-ce pas la porte ouverte aux démagogues, littéralement « ceux qui conduisent le peuple », en l'occurrence en faisant appel aux passions plutôt qu'à la raison ? Après Périclès, il y aura Cléon, puis Alcibiade. Est-ce que l'anarchie et la tyrannie ne sont pas les risques contraires qui, à tout instant, menacent cette démocratie grecque ?

J. de R. — À aucun moment, ils ne l'ont emporté à Athènes : la tyrannie, souvenir d'un lointain passé, n'a jamais cessé de faire l'objet de la plus vive réprobation ; l'anarchie a toujours été évitée. Ce qui ne veut pas dire que l'on n'était pas sensible aux risques au moins théoriques pesant sur la démocratie : il suffit de penser aux objections que lui fait Platon ; Démosthène y avait répondu à l'avance, en exigeant de très hautes qualités chez l'homme d'État ; Aristote a réfléchi, lui, à une espèce de constitution mixte. On a une réflexion continue et cohérente, qui n'a certes pas apporté une solution toute faite pour un régime idéal, mais qui a permis d'avoir une claire conscience des valeurs et des vertus qui pouvaient entretenir cette démocratie. Je pense par exemple à ce passage où Hérodote dit que, lorsque les Athéniens furent en démocratie, ils devinrent très prospères parce que chacun avait l'impression de travailler pour lui-même.

A.G. — Est-il exact de faire de Platon le père de l'idée communiste, même s'il s'agit d'un communisme plus hiérarchique qu'égalitaire, et d'Aristote, celui du libéralisme ?

J. de R. — Ces deux rapprochements sont fondés d'une certaine manière, et trompeurs d'une autre manière. Il est vrai que Platon a imaginé un modèle de cité d'où toute forme de division ou d'égoïsme serait bannie et où les rôles de chacun seraient fixés une fois pour toutes : mais sa cité est dirigée par un philosophe, qui n'est pas un despote ; elle reste un projet idéal, à la recherche du vrai et du bien. Pour Aristote aussi, on risque l'anachronisme et, après tout, puisque dans libéralisme il y a liberté, je penserais plutôt aux valeurs proclamées dans l'Oraison funèbre prononcée par Périclès chez Thucydide.

A.G. — Si noble et si exaltant qu'ait été cet idéal, il n'en reste pas moins que cette démocratie athénienne fut, dans les faits, d'une dureté véritablement implacable envers ses alliés. Ne nous trouvons-nous pas devant le cas, hélas classique, d'un État qui justifie son impérialisme par de grands mots et de grandes idées : liberté, démocratie ? Que pouvaient penser de cet idéal les habitants de Mélos, par exemple ?

J. de R. — Je ne suis pas sûre du tout que les Athéniens aient justifié leur impérialisme – qu'il n'est pas question de nier, bien entendu – par de grandes idées : c'est plutôt une habitude moderne. La vérité, c'est qu'enivrés, pour ainsi dire, de leur liberté et des possibilités qu'elle leur ouvrait, les Athéniens n'avaient pas été jusqu'à découvrir que la notion de liberté implique aussi le respect de la liberté d'autrui. Alors, n'étant pas arrivés à ce stade de développement de l'idée de liberté, ils ont, à partir de leur expérience, réfléchi à l'idée de douceur, en pensant que c'était finalement une meilleure politique pour un État d'avoir des égards pour les autres. Isocrate ne cessera de plaider pour cette douceur, et il écrit qu'Athènes avait été vaincue et avait perdu son empire à cause de son manque de douceur envers les autres cités.

A.G. — Il y a une formule de lui que j'aime beaucoup, parce qu'elle a un panache digne de Chateaubriand : il parle de la *« liberté, ce mot qui, jeté parmi les Grecs, a abattu notre Empire et celui des Lacédémoniens ».* Après, il est vrai que les Grecs inventeront le concept de l'autonomie des cités, qui leur offrira une première forme de droit international, et que, sur le plan intérieur, ils mettront l'accent sur les idées d'harmonie et de tolérance ; mais on a l'impression que tout cela viendra bien tard, et qu'il aura fallu bien des désastres auparavant : défaite de l'expédition de Sicile et écroulement de l'empire athénien. La démocratie athénienne n'a-t-elle pas, tout simplement, été victime d'elle-même lorsqu'elle a décidé, par exemple, d'envahir la Sicile et de jeter contre cette île, sans avoir été attaquée, une « grande armada » ? Invasion votée avec un enthousiasme qu'on ne peut pas ne pas trouver irresponsable.

J. de R. — Tout régime, et la démocratie comme les autres, commet des erreurs, et l'expédition de Sicile en fut sans aucun doute une ! Il ne faut pas oublier cependant que, mieux conduite, elle aurait pu réussir : de ce point de vue, le non-envoi de renforts, la destitution d'Alcibiade furent peut-être des erreurs encore plus grandes.

A.G. — Je modifie un peu ma question : est-ce que ces erreurs et ces incohérences ne tenaient pas précisément à la nature même du régime d'Athènes, puisqu'elles résultaient, à chaque fois, de votes de l'Assemblée ?

J. de R. — C'est possible, encore qu'il y ait bien d'autres exemples de guerres de conquête qui ont été des échecs et qui n'étaient pas conduites par une démocratie : cette dernière n'est pas un régime parfait, c'est entendu, mais cela, les Grecs le savaient déjà...

A.G. — La démocratie n'est pas un régime parfait, mais les Athéniens du cinquième siècle prennent conscience qu'elle est le meilleur régime possible : peut-on dire cela ?

J. de R. — Oui, à condition de ne pas oublier que, parmi ces Athéniens, ne régnait pas l'unanimité : Platon, pour qui la démocratie était *« un régime agréable, anarchique et bigarré »*, a proposé la solution du philosophe-roi, dont le moins qu'on puisse dire est qu'elle n'est pas très réaliste ; Aristote a beaucoup réfléchi sur la meilleure constitution possible. Nous la cherchons encore !

A.G. — Et la mort de Socrate : est-ce que la condamnation de Socrate ne vaut pas condamnation de cette démocratie athénienne ? Cette exécution signifie-t-elle qu'on ne peut pas penser librement dans un régime pourtant fondé sur la liberté ?

J. de R. — La condamnation à mort de Socrate a été, non pas une erreur, mais une faute, un crime qu'il n'est pas question de vouloir excuser. Tout au plus peut-on faire observer qu'on était dans une situation de très grave crise, au sortir d'une défaite, et que ce sont des circonstances où une injustice est vite commise. Mais l'essentiel est que ce sont les Grecs eux-mêmes, les disciples de Socrate, qui se sont immédiatement indignés de ce scandale, et que les arguments que nous pouvons utiliser à ce propos ont d'abord été formulés par eux : mais ils ont cherché à défendre Socrate, non à attaquer la démocratie.

A.G. — Mais cette mise à mort de Socrate ne signifie-t-elle pas qu'on ne pouvait pas penser librement à Athènes ? Librement, c'est-à-dire seul contre la majorité, contre les idées régnantes ?

J. de R. — On pouvait reprocher à Socrate des idées certes originales, et le fait que certains de ses élèves avaient mal tourné, mais tout le monde savait qu'il avait accompli ses devoirs de citoyen à la perfection, et personne n'a jamais songé à lui reprocher quelque propos que ce soit contre la démocratie ou le peuple. Ce sont, à mon avis, les difficultés du temps qui sont cause de sa mort, mais non l'absence de liberté de pensée à Athènes.

A.G. — Vous estimez donc que la condamnation de Socrate résulte plus d'une erreur de parcours que d'une contradiction de principe qui aurait pu exister entre le pouvoir du peuple et la liberté de pensée ?

J. de R. — L'expression « erreur de parcours » ne rend évidemment pas assez compte du scandale que fut et que reste la mort de Socrate. Ce que je demande simplement, c'est que l'on veuille bien considérer les circonstances : on sortait d'une longue guerre qui s'était terminée par la défaite, et certains de ses élèves avaient été très compromis politiquement. Ce ne sera pas le seul exemple dans l'histoire, où des intellectuels se verront accusés de tous les maux au sortir d'un désastre collectif.

A.G. — Pourquoi est-il resté ? Pourquoi n'a-t-il pas fui hors de sa prison, comme il semble qu'il en ait eu la possibilité ?

J. de R. — Selon Platon, il est resté pour obéir aux lois d'Athènes. Chacun connaît le fameux passage de *Criton* où les lois s'adressent à Socrate pour l'exhorter à leur rester fidèle. Que quelqu'un qui est condamné à mort, qui va mourir, reste volontairement en prison par piété envers les lois de son pays, voilà qui représente un cas limite, mais rien ne saurait mieux illustrer ce qui faisait l'essence de la démocratie aux yeux des Grecs : on obéit aux lois et non à une personne. Chaque citoyen a avec sa cité et les lois de celle-ci un rapport direct, personnel et concret.

A.G. — La cité est fondée sur un contrat social vécu et ressenti par chaque citoyen, et non pas défini abstraitement comme il le sera plus tard par Rousseau ?

J. de R. — Oui, et inversement, le citoyen grec n'existe qu'en fonction de la cité qui l'a vu naître et grandir : c'est pourquoi l'exil, qu'aurait pu choisir Socrate, est une véritable mort civique.

A.G. — C'est ce que l'on peut appeler le paradoxe de la loi : elle n'a qu'une valeur relative, mais le respect qu'on lui doit a valeur absolue.

J. de R. — N'en sommes-nous pas encore là aujourd'hui ?

J'ai eu si souvent dans ma vie l'occasion de parler de la démocratie grecque! Je m'en souviens toujours avec un mélange de bonheur et d'agacement. Car j'ai trop souvent eu le sentiment que le public auquel je m'adressais, surtout quand c'était un public de jeunes, ne percevait pas vraiment les perspectives que j'essayais de lui communiquer.

Je disais que le premier grand principe de la démocratie était le débat politique ouvert à tous. Et il y avait presque toujours quelqu'un pour s'étonner: « Mais comment peut-on dire cela ? Le débat n'était ouvert ni aux femmes ni aux esclaves. » Et, naturellement, cela est vrai. Il faut tenir compte de l'histoire, des différences qui peuvent exister dans les sociétés, dans les habitudes; il faut se reporter au principe; il faut voir que ce que définissaient les Athéniens était un grand effort collectif qui s'opposait à l'arbitraire d'un souverain unique ou d'un groupe de privilégiés. Sans doute peut-on entendre sous le nom de « tous » des réalités distinctes : c'est évidemment là une importante question de fait ; mais cette différence ne change rien au principe : tous les citoyens d'Athènes, cela faisait déjà un bon nombre ! Je crois donc qu'il y a actuellement une incapacité à tenir compte de l'histoire, et surtout à voir les problèmes dans leurs grandes perspectives. J'ai dit que ce débat ouvert à tous s'opposait à l'arbitraire d'un seul, et il est certain que les Athéniens ont établi leur régime après un régime de tyrannie et que dans toutes les définitions données de la démocratie, l'opposition est avec la tyrannie ou l'oligarchie. Nous avons oublié cela et, ce qui est pire, nous avons oublié ce qu'est la disparition soudaine d'un tel principe au bénéfice d'un pouvoir arbitraire ou bien dictatorial.

Il en est de même quand j'ajoute que la démocratie s'appuie sur la loi, une loi écrite, la même pour tous, et que ce respect de la loi va toujours, en Grèce, avec la défense de la démocratie. J'ai vu trop souvent des jeunes – et même, je me rappelle, dans des écoles spécialisées, avec des élèves capables de réfléchir – qui me disaient : « Mais comment, la loi, c'est ce qui nous fait violents, c'est ce contre quoi il faut marquer son opposition. » Sommes-nous à ce point obnubilés par les intérêts privés ou l'action de groupes déterminés ? Il semble que nous ayons perdu de vue le prix de cette loi qui définit un État de droit et assure notre protection contre tous les excès. Bien entendu, la loi n'est pas toujours bonne ; il faut sans cesse la changer, la rectifier ; mais ici encore le principe est essentiel. Les Grecs le savaient bien, pour qui la loi écrite était une nouveauté et une conquête démocratique. Mais nous devrions le savoir, nous aussi. Pour moi, je me rappelle trop le moment où l'État de droit a été supprimé pendant l'Occupation. Nous qui sommes un peu âgés, n'en avons-nous pas fait l'expérience ? N'avons-nous pas vu comment les choses se passaient quand disparaissait l'État de droit ? Des exclusions soudaines, des confiscations, des spoliations, des déportations, des camps d'extermination prenaient soudain la place de la vie quotidienne sur laquelle nous avions compté. Personnellement, je l'ai vu, je l'ai vécu, et j'en ai été victime. Mais même ceux qui ne l'ont pas vécu, sont-ils donc si indifférents qu'ils ne connaissent pas tout autour de nous, près ou loin, l'existence de dictatures, d'exilés, de gens qui ne sont plus défendus par aucun droit et qui dépendent effectivement de l'arbitraire, ou d'un homme, ou d'un petit groupe ? C'est un pays ou c'en est un autre ; mais il faut être vraiment aveugle pour ne pas s'en rendre compte et pour ne pas en être ému.

Je souffre de telles objections, je suis affligée devant l'importance du courant qu'il faut remonter et des idées qu'il faut redresser. Mais je dois préciser que ce danger d'un arbitraire souverain apparaît aussi dans les textes grecs d'une façon concrète et vivante, qui, cette fois, émeut presque toujours les auditoires, même constitués de gens très jeunes.

La démocratie athénienne a été renversée à la fin de la guerre du Péloponnèse, et il y a eu une occupation d'Athènes et un gouvernement non démocratique établi par Sparte. Deux anecdotes me reviennent à l'esprit, qui ont marqué et ma vie et mon enseignement.

Sous ce gouvernement des Trente Tyrans, comme on disait à Athènes, un modéré, Théramène, a tenté de faire entendre raison aux gens alors au pouvoir. Aussitôt, ceux-ci se sont dressés contre lui ; il était en principe préservé par le fait qu'il figurait sur une liste de citoyens protégés, *de citoyens reconnus comme ayant des droits. Un homme puissant prit alors la parole, et ce fut si simple ! Il dit : « J'efface de la liste Théramène que voici. » Et Théramène fut mis à mort. C'est Xénophon qui nous raconte cela. Et je reste toujours saisie devant le caractère symbolique de ce geste arbitraire et cruel.*

Je sais aussi que, dans la même année, le gouvernement, qui, comme le dit simplement Lysias, « manquait d'argent », décida de confisquer les biens d'un certain nombre d'habitants d'origine étrangère. On fixa une liste, on fit des perquisitions à domicile, accompagnées de violence, parfois de morts. Et je n'oublierai jamais l'air révolté que j'ai vu, comme je l'ai dit, sur le visage de ces élèves qui, au début de la guerre, voyaient tout à coup cet exemple si simple et si décisif des cruautés qui viennent avec la perte de l'État de droit. Elles éclairaient alors le présent. Elles comprenaient, ces petites filles, en quoi l'État de droit s'oppose à l'arbitraire, et je sentais une joie réelle à les voir faire cette découverte.

Oh ! Je sais bien : un gouvernement démocratique peut commettre des crimes de ce genre ; et la mort de Socrate en est un exemple éclatant. C'est là un fait indiscutable. Il prouve qu'il n'est pas facile, même en s'y mettant à beaucoup, d'éviter les erreurs, les imprudences, les mouvements de colère, les incompréhensions, les rancœurs : l'historien Thucydide met constamment les Athéniens en garde contre ce danger des entraînements irraisonnés d'un peuple. Non, il n'est pas facile de bien décider ! Il faut que sans cesse, dans l'éducation, dans l'information, les propos de ceux qui se font entendre apportent une formation, une mise en garde, un effort ininterrompu pour faire mieux. D'après les Grecs, il faut éviter la démagogie. Pla-

ton dit bien que ceux qui condamnèrent Socrate étaient comme des cuisiniers cherchant à faire plaisir au peuple, comme on fait plaisir à des enfants, alors que lui était comme un médecin qui cherche leur bien, quitte à parfois leur déplaire. La démocratie n'est pas parfaite ni facile ; elle est toujours à faire et à perfectionner, mais c'est une belle œuvre que d'y contribuer.

Et ceci me renvoie à ce texte qui a pris pour moi tant d'importance au cours des années : l'Oraison funèbre que Thucydide place dans la bouche de Périclès et qui est un si vibrant éloge de la vie athénienne d'alors. On a pu soutenir, non sans raison, que c'était là une peinture idéalisée, à laquelle la réalité quotidienne était loin de correspondre. En ce sens, je n'en disconviendrai pas : les critiques mêmes que l'on trouve dans les textes grecs de la même époque le suggèrent assez. Mais je m'en prends au terme « idéalisé », qui implique une sorte de mensonge et de falsification. En fait, ce qui est décrit là n'est pas une réalité idéalisée, mais bien un idéal. Je le dis et je le répète, car, assurément, cela ne nous ferait pas de mal de retrouver aujourd'hui un peu du jaillissement qui correspond à cet idéal. Quand j'ai pu y contribuer, soit dans mes cours, soit dans mes livres, soit dans des conférences, j'ai été, je dois le dire en toute clarté, profondément heureuse.

Jacqueline de Romilly

CHAPITRE QUATRIÈME

HISTOIRE DES IDÉES : LA TRAGÉDIE

ALEXANDRE GRANDAZZI. — Le cinquième siècle avant notre ère, qui fut pour Athènes, nous venons de le voir, celui de la démocratie, fut aussi celui de la tragédie, et cela se passa également à Athènes. En moins de cent ans, un nouveau genre littéraire allait y naître, s'y développer et connaître son apogée, grâce, entre autres, à trois auteurs, Eschyle, Sophocle et Euripide, à l'origine d'une véritable moisson de chefs-d'œuvre. À cette tragédie grecque, vous avez consacré une partie très importante de vos travaux, avec plusieurs livres où vous avez étudié, tantôt *La Crainte et l'angoisse dans le théâtre d'Eschyle*, tantôt *L'Évolution du pathétique d'Eschyle à Euripide*, tantôt encore *La Modernité d'Euripide* ou *Le Temps dans la tragédie grecque*, sans compter, bien sûr, *La Tragédie grecque*, ou encore de nombreux articles, dont certains ont été rassemblés dans le recueil *Tragédies grecques au fil des ans.* Vous étiez donc spécialiste d'un historien, Thucydide, et vous vous êtes mise à étudier la tragédie et le théâtre : c'était au moins un changement d'orientation ; était-ce une conversion, et quelles en étaient les raisons ? Était-ce le fait que ces œuvres datent toutes du cinquième siècle ?

JACQUELINE DE ROMILLY. — Pas seulement : il faut sans cesse les rapprocher et les comparer. Thucydide, contemporain d'Euripide, m'a amenée à la tragédie ; mais l'étude de ce genre littéraire est de celles que, une fois commencées, l'on ne quitte pas facilement, tant ces textes sont beaux et profonds. J'ajoute que, du point de vue qui était le mien, celui de l'histoire des idées, la tragédie offre un merveilleux champ d'investigation : elle coïncide, comme vous l'avez dit, presque exactement avec le cinquième siècle, du moins pour nous, puisque, s'il y a eu quelques essais avant Eschyle, et certains prolongements au quatrième, tout cela est perdu. Ce qui m'a intéressée, c'était l'évolution du genre et des idées qu'il exprimait tout au long de ce cinquième siècle qui a été une extraordinaire période de découverte.

A.G. — Toute cette évolution s'est faite de façon relativement rapide, et c'est ce que les Anciens voulaient souligner quand ils disaient que, lors de la bataille de Salamine, en 480 avant J.-C., Eschyle combattait, Sophocle, alors adolescent, faisait partie des chœurs destinés à célébrer la victoire, et Euripide naissait. Est-ce un hasard si la tragédie et la démocratie connaissent à Athènes leur apogée en même temps ? Périclès, en effet, fut chorège (nous dirions impresario) des *Perses* d'Eschyle et Sophocle sera deux fois stratège. Est-ce un hasard si la tragédie comme l'histoire naissent en ce cinquième siècle au cours duquel la cité athénienne prend conscience de son unité et de son originalité ?

J. de R. — Cette simultanéité correspond sans doute à un certain lien : elle traduit l'intérêt passionné d'une cité tout entière pour des problèmes communs, et c'est ce qui a facilité l'essor du genre, peut-être même sa richesse de contenu. Cela dit, toutes les formes de théâtre dépendent des conditions de la représentation et évoluent avec elles ; la tragédie est liée, moins à la démocratie en tant que telle, qu'au fait que son public réunit la population de toute la cité, qui vient écouter et participer ; et les spectateurs sont les mêmes que ceux auxquels s'adressent les discours des orateurs et les plaidoyers des juges ; tout est vécu, pensé, discuté collectivement.

A.G. — Oui, et il y a à peu près autant de monde au théâtre qu'à l'Assemblée : à chaque fois plusieurs milliers de citoyens. Néanmoins, si étroits qu'aient pu être les liens entre démocratie et tragédie, j'observe que cette dernière serait née, paraît-il, à l'instigation du tyran Pisistrate, dès le sixième siècle, et qu'elle a continué durant le quatrième siècle, avec des œuvres aujourd'hui perdues.

J. de R. — Ce qui n'est sans doute pas sans signification : cela veut dire qu'elles ont été moins remarquées, moins copiées, moins appréciées ; d'autre part, dès le quatrième siècle, les Athéniens prirent conscience que le grand moment de la tragédie avait été le cinquième siècle ; la preuve en est qu'ils décorèrent alors leurs théâtres avec des bustes d'Eschyle, de Sophocle et d'Euripide, comme si tout devait s'arrêter là.

A.G. — On a, je crois, peu d'exemples, dans l'histoire, d'une forme littéraire aussi liée à un moment de l'évolution sociale et politique. Mais cette tragédie grecque, sommes-nous sûrs de bien la connaître ? Après tout, le total des pièces conservées ne dépasse pas de beaucoup la trentaine, alors qu'à Athènes furent produites, je crois, près d'un millier de tragédies. Ne jugeons-nous pas ce genre littéraire et son évolution d'après une anthologie qui n'en représente qu'une toute petite partie ?

J. de R. — Tout cela est très juste. Nous sommes en face d'un choix, fait peut-être à l'époque d'Hadrien, c'est-à-dire très tard, par des intellectuels et des professeurs. Mais nous avons par ailleurs des témoignages sur les pièces qui avaient été célèbres et qui étaient reprises : certes, il y en a qui n'ont pas été conservées, mais on peut espérer qu'en gros, le choix final ait retenu les pièces les plus représentatives. Une partie d'Euripide, du reste, nous est parvenue par d'autres sources, et c'est pourquoi il est celui dont nous avons le plus de pièces. Cependant, il est certain qu'au total, il y a eu une perte énorme, et il faut le savoir et le rappeler ; malgré tout, avec sept pièces d'Eschyle, sept de Sophocle et une vingtaine d'Euripide, on a un ensemble qui a pu nourrir l'humanité pendant des siècles.

A.G. — C'est-à-dire que chacun des « trois grands » ayant écrit une centaine de pièces, on a conservé le treizième de la production des deux premiers et le cinquième de celle d'Euripide. Les pièces conservées sont-elles celles qui ont eu le plus de succès ?

J. de R. — Oui, ou bien il s'agissait de celles qui prêtaient le mieux à la comparaison : voilà pourquoi nous entendons parler d'Agamemnon et d'Électre chez nos trois auteurs.

A.G. — Au vingtième siècle, on a redécouvert deux pièces de Ménandre ; peut-on de même espérer retrouver demain une tragédie perdue ?

J. de R. — Ménandre a été sans doute beaucoup plus joué et ses œuvres ont été beaucoup plus diffusées et recopiées que ne l'étaient celles des trois Tragiques. On a retrouvé, et on retrouvera encore, des passages, des extraits de tragédies, grâce aux trouvailles et au déchiffrement de papyrus d'Égypte : il y a eu plusieurs découvertes de ce genre, notamment pour Eschyle, qui représentent à chaque fois une vingtaine de vers au maximum. Mais la découverte d'une pièce entière, je n'y crois guère : théoriquement ce n'est pas impossible, mais c'est improbable.

A.G. — Vous parlez des fragments d'œuvres perdues : ces fragments sont-ils assez nombreux pour modifier notre perception des œuvres conservées ?

J. de R. — Je dirais plutôt qu'ils la complètent. Mais

il faut se rendre compte qu'au total, on en a de quoi remplir plusieurs volumes entiers et que, grâce à eux, on peut avoir une idée assez suggestive de telle ou telle pièce perdue.

A.G. — La tentation de les refaire n'est-elle pas forte ? Goethe, je crois, avait entrepris de récrire le *Phaéthon* d'Euripide.

J. de R. — Les philologues doivent résister à cette tentation ! Par contre, il leur revient, d'après les informations transmises par ces fragments, de proposer, au moins à titre d'hypothèse, un canevas possible de la pièce en question.

A.G. — Pour en rester aux pièces conservées, si vous deviez définir la tragédie grecque en une ou deux phrases, que diriez-vous ?

J. de R. — Je m'en irais à toutes jambes ! Si je devais absolument répondre – et je vois que je le dois ! – je dirais, à titre tout à fait provisoire, qu'il s'agit d'une action représentée traitant d'une histoire où le malheur s'abat sur quelqu'un et où l'on s'interroge sur sa responsabilité ainsi que sur les conditions de la vie humaine, la présence simultanée d'un chœur aidant à donner à cette action une portée plus émouvante et universelle.

A.G. — Les Grecs rapportaient l'origine de la tragédie au dieu Dionysos : pourtant, cette relation demeure obscure ; qu'a à faire Dionysos avec la tragédie ? Cette question est, comme le savent bien tous les hellénistes, celle que pose un célèbre proverbe grec.

J. de R. — Je ne peux pas vous répondre, et personne n'a une réponse définitive. Je pense que le rapport de la tragédie avec Dionysos venait, d'une manière ou d'une autre, des chœurs de fidèles qui, à l'origine, chantaient et dansaient ensemble en l'honneur du dieu. Il y a une pièce où Dionysos intervient lui-même : *Les Bacchantes* d'Euripide, et c'est la dernière tragédie du cinquième siècle.

A.G. — Sans vouloir entrer dans ce débat sur l'origine du genre, retenons-en que cette origine est religieuse et que ces spectacles avaient un caractère sacré.

J. de R. — C'est vrai, mais cela ne les distingue pas des autres manifestations de la cité athénienne, dont toutes les réunions, nous l'avons vu, sont placées sous le regard des dieux. Ce qui est religieux et propre à l'esprit du genre tragique, c'est qu'on a un spectacle qui cherche à expliquer le malheur des hommes et le rapport avec la volonté divine. Mais ce n'est plus seulement de la piété, c'est une interrogation qui a déjà une portée presque philosophique.

A.G. — Mais ces hommes dont le malheur et le destin sont ainsi représentés n'appartiennent pas au monde de la réalité quotidienne ; il s'agit en général de princes, de rois, et il y a même des dieux.

J. de R. — Oui, c'est important à signaler parce que cela donne à cette tragédie grecque cette espèce de grandeur qui la caractérise, alors que le théâtre est, en général, pour nous, l'imitation de la vie ; là, les personnages sont, hormis quelques exceptions, ceux des mythes, et ils viennent d'Homère et de l'univers de l'épopée. Cette impression de grandeur était aussi renforcée par la mise en scène : les acteurs portaient des cothurnes, c'est-à-dire de très hautes chaussures, ainsi que des masques.

A.G. — Et leur nombre était limité à trois, après l'avoir été à deux. À vrai dire, on a plus l'impression d'avoir affaire à des figures figées qu'à des acteurs, au sens moderne du mot ! Tout cela devait réduire beaucoup les moyens d'expression de ce théâtre.

J. de R. — C'est que la tragédie ne s'occupe pas des nuances de sentiments ni des jeux de physionomie : elle voit, avec ses personnages mythiques, les choses en plus grand, plus net, plus clair. Cependant je puis témoigner, pour l'avoir constaté au moins une fois, au cours d'une représentation donnée dans les conditions de l'Antiquité, que ces masques, d'une manière un peu inexplicable, communiquent réellement une illusion d'expression : le texte prononcé par les acteurs, ainsi que les gestes qu'ils font, transforment leurs masques en visages qui s'animent. De plus, cette stature légèrement agrandie et cette expression schématique données de cette manière aux personnages, leur confèrent un caractère universel et symbolique. C'est ainsi que nos littératures modernes n'auront pas de mal à accueillir ensuite Antigone, Électre, Œdipe, Hélène et les autres…

A.G. — Je rappelle que « personnage » et « personne » viennent d'un mot qui signifie, en latin, « masque ». Mais il y a une autre particularité qui différencie ces tragédies antiques de notre théâtre moderne, c'est qu'elles comprenaient un chœur : or ce chœur chantait et dansait, et il y avait aussi des passages où le personnage sur la scène prononçait ce qu'on appellerait en musique un récitatif. Cette tragédie grecque n'était-elle pas, dans ces conditions, une espèce d'opéra-ballet ? Ce n'est pas un hasard si l'opéra moderne est né à Florence au seizième siècle, en référence directe avec la tragédie grecque, dont il s'agissait de retrouver l'inspiration aussi bien musicale que théâtrale. Plus tard, la tragédie grecque ne sera pas étrangère au projet de « drame intégral » défendu par Wagner : d'ailleurs, un personnage comme l'Amfortas de *Parsifal*, avec son inguérissable blessure, me fait penser au Philoctète de Sophocle. Mais la musique qui accompagnait ces chœurs grecs est perdue et les rythmes avec lesquels sont composées les paroles de ces chœurs nous sont très peu perceptibles, même si on peut évoquer certaines tentatives de Claudel pour les rendre en français : bref, ne nous trouvons-nous pas, à propos de ces chœurs grecs, dans la situation d'avoir à juger d'un opéra d'après son seul livret, la musique ayant été perdue ?

J. de R. — Oui, de même qu'à présent nous écoutons un opéra comme si les paroles ne comptaient pas ! Vous parlez de tout ce que nous perdons du point de vue de la musique et des rythmes, et vous avez tout à fait raison, car c'est indiscutable. On a essayé parfois de reconstituer la musique qui accompagnait ces tragédies, mais je ne suis pas sûre que le résultat ait été très convaincant, car l'art musical a beaucoup changé depuis l'Antiquité, et ces restitutions prennent de ce fait un caractère un peu trop exotique. Si justifiée qu'elle soit, votre comparaison avec l'opéra est peut-être trompeuse, dans la mesure où les chœurs de la tragédie grecque n'étaient pas chantés dans des registres aussi variés et avec des moyens instrumentaux aussi importants que ceux de l'opéra moderne. C'était une musique très simple où les paroles se détachaient très nettement.

A.G. — On a parfois mis en doute que les spectateurs aient pu les comprendre.

J. de R. — Pour moi, il n'y a pas l'ombre d'un doute qu'ils les comprenaient ; on a des témoignages montrant que l'on savait souvent par cœur ces paroles et qu'on les citait : à Syracuse par exemple, après le désastre de l'expédition de Sicile, on libéra les prisonniers athéniens qui étaient capables de chanter les chœurs d'Euripide. Mais les différences avec l'opéra moderne tiennent aussi à la façon dont l'un et l'autre genre traite le mythe : il me semble que l'esthétique de l'opéra n'est pas celle de la tragédie. Il y a des métamorphoses et peu de réflexion sur l'homme. D'ailleurs, par rapport à ce qu'ils sont dans l'opéra, les chœurs ont une importance beaucoup plus grande dans la tragédie.

A.G. — À quoi y servent-ils ?

J. de R. — Je vous rappelle qu'ils ne sont pas placés au même endroit que les acteurs jouant sur la scène : eux sont en avant, dans ce que l'on appelle l'orchestre, littéralement « l'endroit où l'on danse ». Cette séparation introduit une distance d'avec l'action ; leurs paroles constituent une sorte de commentaire, de réponse, qui apporte à la pièce une grande force d'émotion, mais aussi de réflexion.

A.G. — Leur importance se marque d'ailleurs dans le fait que ces chœurs ont donné leur titre à bien des tragédies, des *Perses* aux *Bacchantes*, en passant par *Les Suppliantes, Les Trachiniennes* ou *Les Troyennes*.

J. de R. — Oui, et faire jouer une tragédie se disait « obtenir un chœur ». C'est bien pourquoi lorsque certaines mises en scène modernes de tragédies grecques les suppriment ou les réduisent à une petite conversation entre deux personnages assis dans un coin, il s'agit d'un contresens total.

A.G. — Mais si nous ne pouvons plus en apprécier la musique et les rythmes, qu'est-ce qui fait encore aujourd'hui leur valeur ?

J. de R. — Leur beauté littéraire : la force des images, et l'ampleur, le recul, l'élargissement qu'ils donnent à l'action représentée sur scène. Je pense à la grande invocation des *Perses* décrivant la bataille de Salamine, avec ce mélange extraordinaire de violence et de pitié humaine ; je pense aux prières des *Suppliantes*, au premier chœur d'*Agamemnon*, remplis d'un grandiose sentiment religieux.

A.G. — Tout cela concerne Eschyle. Et Sophocle ?

J. de R. — Il faudrait citer, là aussi, bien des exemples : le chœur d'*Antigone* sur l'amour, ou celui sur les progrès de l'homme : *« Il y a bien des merveilles en ce monde, il n'y en a pas de plus grande que l'homme »* ; suit un tableau d'une ampleur saisissante et d'une très grande force morale. Je voudrais également évoquer, au moins d'un mot, la merveilleuse description des beautés de l'Attique par le chœur d'*Œdipe à Colone*, si riche de notations concrètes, avec le narcisse, le lierre de Dionysos, la mer et les navires, là-bas au loin…

A.G. — Par rapport à ses prédécesseurs, Euripide n'accorde-t-il pas une importance moindre aux chœurs ?

J. de R. — Oui, il y en a beaucoup moins chez lui et, surtout, ils sont moins liés à l'action, plus réduits aussi ; mais ils restent très beaux et très suggestifs ; cet éloignement de l'action peut même, à l'occasion, se révéler riche de contrastes, par exemple dans *Iphigénie à Aulis*, avec le chœur des Néréides dansantes, d'une très grande poésie, et en opposition totale avec le malheur qui s'annonce.

A.G. — En vous écoutant, je vois la perspective

s'inverser complètement par rapport à ce qui s'écrit couramment dans certains manuels d'histoire du théâtre : on y présente en général les chœurs comme un procédé un peu primitif employé au début par ces pauvres Grecs qui ne savaient pas faire exprimer à leurs personnages toutes les nuances de la psychologie ; heureusement, nous dit-on, ils se trouvent restreints par Euripide, et, plus heureusement encore, ils disparaissent ensuite du langage théâtral. Par rapport à cette interprétation bêtement évolutionniste, j'ai au contraire l'impression qu'il s'agissait d'un moyen d'expression sans pareil pour donner à la tragédie sa valeur d'universalité.

J. de R. — Cela est très juste, bien que ce moyen ait été ensuite abandonné : déjà les Romains, Sénèque en particulier, n'y recourent presque plus ; au dix-septième siècle, la tragédie classique, bien qu'émerveillée par sa devancière grecque, n'y portera aucune attention. Je n'irai donc pas jusqu'à dire qu'ils sont indispensables à toute écriture théâtrale, et je serai satisfaite si on reconnaît leur rôle et leur importance dans la tragédie grecque.

A.G. — Il y a une autre caractéristique qui différencie nettement cette tragédie de notre théâtre, c'est qu'elle raconte des histoires que tout le monde, à Athènes, connaissait déjà. Alors que nous sommes, nous, attirés, quand nous allons au théâtre, par la question de savoir ce qu'il va s'y passer, on a, chez les Grecs, un spectacle sans incertitude.

J. de R. — Les spectateurs de la tragédie ne se posaient pas tant la question: «Que va-t-il se passer?», mais se demandaient plutôt: «Qu'est-ce que cela veut dire?» C'est vrai qu'on connaissait la fin de l'histoire, mais en gros seulement, et cela n'empêchait pas qu'on prenne de l'intérêt aux détails de l'intrigue, à la façon dont le poète amènerait le dénouement prévu. J'ai déjà eu l'occasion un jour de comparer cela au Guignol, dont les enfants suivent passionnément le spectacle alors qu'ils l'ont déjà vu plusieurs fois.

A.G. — Voudriez-vous dire que la tragédie grecque, c'est du Grand-Guignol?

J. de R. — Certes non! Mais je voulais simplement mieux faire comprendre ainsi qu'on se tromperait en croyant que l'on ne peut prendre d'intérêt à un spectacle que si on en ignore la fin. On pourrait même dire, à l'inverse, que lorsque, comme dans la tragédie grecque, on connaît le malheur qui attend le personnage principal, on n'en partage que davantage ses sentiments, ses émotions devant le destin qui s'avance. Parallèlement, le chœur interrompt l'action pour la commenter et en dégager la portée universelle.

A.G. — Si l'intrigue représentée sur la scène est connue et sans surprise pour les spectateurs, c'est que, sauf rares exceptions, toutes ces tragédies prennent leur sujet dans le monde du mythe, fait d'histoires immémoriales qui font voisiner hommes et dieux. Autant la démocratie athénienne illustre la Grèce de la lumière, de la mesure, de la raison conquérante, autant la tragédie représente, au sens fort du terme, la Grèce de l'ombre, celle de la violence et du meurtre, de la démesure et des passions : ces femmes qui tuent leurs maris…

J. de R. — Ah oui, ça c'est pas bien !

A.G. — …ces parents qui tuent leurs enfants, ces enfants qui tuent leurs parents, ces suicides, ces incestes, ces sacrifices humains, ces querelles répétées autour d'un cadavre, ces guerres sans cesse recommencées, quelle leçon ! Comment peut-on, après cela, proclamer tant et tant le caractère formateur et moral de cette tragédie grecque ?

J. de R. — Qu'est-ce que vous diriez de notre télévision ! Plus sérieusement, je vous ferai deux réponses. La première, c'est que ces crimes sont en effet l'image poussée à la limite – dans la tragédie, tout est grandi – de destins humains désastreux. Il ne s'agit pas de disputes de famille et de querelles de ménage ! C'est, à chaque fois, l'extrême du malheur et du crime. Mais je vous ferai remarquer que rien de tout cela n'est jamais montré sur la scène, à l'exception du suicide d'Ajax.

A.G. — Qui se produit alors que le chœur s'est retiré, absence du reste momentanée, dont il n'y a pas d'autre exemple dans aucune autre tragédie.

J. de R. — Autrement, rien n'est jamais représenté sur la scène, et tout effet de réalisme cru est soigneusement évité. La grandeur tragique et l'émotion n'en sont que renforcées. Bien sûr, ce n'est pas là une réponse suffisante à votre question. L'important, et c'est ma seconde réponse, c'est que toutes ces pièces montrent le caractère horrible, répréhensible, criminel, détestable, de tels actes. Vous n'en trouverez pas une à la gloire du meurtre et de la vengeance, même quand celle-ci apparaît comme une libération ; lorsque Oreste tue sa mère, se pose une question que les auteurs des tragédies ont retournée dans tous les sens : comment peut-il être acquitté pour un tel assassinat, bien qu'il s'agisse d'une juste vengeance ? On a donc à la fois le comble de la violence et de l'horreur, et le refus très net de cette violence ; toutes ces pièces prônent très clairement le rejet de la guerre, le remplacement de la vengeance par la justice, et, toujours, une pitié déchirante pour les victimes, quelles qu'elles soient : à la fin de chaque drame, l'inéluctable désastre apporte la condamnation la plus frappante aux crimes et aux excès en tous genres.

A.G. — Et par rapport à ce monde du mythe, qui est celui du malheur, de la crainte et de l'angoisse, quelle est la fonction de la tragédie ? Entend-elle le mettre à distance ou le rendre présent ?

J. de R. — Il est difficile de répondre ; en tout cas, plutôt que de se libérer du mythe, les auteurs s'en servaient, selon le mot de Marguerite Yourcenar sur la mythologie grecque qui, dit-elle, *« au même rang que l'algèbre, la notation musicale, le système métrique et le latin d'église, a été pour l'artiste et le poète européen une tentative de langage universel ».*

A.G. — Je vous pose alors la question dont Paul Veyne a fait le titre d'un de ses livres : *« Les Grecs croyaient-ils à leurs mythes ? »*

J. de R. — La psychologie humaine est ainsi faite qu'elle se situe souvent à la limite entre croire et ne pas croire. Certains personnages du mythe avaient été des figures historiques, même lointaines, et avaient donc une part de « réalité ». Il est incontestable cependant que l'on voit apparaître, dans le cours même du genre tragique, une attitude critique envers certains mythes. Je dirai d'ailleurs que cette critique se trouve déjà dans le choix initial des thèmes qui ont été développés par ces tragédies : on n'a pas pris les monstres, on a évité les horreurs effroyables et, je le disais, laissé la plupart du temps de côté les métamorphoses.

A.G. — Tout de même ! Et Médée ! Et Oreste ! L'une tue ses propres enfants, l'autre, sa mère ! Et que dire d'Œdipe ?

J. de R. — Certes, mais tous ces personnages gardent la conscience de leurs crimes – et c'est bien tout ce qui fait leur dimension tragique. On n'a pas, je le répète, de crime gratuit, d'horreur sans justification, comme la mythologie grecque en offre, vous le savez, bien des exemples. On a ainsi, dans l'*Orestie*, l'histoire des Atrides, mais le mythe fondateur qui concerne Atrée donnant à dévorer ses propres enfants n'est qu'évoqué de loin.

A.G. — En termes sartriens, je dirais que, dans la tragédie grecque, les monstres ne sont pas des salauds.

J. de R. — Si vous tenez à cette expression ; dans l'ensemble, on peut constater une évolution qui devient très nette chez Euripide, dont plusieurs passages remettent en question la vérité du mythe : Héraclès, par exemple, refuse de croire que ses malheurs soient dus à une cruauté gratuite de la déesse Héra.

A.G. — Et ailleurs, un personnage, affirmant que les dieux, en raison de leur caractère divin, ne connaissent aucun besoin, ajoute : « *Les récits contraires sont de misérables inventions de poètes.* »

J. de R. — Oui, il s'agit de tout un mouvement de correction et de moralisation à l'égard de certains aspects choquants des mythes, mouvement qu'on trouve déjà chez le poète Pindare et qui aboutira à Platon. Du point de vue de l'histoire des idées, en effet, bien des traits dont j'ai suivi l'évolution dans la tragédie conduisent à des doctrines de Platon : pour les mythes, je pense bien sûr à la critique qu'en fait son traité sur *La République*. À partir de Socrate, on voit les gens, de plus en plus éclairés rationnellement, entreprendre de corriger sur certains détails les mythes pourtant retenus pour leur valeur exemplaire.

A.G. — Je suis un peu surpris de vous voir tracer une ligne qui va de la tragédie à Platon, alors que ce dernier bannissait les poètes et les auteurs de tragédies hors de sa cité idéale. Était-ce une manière de reconnaître ce qu'il leur devait ?

J. de R. — Je ne le dirais pas : la réflexion menée au cinquième siècle, que ce soit dans la tragédie ou dans les autres genres littéraires, a abouti à poser des problèmes dans les domaines les plus divers, qu'il s'agisse de la conduite de la cité, de la légitimité de la guerre, ou des questions morales, et Platon a pu méditer sur l'importance et l'urgence de ces problèmes, tout en constatant combien ils avaient été mal résolus. Les désastres du siècle précédent, avec, notamment, la mort de Socrate et la défaite, ont amené de sa part une vive réaction. On peut comprendre donc – ce qui ne veut pas dire admettre – qu'il ait voulu éloigner même les poètes, y compris Homère, à cause de l'imperfection de leur enseignement, mais il n'en reste pas moins que ces poètes, et ces auteurs de tragédies en particulier, ont contribué à poser les problèmes auxquels il tentait de donner une réponse différente.

A.G. — Est-ce que l'influence des sophistes, dont nous parlions à propos de la démocratie, ne s'est pas également exercée, et directement, sur les auteurs de tragédies ?

J. de R. — Sans aucun doute, en particulier sur Euripide, qui est leur contemporain. Dans beaucoup de tragédies, et dans toutes celles d'Euripide, on a des débats d'idées – on dit *agôn logôn* en grec – qui sont, du reste, moins des discussions proprement dites que des alignements et confrontations d'arguments, ce qui va tout à fait dans l'esprit des sophistes.

A.G. — Cependant, les personnages ont beau dévider arguments et même, si j'ose dire, arguties, au final arrive toujours ce qui devait arriver, de toute éternité semble-t-il. Le mythe, dans ces tragédies, n'est-il pas une espèce de prison dramaturgique dont le héros, le protagoniste, ne réussit jamais à s'évader ?

J. de R. — C'est vrai qu'il s'agit de situations dont l'issue est, presque toujours, un grand malheur s'abattant sur le personnage principal. Cependant, on a un peu trop forcé, à mon sens, l'importance de la fatalité et du destin dans cette tragédie grecque. En réalité, et malgré les apparences, on n'est pas dans la philosophie du « tout est écrit d'avance et une fois pour toutes ». Je prendrai l'exemple des *Suppliantes* qui donnent son titre à une tragédie d'Eschyle ; il s'agit de femmes poursuivies qui supplient le roi d'Argos de les accueillir, mais sans savoir si leur prière va être exaucée ; c'était un mythe secondaire, sans doute peu connu des Athéniens eux-mêmes : tous les spectateurs ne savaient donc pas nécessairement ce qui allait se passer.

A.G. — Autrement dit, cette incertitude donne une marge de liberté au personnage du roi d'Argos. Il n'y a donc pas de fatalisme.

J. de R. — À vrai dire, on est trompé par tous ces mots qui évoquent le destin dans les traductions de ces tragédies, car sans le vouloir, nous colorons ces termes de doctrines étrangères à l'Antiquité. En réalité, j'ai toujours été frappée par la justesse d'une théorie professée par Albin Lesky : il a montré que, chez Homère, toute décision dépend des dieux mais aussi des hommes, et, comme il l'a lui-même souligné, cette théorie de la double causalité vaut aussi pour la tragédie. Les dieux sont là, à guetter, à prévoir, mais c'est cependant l'homme qui décide, si bien qu'il serait faux de parler d'une absence totale de liberté. Bien sûr, les chœurs des tragédies prévoient et pressentent très souvent ce qui va se passer ; mais nous aussi, quelquefois, nous prévoyons dans notre vie ce que vont faire les gens ; et cela ne veut pas dire que nous ne croyons pas à leur liberté. Pour tout dire, il n'y aurait pas, à mon avis, de vrai tragique, s'il n'y avait pas ces deux dimensions : d'un côté, le personnage qui veut quelque chose et, de l'autre, les dieux qui interviennent. Il arrive très souvent – je pense ici à Sophocle et à son Œdipe – que l'homme agisse pour éviter la volonté des dieux et que, malgré cela, il la retrouve : Œdipe tente d'échapper au destin ; il échoue, certes, mais le malheur provoque une réaction de sa part et il décide de se mutiler. Encore son cas est-il celui où le destin pèse le plus lourdement. Dans la tragédie grecque, on n'est jamais tout à fait un instrument irresponsable.

A.G. — On n'est jamais vraiment coupable non plus, si bien que, parfois, on a l'impression que l'absurde n'est pas loin.

J. de R. — À vrai dire, seul Euripide, par l'importance qu'il a donnée aux passions, aux errements et aux incertitudes de ses personnages, a pu, en effet, faire penser au théâtre moderne de l'absurde. Mais ni Eschyle ni Sophocle ne se prêtent à ce rapprochement, car leur monde n'est pas du tout celui du non-sens.

A.G. — Est-ce que l'évolution qui se décèle dans le traitement du mythe par la tragédie se vérifie aussi dans la façon dont est considérée la religion, puisque ces deux domaines n'en font qu'un en Grèce ? J'ai l'impression que chez Eschyle, la volonté des dieux est connue, explicite, que chez Sophocle, elle l'est encore tout en se faisant plus menaçante et plus vague, et que, chez Euripide, elle devient mystérieuse, voire incompréhensible. Peut-on dire qu'avec le premier on a les dieux et les hommes, avec le second, les hommes et les dieux, et avec le troisième, les hommes sans les dieux ?

J. de R. — C'est une belle formule et il y a une bonne part de vérité, à condition, bien entendu, de garder conscience des exceptions et des nuances nécessaires. Regardez Eschyle, par exemple, et le début de l'*Orestie*, qui commence par un chœur immense sur les dieux, l'évolution de leur pouvoir, le bien et le mal ; puis vient la question du sacrifice d'Iphigénie, et vous avez la description d'Agamemnon en proie aux doutes, aux hésitations et à une crise morale intense ; et soudain il choisit ; une formule le montre acceptant le sacrifice : *« sous son front une fois ployé au joug du destin »*. C'est une crise provoquée par les dieux, bien sûr, mais qui se vit dans le cœur de l'homme. Je crois, au fond, que chez les trois Tragiques, tout se passe entre les dieux et les hommes, et que c'est simplement l'importance relative des uns et des autres qui varie. Même chez Euripide, on voit souvent un dieu intervenir dans l'action.

A.G. — Mais cette intervention a une telle importance, elle aboutit à de tels renversements de situation, en évitant, au dernier moment, que ne se commette l'irréparable, qu'on a quelquefois l'impression qu'il s'agit d'un simple procédé qu'Euripide cherche avant tout à souligner. Il y a même des dieux qui interviennent sur la scène, et on parle dans ce cas d'un *« deus ex machina »*. Je me demande si ce rôle décisif confié à des dieux, agissant ainsi *« ex machina »*, n'a pas pour fonction de mettre en lumière la théâtralité de ce théâtre. N'est-ce pas une manière pour Euripide de faire admirer sa virtuosité, et aussi de critiquer, implicitement mais efficacement, le mythe et sa façon de présenter les dieux comme des personnes ?

J. de R. — Je ne suis pas sûre que l'on puisse formuler une conclusion aussi tranchée, et il faudrait en discuter pièce par pièce. Euripide n'a pas été le seul à recourir au *« deus ex machina »* : Sophocle, par exemple, l'avait déjà fait dans son *Philoctète*, où l'intervention finale d'Héraclès vient soudain tout résoudre. Je crois que, dans toutes les pièces des trois Tragiques, on a, inextricablement liées, cette grandeur humaine et, plus ou moins nette, cette présence redoutable des dieux.

A.G. — Avec tout de même – vous l'avez montré, par exemple, en étudiant la conception du temps dans cette tragédie grecque – un mouvement général d'humanisation progressive.

J. de R. — Oui : c'est l'évolution, étudiée d'ailleurs depuis longtemps, du Mythos vers le Logos, avec la montée du rationalisme, dont un des exemples les plus frappants est la métamorphose qu'Euripide fait subir aux Érinyes, ces déesses de la vengeance qui poursuivent Oreste après qu'il a tué sa mère.

A.G. — Lorsque Euripide transforme ainsi les êtres monstrueux et terrifiants qu'on voyait sur la scène chez Eschyle, en simples visions évoquées par un Oreste en délire, n'est-ce pas une façon de refuser la religion traditionnelle et de mettre en question les vieux mythes ? De même, il présente le miracle de la métamorphose d'Iphigénie en génisse, dans un récit d'Agamemnon à Clytemnestre, et le spectateur peut ainsi penser qu'il ne s'agit que d'une ruse destinée à mieux faire accepter à la reine la mort de sa fille. Dans les deux cas, on passe de la théologie à la psychologie, et la vieille religion est mise en question.

J. de R. — Pour le premier exemple, c'est certain ; cela l'est moins pour le second, car il y subsiste un doute, même pour le spectateur. Toute affirmation à valeur générale risquerait de toute façon d'être inexacte. Les Érinyes n'étaient pas des divinités de premier ordre, et refuser de les présenter sur la scène pour en faire les symptômes d'une maladie humaine n'impliquait pas un rejet de toute la religion.

A.G. — La première fois que le public d'Eschyle avait vu surgir les Érinyes sur la scène, il y avait eu un mouvement de surprise épouvantée parmi les spectateurs. Peu de temps auparavant, le sujet de la première de toutes les tragédies grecques, aujourd'hui perdue, avait été la prise de Milet, événement alors récent, et tous les Athéniens présents s'étaient mis à pleurer. L'effet de réalité produit par ces représentations, qui étaient les premières de l'histoire, était très fort, et on a pu le comparer avec la fuite des premiers spectateurs du premier film, voyant sur l'écran une locomotive entrer en gare.

J. de R. — Oui, l'épisode a contribué à tourner la tragédie vers le mythe.

A.G. — La façon dont la tragédie présente le mythe peut-elle être définie comme une réflexion collective sur la condition humaine ?

J. de R. — Je ne dirais pas cela, car ce serait une conception très moderne et, je pense, anachronique : il s'agit bien, à chaque fois, de l'œuvre d'un seul auteur.

A.G. — Bien entendu ; je voulais simplement dire que ces mythes et ces tragédies, représentés devant cette collectivité qu'est la cité d'Athènes, expriment des valeurs partagées, ainsi que les problèmes qui se posent, année après année, à la cité. Je suis frappé de constater qu'au temps de Salamine et de la victoire d'Athènes, on a, avec Eschyle, un théâtre de la grandeur et du sens, alors que plus tard, durant la guerre du Péloponnèse, qui apporta tant d'incertitudes et d'échecs à Athènes, on va, avec Euripide, vers un théâtre où les antiques croyances de la cité sont, peu ou prou, remises en question.

J. de R. — En un sens, c'est vrai ; mais l'inspiration personnelle compte, et pas seulement les idées généralement en vogue. Je ne crois pas qu'un auteur pleinement maître de son art comme le sont les grands poètes tragiques d'Athènes se borne à exprimer les valeurs de son public. Par son œuvre, il agit sur les esprits.

A.G. — En opposition avec l'opinion courante ?

J. de R. — Cela dépend des cas : pour prendre l'exemple d'Euripide, on a des pièces, du début de la guerre, qui sont remplies d'exaltation patriotique ; il y en a d'autres aussi où il prend parti contre la guerre. Il s'agit à la fois de changements dans sa pensée et, sans doute, d'une évolution qu'il n'est pas le seul à ressentir. Mais qu'il ait été le seul ou non de son avis, cela m'indiffère ; ce qui m'importe, c'est la forme qu'il a su donner à différents aspects de la réalité avec laquelle il était aux prises. Chaque tragédie est, à sa manière, une contribution aux débats qui occupaient la cité ; on peut même parfois déceler presque des polémiques : ainsi lorsque Euripide présente, dans *Phèdre*, la tentation du mal comme irrésistible, alors que Socrate défendait une position totalement opposée. Je pense aussi aux passages d'Eschyle sur la justice et sur l'Aréopage : les auteurs de tragédies ne reflètent pas l'opinion générale, ils plaident les causes qu'ils choisissent de défendre et d'exposer à leur public.

A.G. — Notre discussion et vos travaux qui l'inspirent se situent dans le domaine de l'histoire des idées : n'y a-t-il pas là, cependant, un paradoxe à analyser du seul point de vue intellectuel des œuvres qui sont d'abord des textes littéraires ? N'y a-t-il pas quelque chose qui reste toujours au-delà ou en deçà de ce type d'analyse, et qui est, tout simplement, la littérature ?

J. de R. — Bien entendu, et vous avez pleinement raison. Mais je ne me sens pas du tout visée ! D'abord parce que l'histoire des idées, telle que je la conçois, aboutit toujours à des analyses de détail sur les textes, dont l'originalité et la beauté ressortent, je crois et je l'espère, d'autant mieux. Ensuite parce qu'il n'est pas du tout dans mes intentions de réduire la tragédie à un jeu de concepts ; le spectacle tragique, c'est avant tout une présence directe et une certaine qualité d'émotion, que j'ai toujours essayé de mettre en lumière, tout en n'oubliant jamais que seule la représentation pouvait ou pourrait les rendre pleinement. Mais c'est justement le caractère public et solennel qu'avaient à Athènes ces représentations données devant le peuple entier, qui rend utile, et je crois nécessaire, de les situer dans leur contexte et dans l'histoire des idées. Un auteur de tragédie grecque n'est pas un écrivain qui élabore dans son coin sa petite théorie et une vision des choses strictement personnelle ; un spectacle tragique à Athènes, c'était une cérémonie grandiose, destinée à être vue et comprise d'un très vaste public. C'est pourquoi, indépendamment de l'émotion produite, il y a, dans chaque pièce, une intention de parler au peuple, et c'est ce qui justifie nos efforts, à nous Modernes, pour comprendre le mieux possible ce qui y a été dit.

A.G. — Quel a été votre objectif lorsque vous avez étudié, avec tant de détails dans l'analyse et de nuances dans la pensée, ces tragédies ? Aviez-vous l'intention de mettre vos lecteurs en situation d'apprécier le texte tel qu'il a été apprécié au cinquième siècle avant notre ère, dans ses résonances, dans ses parallèles, ou vouliez-vous proposer une lecture de valeur intemporelle ? J'ai l'impression que vous n'avez cessé de rechercher les moyens d'approcher au plus près les conditions d'une lecture grecque de ces pièces grecques.

J. de R. — Naturellement, je n'ai pas l'ambition de retrouver les sentiments exacts d'un public du cinquième siècle : tout a évolué, et il faut bien se rendre compte que, déjà vingt ans après les premières représentations, le jugement du public ne devait plus être exactement le même. Il n'en reste pas moins que l'étude de l'œuvre, les analyses détaillées des éléments mis en relief ou des variantes apportées à tel ou tel mythe, permettent de saisir au moins certains aspects, un reflet de ce qu'étaient réellement la pensée de l'auteur et ses réactions par rapport à ses prédécesseurs et à ses contemporains.

A.G. — Dans vos livres sur la tragédie, il y a un

grand absent : Freud, qui a pourtant trouvé dans la tragédie grecque la source pour sa théorie du complexe d'Œdipe... Nous nous demandions tout à l'heure si les Grecs croyaient à leurs mythes ; dois-je conclure maintenant que vous ne croyez pas à la psychanalyse ?

J. de R. — Je ne me permettrais pas de la critiquer ainsi ! Je vous ferai simplement observer que tout le monde est aujourd'hui d'accord pour souligner que l'Œdipe de Freud n'est pas l'Œdipe de Sophocle. Pour moi, comprendre une œuvre, c'est retrouver ce que son auteur a voulu exprimer, et j'avoue que j'ai ce qui est aux yeux de beaucoup à l'heure actuelle une fâcheuse déformation : je crois en la vérité d'une explication et je ne suis pas enthousiasmée de voir chacun donner son Euripide, son Sophocle, son Eschyle. Mais j'ai probablement tort !

A.G. — Il y a aussi un fait qu'on oublie souvent, c'est que ces auteurs tragiques étaient, pour traiter leurs sujets, beaucoup plus libres que nous ne l'imaginons. D'ailleurs, la lecture psychanalytique convient peut-être mieux à une pièce comme *Les Bacchantes*.

J. de R. — Lorsqu'on étudie comment chaque auteur traite un même thème, on voit, la plupart du temps, se manifester une véritable évolution dans la façon de penser. Prenons l'exemple des *Sept contre Thèbes* d'Eschyle, où est racontée, comme on sait, la lutte mortelle de deux frères, Étéocle et Polynice. Chez Eschyle, c'est la malédiction de leur père, Œdipe, qui explique tout ; la pièce produit dès lors l'impression grandiose, presque religieuse, d'un mal qui s'abat sur eux et qui les entraîne malgré eux à leur perte. Tout au contraire, Euripide, reprenant le même sujet, fait de l'ambition la seule cause du combat entre les deux frères, dont chacun veut régner en éliminant l'autre. Pour que le désir de pouvoir qui les anime ressorte encore plus clairement, Euripide fait survivre Jocaste, leur mère, plus longtemps, et il introduit – au mépris de toute vraisemblance – Polynice à l'intérieur de la ville, de manière à pouvoir faire se dérouler entre les frères un grand débat sur l'ambition. Là aussi, l'impression est très forte, pas moindre que chez Eschyle, mais cela devient une pièce sur l'ambition politique et sur le sacrifice à la cité.

A.G. — César, paraît-il, l'avait toujours à portée de main.

J. de R. — Oui, et cela illustre l'extraordinaire force du texte d'Euripide. Je vois dans cet exemple une liberté par rapport à la légende, une évolution dans le mode de pensée, qu'il me paraît merveilleux de pouvoir suivre ainsi, et je pourrais faire ce type d'analyse pour presque toutes les pièces.

A.G. — Il est pourtant relativement rare qu'on ait, comme pour ce mythe d'Œdipe, trois pièces des trois auteurs sur le même sujet.

J. de R. — Certes, mais nous avons toujours des pièces perdues, dont nous connaissons l'argument et des fragments, ainsi que les éléments des légendes antérieures, qu'elles viennent ou non d'Homère. L'analyse de ces textes ne consiste donc pas pour moi dans l'étude de supposés archétypes inconscients, mais dans la mise en lumière d'une évolution où l'apport personnel de chaque auteur se distingue dans un mouvement d'ensemble. Mais à côté de ces aspects, qui concernent plutôt l'histoire des idées, le plus important, sans doute, est l'émotion qui se dégage de ces situations : dans l'exemple que j'ai pris, c'est Jocaste, déchirée de voir ses enfants se battre, c'est l'espèce de passion qui anime ces deux jeunes gens l'un contre l'autre. Les personnages sont campés avec simplicité et force, ils incarnent totalement les sentiments que le poète leur prête, et, derrière eux, la tragédie sait rendre la présence de toutes les personnes impliquées dans ces souffrances, avec les grands enjeux que sont le danger menaçant la cité et le sort de ses habitants. Je vais prendre un autre exemple, toujours chez Eschyle : celui de la scène où un veilleur, au début d'*Agamemnon*, scrute, en pleine nuit, l'horizon et aperçoit enfin au loin le feu qui annonce le retour du roi.

A.G. — Première attestation dans l'histoire, à ma connaissance, du télégraphe optique ! Ce qui n'a, bien sûr, aucune importance.

J. de R. — Certes, car c'est surtout une manière de nous montrer combien toute la ville est suspendue au sort d'Agamemnon, et cet humble soldat contribue ainsi à créer l'émotion et l'attente. Du même Eschyle, je pourrais citer la scène de l'annonce de la mort d'Oreste – fausse nouvelle à laquelle Clytemnestre, sa mère, réagit avec un égoïsme et une dureté qui contrastent avec la désolation bouleversée de la nourrice qui avait élevé Oreste enfant. Puis il y aura l'épisode de la reconnaissance entre ce même Oreste et sa sœur, qu'Euripide critiquera plus tard, en faisant souligner par ses personnages l'invraisemblance d'une telle scène.

A.G. — Vos réponses me donnent souvent l'impression que, pour vous, une bonne analyse d'une tragédie est une analyse comparative, au moins en partie : pour apprécier pleinement Eschyle, il faut se référer à Sophocle et à Euripide, ou inversement, et avec toutes les combinaisons possibles entre ces trois auteurs. Ce point de vue a presque toujours été le vôtre, qu'il s'agisse de l'étude du temps dans la tragédie, comme de celle de l'*évolution* du pathétique, et l'on ne trouvera que très peu chez vous ces références, si fréquentes chez d'autres, à *la* tragédie grecque considérée comme une entité monolithique, et presque abstraite.

J. de R. — Oui, mais, à vrai dire, ma démarche ne prétendait pas à l'originalité, car on a toujours, peu ou prou, été sensible à ces rapprochements, suggérés ne serait-ce que par le fait que seules des œuvres de ces trois auteurs ont été conservées. Si j'ai cherché à développer ce type d'analyse et si j'y ai accordé effectivement beaucoup d'importance, c'est parce que j'étais et je reste sensible au fait que cette littérature athénienne se développait entre des gens qui se rencontraient et qui discutaient des mêmes problèmes, et cela au cours d'une histoire que nous connaissons dans le détail. Il y a aussi autre chose : je crois que, même ailleurs, toute culture est comparaison ; on est frappé, ému par une œuvre en fonction de ce qu'on a déjà acquis, de ce qu'on a déjà entendu. C'est comme un trésor qui s'accumule en chacun, plus ou moins consciemment, et auquel on compare tout ce qui arrive de nouveau. Enfin, je ne prétends épuiser, par cette approche comparative, ni la richesse des œuvres ni le plaisir ou l'intérêt qu'on peut y trouver. Il y a une grande différence entre le travail minutieux du spécialiste et l'impression littéraire, globale et simple, qui se communique immédiatement aux lecteurs et, plus encore, aux spectateurs de ces tragédies.

A.G. — Bien sûr. On peut penser, cependant, que la comparaison est une première étape qui permet en réalité de mieux connaître et apprécier chaque auteur et chaque pièce pris dans leur singularité. Finalement, qu'est-ce qui fait l'originalité de chacun des trois Tragiques par rapport aux deux autres ? Comment considérez-vous leur œuvre : comme trois mondes différents ou comme un seul et même univers, pourvu ici et là de nuances et de tonalités variables ? Cette impression générale dont vous parlez, quelle est-elle pour vous, si tant est que la question garde un sens pour qui a passé sa vie à étudier ces pièces dans le détail !

J. de R. — J'ai envie de vous répondre qu'il ne s'agit ni de trois mondes différents ni d'un seul et même univers : car chaque auteur est unique, c'est vrai, et en même temps il y a des points communs entre eux, à telle enseigne que se posent parfois pour telle pièce ou tel passage des problèmes d'attribution ou d'authenticité. C'est un fait qu'on peut tout de même parler en général des personnages, des chœurs, du mythe dans la tragédie grecque, et c'est d'ailleurs ce que nous avons fait. Ces œuvres ne sont donc pas des planètes sans communication les unes avec les autres, ne serait-ce que parce qu'elles présentent souvent les mêmes figures – Agamemnon, Électre, Oreste, etc. – et reprennent les mêmes légendes. Cependant, je pense que si on retrouvait aujourd'hui le texte complet d'une pièce perdue, sans avoir le nom de son auteur, je pourrais vous dire de qui elle est ; je ne le pourrais peut-être pas avec une seule page (et pour certains fragments il y a eu des discussions), mais avec une pièce entière, oui.

A.G. — Voilà ce qu'on appelle un pari ! Et si nous prenions une comparaison plus large, que pensez-vous de l'équivalence souvent établie entre Eschyle comparé à Corneille, et Euripide comparé à Racine ?

J. de R. — Je vous répondrai que la différence est peut-être plus profonde entre Eschyle et Euripide qu'entre Euripide et Racine.

A.G. — Puis-je vous poser une question que vous avez dû entendre mille fois : des trois Tragiques, quel est votre préféré ? À en juger par le nombre de publications que vous lui avez consacrées, il semble que ce soit Euripide.

J. de R. — Non, cela ne veut pas dire que je le préfère. C'est une question que je me suis posée très souvent. À vrai dire, je dois être très infidèle, car la réponse varie selon les jours. J'ai une grande admiration pour Eschyle : ça n'est pas mon univers, mais à chaque fois que j'y reviens, je suis frappée par sa beauté. À propos, connaissez-vous la phrase d'Agatha Christie sur son mariage ? Vous savez qu'elle avait épousé un archéologue.

A.G. — Je sais : d'où *Mort sur le Nil.*

J. de R. — Oui, et d'où la phrase qu'elle prononça un jour lors d'un dîner en ville : *« Ah ! Être la femme d'un archéologue, c'est merveilleux, parce que plus c'est vieux, plus ils apprécient ! »* Eh bien, moi, je suis un peu de cet avis pour la littérature grecque, et pour Eschyle !

A.G. — Qu'appréciez-vous chez lui : son archaïsme, sa grandeur ?

J. de R. — Sa force et sa beauté, particulièrement dans ses chœurs que nous évoquions au début de cet entretien.

A.G. — Il y a quelquefois des scènes d'une rare violence : je pense au dialogue entre Oreste et Clytemnestre, où l'on voit ce fils, qui s'apprête à tuer sa mère, l'accabler de reproches ; on retrouve d'ailleurs pareille confrontation entre un assassin et sa victime chez Sophocle, lorsque le même Oreste surprend Égisthe et le pousse, comme vers l'autel du sacrifice, dans le palais où il le tuera juste après la fin de la pièce. Nous évoquions tout à l'heure, à propos d'Euripide, le théâtre de l'absurde, mais est-ce que cette tragédie grecque ne serait pas tout autant un théâtre de la cruauté ?

J. de R. — Je ne le crois pas, car ces deux situations exceptionnelles concernent le même personnage, qui cherche ainsi à venger son père : mais la tragédie montre que son acte est une souillure que seuls les dieux pourront effacer. De plus, il faut rappeler que rien n'est montré ; il y a une réflexion sur l'enchaînement du crime et de la vengeance, et la nécessité d'y mettre fin.

A.G. — Eschyle avait combattu et à Marathon, en 490 avant J.-C., et, dix ans plus tard, à Salamine ; c'est dire qu'il avait participé directement aux deux événements fondateurs de la liberté grecque : il devait en être fier, puisque cette présence au combat est la seule chose qu'il voulut mentionner dans son épitaphe, où il n'était même pas question de ses pièces. Pour autant, je suis frappé de voir combien il se garde d'idéaliser la guerre, dont, au contraire, il montre toutes les horreurs et les misères, et dans *Les Perses*, il se place au point de vue de ces derniers : il n'y a pas chez lui de diabolisation de l'ennemi.

J. de R. — Oui, c'est effectivement très frappant, et c'est la marque de son profond humanisme. Toute la faute des Perses est rejetée sur la démesure de Xerxès.

A.G. — Je comparais tout à l'heure la tragédie grecque à l'opéra, mais Eschyle, avec le caractère grandiose, presque hiératique, de son théâtre, évoquerait plutôt une forme d'oratorio sacré. Est-ce parce qu'il fut le contemporain de la jeunesse de la démocratie grecque, que le peuple et la cité jouent un tel rôle dans ses pièces, autant et presque plus que les simples personnages ? Je pense au peuple des Argiens dans *Les Suppliantes*, ou aux Perses dans la pièce du même nom, et même au peuple athénien qui aura à juger Oreste dans *Les Euménides*, sans parler de celui de Thèbes, présent par la voix de ses délégués, auxquels reviendra de décider si Étéocle, qui avait attaqué la cité, a droit à des funérailles.

J. de R. — Il est certain que, chez Eschyle, le peuple a une grande importance dramaturgique. Mais il y a aussi des personnages individuels bien campés : dans l'*Orestie* naturellement, et aussi, si cette pièce est bien d'Eschyle, Prométhée, qui donne son nom à une pièce entièrement centrée sur lui.

A.G. — Certes, mais comme vous l'avez écrit vous-même un jour : *« Ce qui intéresse Eschyle, c'est le destin de Prométhée et son rapport avec la justice, ce n'est pas sa motivation et son rapport avec les hommes. »* Ce sacrifice pour l'humanité a un air presque christologique avant la lettre. On a l'impression qu'avec Eschyle la description de la personne humaine n'a pas encore atteint son plein développement.

J. de R. — Cela tient sans doute à la densité et au caractère entier qu'Eschyle a donnés à beaucoup de ses personnages : mais n'oublions pas qu'on voit aussi chez lui Agamemnon et Oreste réfléchir et hésiter sur ce qu'ils vont faire.

A.G. — Si l'on parle de personnages pleins de relief, je pense à Sophocle et à son Antigone, qui reste dans la mémoire collective le symbole même du courage et de la persévérance. Antigone contre Créon, c'est le droit contre la loi ?

J. de R. — Ce n'est pas tout à fait vrai, et pas une seule fois la situation n'est présentée ainsi : car il s'agit, du côté de Créon, non pas de lois mais, au contraire, de décisions arbitraires d'un souverain, arrivé au pouvoir depuis la veille et qui est présenté comme un tyran. L'opposition est entre les lois immuables et éternelles des dieux et ce que veut Créon : *« Crois-tu que tes lois à toi peuvent résister ? »* lui demande le chœur. Il ne s'agit pas des lois de la cité, mais de l'arbitraire d'un seul ; je ne crois pas qu'un homme comme Sophocle aurait pu écrire quoi que ce soit contre les lois de la cité, c'est-à-dire celles qui ont été établies et reconnues par le peuple. Il y a naturellement, chez Sophocle, l'aspiration à un ordre supérieur, réglé par les lois divines, celles qu'il appelle non écrites, mais en aucune manière il n'y a conflit avec les lois de la cité, que ce soit dans le cas d'Antigone ou encore dans celui d'Œdipe.

A.G. — Qu'est-ce qui a changé dans le théâtre avec Sophocle ?

J. de R. — Il a apporté plusieurs innovations fondamentales : c'est chez lui qu'on trouve, pour la première fois, des surprises et des péripéties qui modifient brusquement le cours de l'action ; il a inventé aussi le monologue et, inversement, placé parfois un confident à côté du protagoniste, ce qui permettait, grâce au dialogue ainsi rendu possible, d'enrichir considérablement la psychologie de ses personnages. Il a beaucoup développé aussi le dialogue, pour mettre en relief les contrastes de caractères, comme lorsqu'il met Antigone face à Créon ou à la faible Ismène.

A.G. — Beaucoup de pièces de Sophocle se terminent bien mal : Hercule meurt, Antigone est tuée, Ajax se suicide, Œdipe s'aveugle ; et la souffrance physique est très présente, notamment avec Hercule, brûlé vif par la tunique ensorcelée que lui offre bien inconsidérément sa femme Déjanire, ou avec Philoctète, atrocement atteint au pied. Pourtant, le fameux chœur d'*Antigone* dont nous parlions au début de cet entretien exprime ce qu'il faut bien appeler une espèce de foi en l'homme : on peut se demander alors, d'une façon sans doute simpliste, si Sophocle est pessimiste ou optimiste.

J. de R. — C'est vrai qu'il y a dans ses pièces cette violence et ces souffrances, mais il y a aussi la résistance du héros solitaire, et cette attitude provoque notre admiration. Vous évoquez la mort de tous ces personnages : mais elle résulte à chaque fois d'un choix, ou en tout cas elle est acceptée par le personnage qui surmonte ainsi son destin, et c'est pourquoi je ne crois pas qu'on puisse opposer ainsi pessimisme et optimisme.

A.G. — Cette souffrance éprouvée donne aux héros de Sophocle une grande charge d'humanité : on songe en particulier à Philoctète, qui me fait penser, relégué comme il est dans son île déserte, à un Robinson Crusoé grec, mais à un Robinson malheureux. Tout à l'heure j'évoquais à son propos l'opéra et l'Amfortas wagnérien, et, de fait, Sophocle écrivant à quatre-vingt-sept ans *Philoctète*, c'est un peu Verdi composant *Othello* à plus de soixante-dix ans et *Falstaff* à presque quatre-vingts ans.

J. de R. — Les contextes sont évidemment très différents, mais c'est vrai qu'on a, dans les deux cas, un très grand artiste arrivé au sommet de son art et livrant, au terme d'une très longue carrière, un chef-d'œuvre d'absolue perfection. Les Athéniens ne s'y trompèrent pas : Sophocle, qui avait été couronné vainqueur dès l'âge de trente-trois ans, le fut encore pour *Philoctète* et reçut le prix réservé chaque année à l'auteur de la meilleure tragédie.

A.G. — Vous avez publié en 1986 un livre qui s'appelle *La Modernité d'Euripide* : faut-il considérer Eschyle et Sophocle comme de simples précurseurs, dont le rôle aurait été d'abord de préparer l'avènement du théâtre d'Euripide, le seul à être vraiment « moderne » ? On a l'impression que l'art théâtral moderne n'existe qu'à partir d'Euripide et pas avant Euripide : c'est lui, le premier, qui développe, à un degré inconnu jusque-là, l'intrigue, avec tout l'attirail des péripéties, retournements, reconnaissances, et qui met au premier plan la psychologie de ses personnages.

J. de R. — En gros, cette impression est juste, mais on peut à la fois reconnaître la modernité d'Euripide et ne pas reléguer Eschyle et Sophocle à un rang secondaire ! J'aimerais préciser tout de même que Sophocle et Euripide étaient contemporains : ils vivaient et produisaient leurs pièces en même temps. D'ailleurs, le mot « moderne » désigne une ressemblance avec notre époque et n'est pas forcément un compliment !

A.G. — Il y a pourtant une tendance assez nette chez les Modernes à présenter l'histoire de cette tragédie grecque comme une évolution en trois étapes, appelées Eschyle, Sophocle et Euripide, et parfois même comme un progrès.

J. de R. — On peut, je crois, maintenir, avec toutes les nuances requises, l'idée d'évolution, dans la mesure où, d'un auteur à l'autre, il y a parfois des critiques, voire des polémiques, ou la reprise de mêmes thèmes traités différemment, si bien qu'on a une sorte de dialogue et que, d'Eschyle à Euripide, on a un ensemble qui bouge, qui évolue dans une certaine direction. Par contre, parler de progrès n'aurait aucun sens, et j'ai d'ailleurs rappelé ma prédilection pour Eschyle.

A.G. — Quand on lit Euripide après avoir lu ses deux prédécesseurs, on a vraiment le sentiment d'aborder dans un nouveau monde : les personnages se transforment en personnes, des figures qui étaient jusque-là un peu hiératiques et solennelles deviennent des êtres qu'on dirait de chair et de sang, qui agissent, réagissent et sont dominés par leurs passions. Qu'est-ce qui a pu amener Euripide à mettre ainsi l'homme au premier plan ?

J. de R. — *« L'homme est mesure de toutes choses »*, dit Protagoras. Ce sont, sans aucun doute, les sophistes et leur enseignement ; c'est pourquoi aussi Euripide aime tant les débats contradictoires et les réflexions générales, qu'il met dans la bouche de ses personnages.

A.G. — Vous avez montré que la part de ce type de réflexions, déjà présentes chez Sophocle, devient très grande chez lui. Cela signifie-t-il qu'il écrit un théâtre à thèse ?

J. de R. — Pas du tout : ces passages, s'appuyant sur des faits reconnus, apportent, comme chez Thucydide, une analyse sur la nature humaine, mais alors que l'historien en faisait les matériaux d'une science de la politique, elles ébauchent dans la tragédie une morale. Le fait de discuter et d'analyser les idées dans des débats où des arguments précis se combinent avec les maximes d'une sagesse traditionnelle, est, comme chez Thucydide, un moyen de cerner les vérités sur l'homme.

A.G. — Elles expriment souvent aussi une idée reçue ou une vérité de bon sens, qui ne peut qu'entraîner l'assentiment du spectateur. Je me demande donc si elles n'ont pas pour autre fonction d'augmenter de cette manière l'effet de réalité de la fiction théâtrale.

C'est un procédé qu'on retrouvera, me semble-t-il, *mutatis mutandis*, chez Molière puis chez Proust.

J. de R. — Peut-être, mais chez Euripide, elles sont vraiment l'instrument d'une science de l'homme.

A.G. — La psychologie, à laquelle Euripide donne une place nouvelle, naît donc chez lui au carrefour de cette préoccupation éthique et des techniques oratoires apprises chez les sophistes : il y a beaucoup de passions chez Euripide, mais ce sont des passions raisonneuses et argumentatives.

J. de R. — Ce n'est pas du tout contradictoire et il est peut-être le premier à l'avoir montré si clairement. D'ailleurs, on trouve chez lui beaucoup de choses qui approchent moins de la psychologie que de la psychiatrie : c'est évidemment le cas de Médée, mais aussi de Clytemnestre.

A.G. — On voit apparaître dans son théâtre une partie de l'humanité qui demeurait avant lui hors de l'univers tragique : non seulement les faibles, les vaincus, mais aussi les médiocres, les lâches, qui sont souvent, aussi, ridicules, comme Ménélas, Agamemnon ou Jason. On serait presque parfois dans le registre de la comédie ; je pense en particulier à la querelle entre les frères, Agamemnon et Ménélas, dans *Iphigénie à Aulis*, où chacun des deux dresse un portrait-charge de l'autre : est-on encore dans le registre du tragique ?

J. de R. — Oui, car ces faibles ou ces lâches ne font que faire ressortir davantage le courage et la grandeur des héros : aux hésitations d'Agamemnon s'opposent par exemple la candeur et le courage d'Iphigénie, qui va finalement accepter d'être sacrifiée pour permettre le départ de la flotte grecque vers Troie.

A.G. — Cette pièce d'*Iphigénie à Aulis* fait une extraordinaire utilisation de la technique de l'ironie tragique : Iphigénie, qui est accompagnée par sa mère Clytemnestre, croit qu'Agamemnon l'a convoquée pour la marier avec Achille, alors que ce n'était qu'une ruse pour la faire venir, et toutes les paroles de son père, qui ne sait comment lui avouer la vérité, sont à double sens.

J. de R. — L'exemple est justement célèbre : mais ce n'est pas du tout un exercice de virtuosité gratuite. Tout cela a un sens : les hommes ne connaissent pas le vouloir des dieux, et ne savent pas ce qui les attend ; on est bien dans la dimension du tragique.

A.G. — Nous parlons d'Iphigénie ; il y a de très belles figures de femmes chez Euripide, mais, de même que l'on se demande s'il était rationaliste ou religieux, de même on peut hésiter sur l'image qu'il donne des femmes : est-il misogyne ou féministe ? Il fait dire à Médée qu'*« il n'est rien qui soit plus à plaindre que nous, les femmes »*, mais d'un autre côté, on trouverait facilement chez lui d'autres déclarations d'un machisme caractérisé.

J. de R. — Je crois que cette question serait plus adaptée à un auteur contemporain qu'à un auteur grec, si « moderne » soit-il : ce qu'il y a de sûr, c'est que peu ont donné, comme lui, une représentation aussi sensible, aussi frémissante, aussi complexe de la condition féminine. Cela dit, ses héroïnes ne sont pas des femmes réelles, mais des personnages empreints de grandeur tragique. Médée ou Clytemnestre ont une dimension surhumaine, exceptionnelle, et l'analyse psychologique de leurs tourments intérieurs, que présente Euripide, n'en fait pas pour autant des personnages normaux, fussent-ils criminels. Qu'ils soient femmes ou hommes, les protagonistes du drame d'Euripide gardent la simplicité, la force, la grandeur propres au tragique.

A.G. — Et quel est l'effet de ce théâtre d'Euripide, mais aussi d'Eschyle et de Sophocle, sur les spectateurs ? Est-ce, comme le voulait Aristote, la purification – catharsis – par rapport aux passions représentées sur scène ? Ou la distanciation, ou bien, au contraire, l'identification ?

J. de R. — Je ne poserais pas tout à fait le problème dans ces termes : car même s'il y a, à un moment donné, identification avec le personnage qui parle, il ne faut pas oublier qu'une tragédie met en scène plusieurs personnages avec, en plus, un chœur.

A.G. — Peut-on alors proposer un schéma qui placerait l'effet de distanciation du côté des personnages principaux, et l'effet d'identification du côté du chœur ?

J. de R. — Je ne vois pas les choses comme cela : quand je vois Clytemnestre, dans l'*Agamemnon* d'Eschyle, qui se réjouit de tuer son mari, il y a une espèce d'admiration pour sa colère, sa force, et, en même temps, de terreur devant ce qu'elle va faire.

A.G. — Vous avez l'air de bien l'aimer, Clytemnestre…

J. de R. — Non, j'aime bien Eschyle ! J'ai beau être une spécialiste de la douceur, cette impression d'horreur devant le crime est aussi extrêmement forte, et elle se grave dans notre mémoire en vers inoubliables : *« Mais le sang noir d'une être humain une fois répandu à terre, nul enchanteur ne le rappellerait dans ces veines dont il sortit. »* Donc, je crois qu'on s'identifie rarement à un et à un seul personnage de la tragédie : même Électre, qui est si courageuse, malheureuse, résolue et fidèle, et qui a inspiré tant d'œuvres modernes, je ne puis m'identifier à elle, avec son idée fixe de tuer sa mère ! Mais je peux m'identifier totalement, mais de façon momentanée, à telle tirade, à telle émotion.

A.G. — Vous est-il arrivé d'assister à des représentations de ces tragédies qui vous ont apporté quelque chose pour votre réflexion ?

J. de R. — Très rarement : je suis très mauvais public, parce que je connais trop bien les pièces, et je suis malheureuse dès qu'il y a une intonation fausse, une simplification ou une omission. Ce qui ne m'empêche pas d'y envoyer les autres ! J'ai toutefois deux ou trois grands souvenirs : je me souviens en particulier d'une *Antigone* donnée autrefois par le Groupe du théâtre antique de la Sorbonne dans la cour d'honneur. C'était juste au moment où éclatait la guerre, et on avait l'impression que nous, les spectateurs, nous vivions notre actualité, mais avec une grandeur et une profondeur humaine saisissantes.

A.G. — Que pensez-vous des adaptations de tragédies grecques au cinéma ?

J. de R. — J'ai beaucoup aimé l'*Électre* de Cacoyannis, pour sa force d'expression, et un peu moins la *Médée* de Pasolini, qui prend le parti de montrer ce que la tragédie cache résolument.

A.G. — En tout cas, ces adaptations témoignent, avec d'autres œuvres, de la survie, par-delà les siècles, du genre tragique.

J. de R. — C'est vrai, mais je pense qu'il faut faire une distinction entre le genre et l'esprit tragique. Le genre a évolué : on a écrit des tragédies aux seizième, dix-septième siècles et jusqu'à aujourd'hui. Mais ce sont des œuvres qui n'ont plus beaucoup de rapport avec leurs modèles grecs : les tragédies du dix-septième siècle, avec l'importance qu'elles donnent à l'amour, et l'absence de tout chœur, sont devenues un genre différent, même si elles sont toujours l'expression de l'esprit tragique.

A.G. — Cet esprit, pouvons-nous maintenant essayer de le définir ?

J. de R. — Nous dirons que c'est la recherche et la mise en lumière du sens d'un malheur humain.

A.G. — Celles et ceux qui subissent ce malheur sont presque toujours d'un rang éminent : rois ou princes.

J. de R. — Les personnages viennent souvent de l'épopée, et parfois aussi, dans Homère, s'annonce la quête du tragique.

Il est vrai que j'ai toujours vécu au contact des tragédies grecques et de leurs héros. Il est vrai que je crois les connaître de très près, que ces héros m'entourent comme une garde de magnifiques amis, que les idées, les tirades, les vers, les citations remarquables sont là, en moi, tout prêts à resurgir et à scander le déroulement des journées et du travail. Il est vrai que, depuis mes années d'étudiante jusqu'à aujourd'hui, j'ai vécu dans un contact fervent avec ces tragédies.

Mais après en avoir un peu parlé, comme j'en parle avec Alexandre Grandazzi, comme j'en aurais parlé avec un auditoire ou des collègues, je dois faire un double aveu. Le premier n'est pas très surprenant : il consiste à dire que ce contact avec le tragique n'est pas pour moi tragique, mais tonique. Ces héros, qui sont un peu au-dessus de la mesure humaine, me donnent toujours, malgré le destin auquel ils sont soumis, une impression de grandeur, de qualités ou de passion poussées à l'extrême, d'héroïsme, en somme: ils sont pour moi comme une lumière et comme la projection, en plus grand, d'un univers qui soit plus à la gloire de l'homme que celui qui nous entoure. Le contact avec le tragique me rendrait plutôt optimiste et confiante.

Mais ce n'est pas là le plus surprenant. Avant de quitter ce domaine, il me semble que je dois apporter ce bizarre correctif: ce contact avec la tragédie ne me rend point du tout tragique, et ce qui me caractérise pourrait bien être avant tout le sens du comique. C'est un étrange aveu, car, dans mon travail, il est vrai que je me suis fort peu occupée d'Aristophane ou de Ménandre, ou des fragments comiques que nous pouvons avoir gardés de l'Antiquité. J'ai bien l'impression que dans une vie consacrée aux Grecs, c'est là un trait qui ne doit rien au grec. On pourrait penser qu'il s'agit là d'une saine influence de la sagesse grecque. Ou bien on pourrait penser, au contraire, que c'est une réaction au sérieux de ce travail, à l'austérité de Thucydide, et au sens terrible du destin qui abat les hommes dans la tragédie; par réaction, je me serais tournée de plus en plus vers le comique. Je reconnais devoir beaucoup à la Grèce, mais sur ce point, ces explications ne valent rien. Elles ne valent rien parce que ce goût pour le comique remonte à ma lointaine enfance et a marqué ma personnalité depuis toujours, non pas dans mes livres, bien sûr – et personne ayant lu ces livres ne songera à me parler de cela. Mais je sais si bien, dans mes souvenirs les plus chers, les merveilleux moments de rire communs que nous avions avec ma mère, et cela depuis que j'étais toute petite. Ma mère était rieuse et, bien que la vie ne l'ait pas gâtée, elle avait un regard amusé à l'égard de tout ce qu'elle voyait, constatait, lisait, et nous échangions ces regards amusés dans une parfaite entente et communion. Nous nous moquions gentiment des gens que nous avions vus, des choses que nous avions entendues, des émissions de la radio, des bêtises écrites dans les livres, nous nous moquions gentiment de nous-mêmes, de nos maladresses, des situations burlesques où l'une ou l'autre se trouvait prise. C'était devenu comme une sorte de talent échangé en commun, comme si nous étions des duettistes, et je me souviens que, lorsque j'étais enfant, on me faisait faire des petites imitations pour faire rire les grandes personnes et que je réussissais, je crois, assez bien. Il y a là comme une image rayonnante de bonheur et d'entrain, et même quand ma mère a été beaucoup plus âgée et a souffert de bien des difficultés, nous avons ri ensemble très souvent. Voilà l'image où, probablement, je puise maintenant ma gaieté.

Mais je dois dire qu'elle m'a toujours accompagnée. Je suis certaine que mes élèves riaient lors de mes cours. Ils étaient sérieux, ces cours. Je me donnais beaucoup de mal et j'essayais d'inculquer des choses importantes, graves, parfois difficiles. Comment cela se faisait-il ? Il y avait toujours un moment d'ironie et de gaieté partagée. J'en ai eu trop de témoignages pour pouvoir en douter. Et à présent que je suis moi-même une femme âgée, luttant avec des infirmités, je multiplie les actes manqués ; quelquefois je m'en exaspère ; mais souvent, surtout quand je suis seule, je me mets à rire en constatant mes propres déboires. Même au téléphone, j'entends encore souvent rire mes interlocuteurs. C'est donc, peut-être, en souvenir de cette bonne humeur partagée avec ma mère, mais ce fut toujours en moi, même avant le grec, même indépendamment du grec.

J'ajoute, d'ailleurs, que ce goût se traduit dans mes lectures. Je lis les Tragiques, bien sûr, constamment, avec admiration, avec joie, mais comme j'aime un texte moderne plein d'esprit! Comme j'aime assister à une comédie de Labiche ou de Feydeau! Dans un roman pathétique, j'aime à trouver de l'ironie, comme chez Dickens, et combien j'ai été enchantée, à propos de ma chère Grèce, de lire les récits pleins de vie et d'humour de Gerald Durrell, entre autres dans ce livre qui s'appelait en anglais My Family and Other Animals, *et en français* Féeries dans l'île! *Oui, j'aime l'humour! Et puisque nous touchons à la Grèce, comment ne pas avouer le plaisir que je prends toujours à* La Belle Hélène *d'Offenbach? Oui, après Eschyle, après Euripide, après les discussions de Gorgias et d'Isocrate, j'adore entendre* La Belle Hélène.

Peut-être un certain mélange d'ironie et de charme constitue-t-il un ensemble qui me rappelle plus particulièrement le ton de ma mère et les merveilleux contacts d'autrefois.

Ce n'est donc pas l'influence grecque; néanmoins, ce tour d'esprit a pu être encouragé par l'espèce d'équilibre et d'alliance qui se fait toujours dans l'esprit grec. Après tout, nous parlions de tragédie; on peut déjà rappeler que chaque auteur présentait, avec trois tragédies à la suite, un drame satirique dont le ton était souvent proche de la comédie. De même, Socrate, à la fin du Banquet, *précise que le même auteur doit pouvoir écrire tragédie et comédie avec le même talent. Avec la Grèce, comme toujours, tout se rejoint et s'équilibre.*

En tout cas, je voulais préciser ce point parce que Alexandre Grandazzi, qui est un lecteur fidèle, attentif et comprenant fort bien ce que j'ai écrit, ne pouvait pas soup-

çonner ce trait, et parce que cela pouvait servir de correctif aux discussions trop abstraites auxquelles notre habitude des exposés et discussions de spécialistes nous a peut-être entraînés. Mais, je le rappelle, je crois à ces discussions, dur comme fer; je crois au sens de ces pièces, à leur grandeur, à l'importance de leur survie, à leur présence dans ma vie et dans nos vies à tous. Et les malentendus sur ce point ne me font pas rire du tout: ils me fâchent même souvent et j'ai – autre aveu – un peu de peine à supporter les malentendus en ce domaine!

Jacqueline de Romilly

CHAPITRE CINQUIÈME

DES DIEUX ET DES HÉROS : HOMÈRE

ALEXANDRE GRANDAZZI. — Jusqu'à maintenant, nous avons parlé de Thucydide, qui fut l'auteur de votre vie, nous avons parlé de l'histoire des idées, que vous n'avez cessé d'explorer à leur naissance en Grèce, que ce soit à propos de la démocratie ou de la tragédie, ces deux inventions d'Athènes, nous avons parlé de beaucoup de choses, mais nous n'avons pas parlé d'Homère. C'est que, longtemps, vous vous êtes tenue loin d'Homère : bien sûr, on trouve dans presque tous vos livres des allusions, et même de nombreuses analyses de tel ou tel passage de l'*Iliade* ou de l'*Odyssée*, ainsi que des développements qui occupent parfois des chapitres entiers comme dans votre étude sur *La Douceur* ou dans *Patience, mon cœur !*, dont le titre est emprunté à l'*Odyssée*, mais la référence à l'épopée vous sert là de point de départ plus que d'arrivée ; en réalité, il a fallu attendre 1985 et votre « Que sais-je ? » sur Homère, puis, treize ans plus tard, votre livre sur

Hector, pour qu'Homère devienne pour vous un sujet d'étude à part entière. Dans ces conditions, ma question sera double : qu'est-ce qui vous a amenée enfin à Homère, et qu'est-ce qui vous en avait tenue éloignée si longtemps ?

JACQUELINE DE ROMILLY. — Question difficile, parce qu'à dire vrai, je n'ai pas l'impression d'avoir été jamais éloignée d'Homère, sinon dans la mesure où mes autres travaux m'empêchaient de m'y consacrer complètement. Mais quand on fait du grec, et quels que soient le sujet et l'époque qu'on étudie, tout vient d'Homère et tout, donc, vous y ramène. J'ajoute que, dans mon enseignement, il m'est souvent arrivé d'expliquer des chants d'Homère. Mais, même aujourd'hui, après ces quelques livres, je ne suis pas une spécialiste d'Homère : pour l'être, il faudrait connaître, beaucoup mieux que moi, la linguistique, la métrique homériques, et toutes sortes de questions souvent très techniques. Mon approche d'Homère est d'ordre littéraire et elle est nourrie de l'émerveillement que j'ai toujours éprouvé devant ses aspects déjà si humains et si proches de nous.

A.G. — Vous parliez, à propos de Thucydide, de votre maître Louis Bodin qui, après tant d'années passées à travailler sur le texte de la *Guerre du Péloponnèse*, aurait voulu ne plus s'occuper que d'Homère : finalement, c'est aussi votre préférence maintenant ?

J. de R. — J'évoquais à l'instant les cours que j'ai faits sur Homère : ils m'ont toujours apporté un bonheur extraordinaire. Alors, vers la fin de sa vie, on peut s'offrir de ces petits bonheurs !

A.G. — Tout part d'Homère, venez-vous de dire, et tout y revient : j'ai l'impression que la tragédie vient d'Homère – et les Grecs le disaient déjà.

J. de R. — Pour la tragédie, on voit aisément qu'elle doit à Homère ou à l'épopée deux choses : d'abord les héros eux-mêmes, qui sont restés vivants et servent de symboles de toutes les situations humaines comme ils le feront encore dans toute la suite des temps ; et puis, elle lui doit la réflexion même sur les sentiments qu'elle met en scène et les drames qu'ils occasionnent.

A.G. — Ce n'est d'ailleurs pas le seul genre littéraire à venir d'Homère : c'est le cas aussi, a-t-on dit, de l'histoire, de la poésie lyrique, et même de la comédie et du roman.

J. de R. — C'est vrai, et pour la poésie lyrique c'est évident ; même si le ton de la comédie est très différent, le théâtre d'Aristophane est rempli de souvenirs d'Homère, allusions ou parodies. Quant à l'histoire, elle est influencée sans doute par Homère, mais elle ne s'en inspire pas directement, comme le fait la tragédie. Avec le roman aussi, le rapport est peut-être moins direct, mais en apparence seulement, car l'*Odyssée*, récit d'aventures où les dialogues ont une grande place, est déjà comme le roman d'Ulysse. J'irais volontiers beaucoup plus loin que vous : il me semble que toutes les littératures, après Homère, s'inspirent toujours un peu d'Homère.

A.G. — Ainsi la fin est déjà dans le commencement, ce qui est d'ailleurs une définition classique de la perfection ! Pour en rester à la littérature grecque, l'épopée homérique apparaît comme une œuvre-source, une œuvre-référence ; après elle, il y aura le moment de la tragédie et celui de l'histoire, puis celui de la philosophie, et, enfin, celui du roman. Je veux dire que tout est simultané chez Homère, et qu'ensuite tout est dévidé successivement.

J. de R. — Je suis d'accord avec votre remarque, mais je pense qu'il faudrait la nuancer un peu. Je crois qu'il faut mettre à part l'espèce de grande explosion intellectuelle qu'a été le cinquième siècle athénien : c'est vrai que les genres littéraires se sont alors spécialisés, mais ensemble et pour ainsi dire fraternellement, à Athènes et autour d'Athènes. Vous avez cité la philosophie : il faut reconnaître que la philosophie est née avant l'époque athénienne, mais c'est dans l'Athènes du cinquième siècle, avec Socrate, qu'elle est devenue la philosophie morale telle qu'elle existe encore aujourd'hui ; Platon, et toutes les écoles philosophiques qui se sont développées dans la suite sont tout de même parties de là.

A.G. — Revenons à l'influence d'Homère chez les Grecs : l'*Iliade* et l'*Odyssée* étaient des œuvres de référence, apprises à l'école, sans cesse présentes à l'esprit de chacun à chaque âge de la vie ; on parlerait aujourd'hui d'œuvres-culte. Je me demande si le Livre, *to Biblion*, des Grecs, ce n'est pas, tout simplement, l'épopée homérique, qui joue pour la Grèce le rôle d'un véritable Livre de Sagesse. Bref, le livre sacré dont on souligne d'ordinaire l'absence dans la civilisation grecque n'est-il pas à chercher du côté d'Homère, et l'*Iliade* et l'*Odyssée* ne sont-elles pas la Bible de la Grèce ?

J. de R. — Dans une certaine mesure, oui ; mais je voudrais, si vous permettez, faire deux observations. La première concerne le caractère à mon avis anachronique de l'expression « œuvre de référence » : je crois qu'il s'agissait de bien autre chose, et je parlerais plutôt d'œuvre de formation ; Homère ne servait pas à faire de la littérature comparée, il aidait à vivre ! D'autre part, vous faites un parallèle avec les livres sacrés : il est parfaitement exact que, dans l'éducation grecque, l'explication d'Homère tenait la première place ; Xénophon, par exemple, estime qu'un Athénien cultivé doit savoir Homère par cœur ; on pourrait même dire que la connaissance partagée de l'*Iliade* et de l'*Odyssée* a sauvegardé, malgré la désunion politique, l'unité de la culture grecque. À toutes les époques de l'hellénisme, on a cherché dans Homère des conseils, et ce dans tous les domaines, même lorsqu'il s'agissait de stratégie ou de philosophie. On a multiplié également les lectures allégoriques, et les chrétiens eux-mêmes y ont cherché – et trouvé – bien des symboles et bien des significations. Il reste cependant une différence capitale : c'est qu'un livre sacré doit être respecté jusque dans ses moindres détails et doit rester *ne varie-*

tur. Or Homère représente pour les Grecs une œuvre à propos de laquelle ils peuvent réagir et prendre leurs distances. C'est ainsi que nous avons cette plaisanterie qu'est la *Batrachomyomachie*, parodie d'épopée où les combattants sont des grenouilles et des souris. La tragédie est, quant à elle, une perpétuelle imitation d'Homère, mais une imitation critique. Un livre sacré, c'est, du point de vue religieux, un texte fixé une fois pour toutes, respecté et respectable ; là, c'est un élan. J'ajoute – mais nous y reviendrons sans doute – que les héros d'Homère, s'ils sont un peu plus beaux, un peu plus grands que les hommes normaux, ne sont jamais dépeints comme des êtres parfaits : ils ont tous des défauts, des faiblesses, et on ne saurait les comparer à des saints ou à des prophètes. Et c'est là, je crois, où l'on peut voir l'une des originalités de l'hellénisme, qui est révélation de l'homme et de l'humain beaucoup plus que d'un livre sacré.

A.G. — J'en arrive à une question qui, je le sais, a beaucoup perdu de son intérêt pour la science d'aujourd'hui, mais que je ne peux pas ne pas vous poser : qui était Homère, ou, plus exactement, pensez-vous qu'Homère a existé ?

J. de R. — Bien sûr qu'il a existé ! Mais je ne sais pas qui il était ni ce qu'il a fait. Il s'agissait au départ de récits oraux qui ont été, ou peu à peu, ou dans un effort et un moment uniques, mis ensemble pour construire ces épopées que nous avons. Quel fut, de ce point de vue, le rôle de l'auteur que nous appelons Homère, et était-il seul ou aidé de disciples ? Nous ne le savons pas et nous ne le saurons jamais, mais il est évident qu'il y a eu un moment, un coup de génie, grâce auxquels des éléments jusque-là épars ont pris forme et ont été soudés les uns aux autres pour faire sens. Personnellement, j'appelle Homère celui qui a conçu, avec ou sans disciples, le plan d'ensemble, étant bien admis qu'il a recueilli des chants oraux, en les déplaçant, les corrigeant, les réordonnant dans une composition élaborée. Il ne s'agissait pas d'une invention *ex nihilo*.

A.G. — L'*Iliade* et l'*Odyssée* ont-elles, à votre avis, le même auteur ?

J. de R. — Il semble par bien des aspects que l'*Odyssée* soit plus récente. S'agit-il du même auteur, qui aurait changé un peu avec le temps, ou bien d'un proche disciple ? On ne le saura jamais.

A.G. — Il y a ceux qui préfèrent l'*Iliade* et ceux, apparemment plus nombreux aujourd'hui, qui préfèrent l'*Odyssée*. De quel côté vous placez-vous ?

J. de R. — Moi, je préfère l'*Iliade*, mais ce n'est pas un jugement de valeur. Il y a une œuvre qui parle de la guerre et de deux armées qui s'affrontent, et l'autre du retour et de difficultés qui concernent un seul individu. Cela fait deux tonalités, deux couleurs différentes, ce qui n'empêche d'ailleurs nullement d'imaginer qu'un même auteur ait pu passer de l'une à l'autre : cela s'est vu !

A.G. — Qu'appréciez-vous en premier lieu chez Homère ?

J. de R. — C'est d'abord son sens de l'humain. Quand j'ai expliqué Homère au Collège de France, je voulais être sérieuse et je me suis obligée à lire les épopées conservées des autres cultures : il m'est alors apparu que la différence entre ces œuvres et celles d'Homère est proprement stupéfiante ; car, dans ces autres épopées, vous avez des héros qui ont deux iris, trois pupilles, vingt doigts, qui tuent cinquante personnes d'un coup, si bien qu'on est dans le merveilleux, mais un merveilleux, je dirais, plein de bizarreries. Alors que l'*Iliade* se place le plus possible au niveau humain, et c'est cela qui me touche.

A.G. — On y voit pourtant du merveilleux à chaque instant ! Les chevaux d'Achille parlent et annoncent au héros sa mort prochaine ; ailleurs, le dieu Héphaïstos utilise des trépieds qui se déplacent tout seuls sur des roues, comme le feraient des robots ; quant à l'*Odyssée*, le merveilleux y est encore beaucoup plus présent : le dieu Poséidon parcourt les mers sur un char qui vole sur l'eau tel un hydroglisseur, et la magicienne Circé transforme les compagnons d'Ulysse en pourceaux. On pourrait même dire qu'il y a un côté science-fiction dans l'*Odyssée*.

J. de R. — Oui, mais la place faite à ces petits miracles est révélatrice : Homère passe très vite, sans donner de détails ; souvent aussi, le miracle intervient à un moment décisif, qu'il met en relief. Le grand combat de l'*Iliade* oppose Achille et Hector: c'est à ce moment-là qu'a lieu le miracle de la prise de parole des chevaux, dont Homère dit bien qu'il est tout à fait exceptionnel. Et j'ajouterai à vos exemples que, lorsque enfin Ulysse a été reconnu par sa femme Pénélope, la nuit est allongée pour leurs retrouvailles, là aussi de façon exceptionnelle. La présence des dieux à côté des hommes rend possible ce merveilleux, mais Homère ne lui accorde qu'une place très limitée.

A.G. — Je le disais à l'instant: nos contemporains semblent avoir une préférence pour l'*Odyssée*. Pourquoi, selon vous?

J. de R. — Je ne m'en rends pas bien compte, mais c'est un fait que la mode est aujourd'hui à Ulysse. Les causes en sont sans doute diverses; il y a d'abord le goût de l'enfance pour le merveilleux et pour les contes: j'ai souvent vu des classes, jeunes et très jeunes, se passionner pour la lecture de l'*Odyssée*.

A.G. — Ce goût pour l'*Odyssée*, de la part de notre époque, ne vient-il pas de ce qu'elle y retrouve aussi le thème de la découverte de l'autre et de sa différence, qui a tant d'importance aujourd'hui?

J. de R. — Oui, c'est très juste.

A.G. — En lisant vos livres, je constate que l'*Iliade* et l'*Odyssée* existent pour vous comme des œuvres à part entière; or on a parfois l'impression que tout le travail fait par la science depuis deux siècles aboutit à dissoudre l'unité et l'existence même de ces épopées comme œuvres autonomes et achevées.

J. de R. — Il ne faut pas exagérer. Il est certain que ces deux poèmes ont été élaborés à partir d'une tradition orale et en s'appuyant sur ce que l'on pourrait appeler des sources. Un travail passionnant a été fait et a permis de percevoir parfois ce cheminement ; mais cela ne veut pas dire qu'il s'agisse de pièces et de morceaux mal raccordés. Certains savants ont été sensibles à cette diversité de sources (les « analystes »), d'autres à l'unité de l'œuvre achevée (les « unitaires ») ; ces deux positions extrêmes doivent être atténuées : on s'en est maintenant rendu compte.

A.G. — N'avez-vous pas retrouvé un cheminement un peu identique dans l'étude de Thucydide ?

J. de R. — Oui, j'ai réfléchi sur la genèse de son œuvre à une époque où beaucoup de savants voulaient la mettre en morceaux, sous prétexte de petites discordances aperçues çà et là. Comme si on ne pouvait pas trouver une contradiction, même dans une œuvre d'aujourd'hui, alors qu'on peut se relire si facilement ! En tout cas, je souhaiterais que, pour aborder Homère, les gens lisent d'abord le texte, fassent connaissance de ses héros, soient émus par cette œuvre, et cessent d'argumenter sur les problèmes techniques et insolubles de l'épopée avant Homère.

A.G. — Et vous-même, puis-je vous définir comme une néo-analyste, dans la mesure où vous conciliez l'idée d'une diversité des sources avec une conception unitaire de ces épopées homériques ?

J. de R. — Oui… si vous voulez : simplement, je veux dire que ce n'est pas mon terrain de chasse. Pour moi, ce qui importe, c'est l'œuvre littéraire comme elle existe : que tel passage ait été rajouté à telle date, tel autre inspiré de telle tradition, d'abord on n'en sait rien, et ces éléments sont, de toute façon, tellement bien repris dans un ensemble, que c'est ce dernier seul qui compte. Il y a un épisode, par exemple, auquel j'attache personnellement beaucoup de prix, le rachat du corps d'Hector : le vieux Priam vient, à travers mille dangers, réclamer le corps de son fils à son pire ennemi, et Achille accepte de calmer sa colère et de traiter Priam comme un homme en deuil, tel que pourrait être son propre père. Cet épisode a été considéré par de très bon savants comme « tardif » : encore faut-il s'entendre sur le sens de ce mot, car si addition il y a, elle n'a pas été faite même un siècle après, ou par une autre civilisation. Moi, je reste en admiration devant le résultat, si j'ose dire, final, et devant cette magnifique construction qu'est notre *Iliade*, et je ne veux pas sortir de là.

A.G. — Ce qu'on a appelé la question homérique n'existe donc plus ?

J. de R. — Non, elle n'existe plus, elle n'est plus qu'une étape passée de l'histoire de la philologie, qui a permis, en débusquant les difficultés ou les contradictions des textes, de mieux lire les œuvres.

A.G. — Est-il vraiment possible, après tant de siècles, de dire du nouveau sur Homère ?

J. de R. — Bien sûr : chaque époque apporte un regard différent qui, à son tour, enrichit les significations et la portée des œuvres. Il y a aussi l'archéologie, qui, depuis un peu plus d'un siècle, joue un grand rôle dans la discussion autour d'Homère. Scientifiquement, il y a tout le temps du nouveau, et les grands commentaires, notamment allemands, de l'*Iliade* et de l'*Odyssée*, qui sont de véritables merveilles, illustrent ce renouvellement constant : ils se succèdent sans se répéter.

A.G. — Alors, la guerre de Troie a-t-elle eu lieu, et si oui, quand ?

J. de R. — Il a dû y avoir quelque chose, mais on ne sait pas à quel moment : d'ailleurs, cela m'est un peu égal !

A.G. — Si je regarde l'histoire de la recherche sur Homère, je constate que, des années 1870 aux années 1960, entre Schliemann, qui fouillait le site d'Issarlik, son *Iliade* à la main, et Ventris, le déchiffreur de l'écriture mycénienne appelée « linéaire B », on avait tendance à faire d'Homère un témoin du monde mycénien. Puis, lorsque les recherches de Ventris et de ses successeurs eurent montré le caractère administratif, centralisateur et, pour tout dire, guère homérique de ces royautés dont les tablettes d'argile en linéaire B avaient été les archives, il est devenu clair qu'Homère avait peu à voir avec la civilisation mycénienne. On a alors, avec le savant anglais Finley, fait de lui un contemporain des «âges obscurs» de la Grèce, soit les dixième et neuvième siècles. Mais aujourd'hui, on en revient, me semble-t-il, à une datation plus traditionnelle, et on place Homère durant la seconde moitié du huitième siècle avant J.-C., notamment parce qu'on est sensible au fait que ses épopées ne se conçoivent pas sans l'écriture.

J. de R. — Non, on ne peut pas dire cela, et faire de l'écriture un critère de datation, alors qu'on a beaucoup discuté pour savoir si Homère l'avait ou non connue. Ce débat a son importance, mais il ne m'intéresse pas. La seule chose que j'en dirai, c'est que, si Homère a vécu au huitième siècle avant J.-C., il appartient au temps où l'écriture a été inventée, ou, plus exactement, retrouvée. Après tout, il est normal que la première œuvre littéraire commence avec les lettres : c'est très bien et très satisfaisant ! Mais l'important, c'est plutôt que nous trouvons chez Homère, dans ses descriptions d'armements, de vêtements, de coutumes funéraires, un mélange de faits que l'archéologie date d'époques très différentes. Il y a des éléments (la coupe de Nestor, par exemple, correspond à un type de coupe retrouvé à Mycènes) qui remontent au douzième siècle avant J.-C., l'époque supposée de la guerre de Troie ; il y en a d'autres qui paraissent même antérieurs ; mais d'autres encore sont nettement plus récents, comme lorsque l'*Odyssée* mentionne les Phéniciens, peuple qui n'apparut qu'au huitième siècle en Méditerranée. L'épopée homérique mélange donc des faits qui n'ont jamais été contemporains.

A.G. — En somme, qu'il s'agisse de l'*Iliade* et de l'histoire, ou de l'*Odyssée* et de la géographie des voyages d'Ulysse, la recherche moderne a montré le caractère non réaliste de l'épopée homérique. Cette diversité et cette liberté ne se retrouvent-elles pas dans la langue et le style même d'Homère ?

J. de R. — Sans aucun doute : sa langue est un mélange de formes d'époques diverses qui n'ont jamais été employées ensemble.

A.G. — C'est curieux : alors qu'on a longtemps opposé lecture historique et lecture littéraire d'Homère, aujourd'hui, la voie d'une lecture littéraire de ces épopées est indiquée par la recherche historique elle-même. Car Homère n'est ni un correspondant de guerre, même si ses descriptions de coups et blessures sont très réalistes, ni un géographe, même si sa peinture des phénomènes maritimes est très exacte, mais un auteur littéraire, usant pleinement de sa liberté de créateur.

J. de R. — Oui, et je voudrais rappeler aussi que, grâce à des allusions et à des traditions indirectes, nous savons qu'il y avait à son époque, quelle qu'elle soit exactement, quantité d'autres épopées, qui, elles, sont perdues. Pourquoi cela ? On peut attribuer ces pertes au hasard, mais je suis persuadée que c'est la qualité littéraire qui a imposé et conservé les épopées d'Homère. Un spécialiste anglais a écrit un jour un très bel article sur le caractère unique d'Homère par rapport aux épopées du Cycle (c'est ainsi qu'on désigne ces autres épopées disparues) : cette qualité littéraire d'Homère, elle me hante, et je crois que c'est le fait le plus important.

A.G. — La répétition des mêmes formules à propos de personnages ou de situations identiques est, chez Homère, le principal héritage de cette poésie orale, antérieure et perdue : Achille est toujours dit « aux pieds légers » et Ulysse, « aux mille ruses ». On a même pu montrer, je crois, l'existence de véritables scènes types, comprenant à chaque fois une succession de séquences identiques : c'est le cas, par exemple, des scènes de banquets ou de départs pour la guerre.

J. de R. — Certes, mais le poète utilise ces formules avec un sens de la variation, même infime, et de la reprise, même lointaine, qui sont la marque d'un art très élaboré.

A.G. — Oui, ce n'est pas de l'écriture automatique ! Je suis frappé de voir que le vers-formule, lorsqu'il fut mis en lumière par l'Américain Milman Parry dans les années 1920, était considéré comme le signe le plus sûr du caractère oral, voire spontané, de la poésie homérique, alors qu'aujourd'hui, l'interprétation en est exactement contraire : maintenant qu'on a étudié la subtilité et la diversité de ses emplois par Homère, on y voit la manifestation la plus éclatante d'une élaboration littéraire très poussée. On a donc un fait, la présence et l'abondance du vers-formule, dont la signification a complètement été modifiée.

J. de R. — C'était normal et inévitable, à partir du moment où l'on allait voir, comme le firent Parry et son successeur Lord, la réalité de la poésie orale encore vivante, en l'occurrence du côté des bardes yougoslaves. On s'est aperçu qu'il y avait un abîme entre les procédés un peu mécaniques de cette poésie orale et ce qu'Homère en avait fait.

A.G. — Homère est-il donc plus du côté de la poésie orale, dont il serait alors le dernier témoin, au moins pour ce qui est de la Grèce, ou du côté de la poésie écrite, dont il serait le premier représentant pour toute la littérature occidentale ?

J. de R. — De cette poésie orale grecque, nous ne savons rien, sinon qu'elle a existé ! Alors, pourquoi poser des questions ou formuler des hypothèses qui ne peuvent trouver de réponses ? Je préfère me consacrer à Homère et à ses beautés qui, elles, sont tangibles et innombrables !

A.G. — Soit : quel est donc le sujet de l'*Iliade* et de l'*Odyssée* ? Ce n'est pas la guerre de Troie ?

J. de R. — Non, il faut, effectivement, le dire et le répéter ; l'*Iliade* se passe au cours de la guerre de Troie, mais raconte une histoire qui ne commence pas au début de la guerre et ne va pas jusqu'à la fin de celle-ci ; et cette histoire est celle de la colère d'Achille. Homère le souligne dès les premiers vers de l'œuvre, qui est construite comme une tragédie, et qui est centrée autour d'un drame humain, riche de sentiments et de réactions, et non pas, simplement et directement, autour d'une aventure guerrière. Ce côté humain de l'épopée homérique est encore plus frappant, peut-être, dans l'*Odyssée*, puisque c'est l'histoire d'un seul héros et de son retour chez lui. La construction de l'*Odyssée* est plus subtile, plus difficile, plus compliquée même que celle de l'*Iliade* : tout commence avec Télémaque et la recherche de son père, et déjà s'y mêlent des assemblées des dieux ; puis c'est le voyage même d'Ulysse, qui n'est pas raconté dans l'ordre ; on ne découvre Ulysse qu'au cinquième chant. Or que fait-il ? Il pleure ; la fin de l'œuvre montrera, elle, ses retrouvailles, dans sa maison, avec sa femme et son père. L'humain est donc, à chaque fois, au premier plan. On est déjà très loin de ce que devaient être les premières formes d'épopée, avec l'exaltation d'exploits surhumains.

A.G. — Qui est le héros de l'*Iliade* ? Achille ou le défenseur de Troie, Hector ?

J. de R. — Certainement les deux : la phrase d'introduction dit que c'est Achille et la conclusion nous fait pleurer sur Hector. Voilà, justement, l'une des forces de cette poésie, qui n'est pas engagée d'un côté plus que d'un autre, et pour un héros plus que pour un autre. À vous qui êtes latiniste, je ne rappellerai pas que, même Virgile, lorsqu'il écrit l'*Énéide*, se place dans un camp et que son poème se termine par la mort de l'ennemi. Alors qu'un des aspects qui m'ont toujours le plus frappée et émue chez Homère, c'est que, Grec lui-même, ou disons Achéen, il a présenté les Troyens exactement comme les Grecs : ce sont, de part et d'autre, les mêmes dieux, la même langue, les mêmes usages, les mêmes valeurs, même si, de temps en temps, on a une touche de particularisme comme, par exemple, les cinquante enfants du roi Priam. Et du point de vue littéraire, je devrais même dire du point de vue humain, c'est une grande merveille, quelque chose dont nous avons tellement besoin à l'heure actuelle !

A.G. — Achéens contre Troyens, ce n'est en aucune manière un choc des civilisations ?

J. de R. — Aucunement. Il s'agit peut-être de civilisations différentes, au moins par certains traits, mais Achéens et Troyens se parlent, se comprennent et appartiennent au même monde.

A.G. — N'est-ce pas déjà le souci de l'universel et l'aptitude à se mettre à la place de l'autre qu'on trouvera chez Thucydide ? Et cette volonté, non seulement de prendre en compte le point de vue de l'ennemi mais aussi de le mettre au premier plan, qui caractérise l'*Iliade*, puisqu'elle finit par les funérailles d'Hector, ne la retrouvera-t-on pas dans la première tragédie ? *Les Perses* d'Eschyle, comme le titre de cette pièce l'indique, racontent – et nous en avons déjà parlé – la bataille de Salamine vue du côté ennemi.

J. de R. — C'est très vrai, et cette aspiration à l'universel me paraît bien être l'un des traits marquants de l'esprit grec. Quelques nuances sont cependant, à mon avis, nécessaires ; pour l'*Iliade* d'abord : il est plus juste de dire qu'elle se termine par les deux funérailles parallèles des princes ennemis, Patrocle et Hector, ce qui est, véritablement, encore plus beau que si elle finissait avec celles d'un seul héros. Le deuil accable aussi bien les assiégeants que les assiégés. Par contre, il y a une différence avec la tragédie *Les Perses* : Eschyle y plaint les vaincus, certes, mais il est franchement du côté des vainqueurs ; que de vers magnifiques pour célébrer la victoire d'Athènes ! Certes, c'est déjà extraordinaire d'avoir pu dépasser une opposition primaire entre les uns et les autres, mais Eschyle reste engagé d'un seul côté, ce qui n'est pas le cas d'Homère.

A.G. — Vous avez écrit récemment qu'*« Achille et Patrocle, Hector et Andromaque, Ulysse, sont des êtres familiers à tous et capables d'incarner, selon les cas, telle idée de l'homme »*. Commençons par Achille : dans la façon dont il traite le corps d'Hector après l'avoir tué, il y a beaucoup de haine et beaucoup de cruauté. Ne serait-il pas, en termes sartriens, tout simplement un salaud ? Certes, il finira par se décider à rendre le corps d'Hector à Priam, mais il aura fallu pour cela l'intervention de Zeus.

J. de R. — Vous le qualifiez ainsi parce que vous détestez la violence, que vous n'admettez pas la vengeance et que vous n'êtes pas engagé dans une guerre à mort ! Je ne dis pas que j'approuve le moins du monde Achille et, d'ailleurs, l'*Iliade* le condamne et dit qu'il en fait trop. Mais vous ne pouvez pas séparer cette cruauté, indéniable, d'Achille, du désespoir qu'il a éprouvé à la mort de Patrocle, son ami le plus cher : il lui avait prêté ses armes et l'autre a été tué. Achille est d'un caractère ardent, bouillant même : il se considère comme responsable de cette mort, et Homère dépeint sa désolation dans une scène émouvante où sa mère vient le trouver et où il est couché à terre, désespéré ; on a même vu là une scène qu'on a supposée inspirée d'une épopée perdue où était racontée la mort d'Achille ; c'est dire toute la force de son chagrin. Voilà comment il en est arrivé à ce désir de vengeance, à cette démesure, d'ailleurs réprouvés par le poète. Mais je ne condamnerais pas Achille plus que ne le fait Zeus lui-même !

A.G. — Entre Achille et Patrocle, n'y a-t-il pas plus que de l'amitié ?

J. de R. — C'est encore un exemple de ce que j'ai souvent appelé les réticences d'Homère. Dès le quatrième siècle avant J.-C., on a beaucoup discuté sur cet épisode. Mais il n'y a pas un seul mot chez Homère qui permette une conclusion : il est dit qu'Achille aime Patrocle comme son ami très cher, mais c'est tout. Il ne faut donc pas, à mon avis, projeter sur ce texte nos problèmes et nos jugements, surtout lorsque, manifestement, l'auteur a fait exprès de ne rien dire. Il y a une grande pudeur chez lui : il montre avec précision les coups portés durant les batailles, mais, pour ce qui est des sentiments, il reste très réservé. De même, il ne décrit ni le sacrifice d'Iphigénie ni le meurtre de Clytemnestre. Il y a une décence extraordinaire d'Homère.

A.G. — La vengeance d'Achille, du moins jusqu'à ce qu'il se décide à rendre le corps d'Hector, est d'une grande sauvagerie ; mais il y renonce et il finira par pleurer en compagnie du père de son ennemi. Autant on a ainsi l'impression que l'*Iliade*, comme plus tard les pièces de l'*Orestie*, met un terme au cycle infernal meurtre-vengeance-représailles, autant l'*Odyssée* paraît, sur ce point, plus primitive : la vengeance d'Ulysse est, elle, d'une violence et d'une cruauté extrêmes ; je ne parle pas des prétendants qui sont tués suite à un combat, mais des servantes qu'Ulysse va pendre sans pitié à la poutre de son palais.

J. de R. — C'est vrai, et je me suis beaucoup battue avec cet épisode : la seule marque, qui est réelle, de pitié dans ce récit est dans la comparaison des servantes avec des oiseaux pris au piège ; mais c'est la pitié du poète, pas celle d'Ulysse. Je regrette, je l'avoue, qu'il en soit ainsi, mais je pense que l'explication est à chercher du côté de la sociologie.

A.G. — C'est vous qui le dites !

J. de R. — Pour une fois, oui ! Ce sont des servantes, c'est-à-dire sans doute des esclaves, et la trahison à l'égard du maître est ce que l'Antiquité réprouve le plus ; elles ont une grande part de responsabilité dans ce qui s'est passé, et c'est bien ce qui provoque la rage d'Ulysse : c'est là où l'on trouve la parole *« Patience, mon cœur ! »*, qu'il s'adresse à lui-même pour attendre le moment de se venger. Mais il faut reconnaître, et je le fais, que la vengeance est atroce, sans ces marques d'humanité et de pardon qu'il y a dans beaucoup d'autres textes d'Homère. Je n'ai pas d'explication plus satisfaisante à donner que le recours à un état sociologique. Sur ce point, vous avez donc totalement raison ; pour Achille, je ne crois pas qu'on puisse dire, comme vous le faites, qu'il renonce à sa vengeance. N'exagérons pas ! Il a tout de même tué Hector, traîné son corps dans la poussière, continué à le maltraiter pendant douze jours ! Il finit par s'arrêter, mais de là à parler de pardon… Après tout, Ulysse ne fait guère pire !

A.G. — Si ce n'est que ces servantes sont au nombre de cinquante et qu'Hector est seul ! Hormis cet épisode, je suis frappé par le contraste entre l'Ulysse d'Homère et celui de la tragédie : alors que dans l'*Odyssée*, c'est un héros très positif, comme on dit, il deviendra chez les Tragiques une figure assez négative.

J. de R. — C'est un peu plus compliqué que cela : dans un merveilleux livre, paru en 1954 et intitulé « Le thème d'Ulysse », *The Ulysses Theme*, l'érudit W. B. Stanford a montré qu'il y avait toujours eu deux aspects chez Ulysse, et que l'on retrouve cette dualité dans toute la littérature grecque. Ce qui a pu contribuer à noircir le personnage, c'est, je pense, qu'il était d'abord le héros de l'intelligence, et de l'intelligence à la ruse, voire au mensonge, il n'y a qu'un pas. Je pense à la délicieuse rencontre lorsque, débarquant à Ithaque, Ulysse voit venir à lui Athéna, déguisée et qu'il ne reconnaît pas. À ses questions, il répond par des mensonges, qui amusent et attendrissent la déesse, parce qu'elle aime en Ulysse ses ruses et ses fourberies. Pour la Tragédie, un tel personnage était assurément moins exaltant que ceux qui incarnent le courage, le sacrifice et le deuil.

A.G. — Ulysse est-il un autoportrait des Grecs par eux-mêmes ?

J. de R. — Je ne peux pas vous répondre, car nous ne savons pas comment étaient vraiment ces Grecs d'alors. Pour moi, s'il y a autoportrait, c'est dans la mesure où il s'agit de quelqu'un qui est animé par le goût de l'aventure et le désir de connaître. Les Modernes qui ont repris le personnage d'Ulysse l'ont présenté comme voyageant presque pour le plaisir et repartant après même son retour à Ithaque : bien sûr, tel n'est pas du tout l'Ulysse d'Homère, qui ne songe qu'à rentrer chez lui ! Mais il y a chez lui au moins une grande curiosité : à plusieurs reprises, dans l'*Odyssée*, on le voit s'approcher du danger, même quand il sait que c'est très risqué et déraisonnable, lors des épisodes du Cyclope ou de celui des Sirènes, par exemple. Tout cela me paraît correspondre au fait que les Grecs, dans une époque assez voisine de celle où l'*Odyssée* avait été mise en forme, se sont répandus sur les mers pour aller fonder des colonies un peu partout. En Ulysse s'illustre le zèle grec vers la connaissance des autres.

A.G. — N'a-t-on pas, dès l'Antiquité, fait des lectures symboliques de l'*Odyssée* ?

J. de R. — Oui : le fait qu'il s'agissait de la lutte d'un homme seul, qui cherche à rentrer chez lui et doit l'emporter contre des forces étranges, favorisait évidemment toutes sortes d'interprétations symboliques ou philosophiques. Ce n'est d'ailleurs pas fini : les Modernes voient en Ulysse le symbole de l'énergie et de la condition humaines.

A.G. — Parmi les héros d'Homère, il y en a un à qui vous avez consacré un livre entier : c'est *Hector*. Pourquoi lui, et pas Achille ? Dans cet ouvrage, vous écrivez que *« notre époque se reconnaît en Alcibiade, mais c'est d'Hector dont elle a besoin »*. Or vous avez écrit d'abord un livre sur le premier et, immédiatement après, un autre sur le second. Pourquoi ? Par goût du contraste ? Pour indiquer une préférence ?

J. de R. — Les réactions du public à mon *Alcibiade* avaient été enthousiastes, sur le thème : « Comme c'est moderne, cette corruption, ces trahisons ! » Alors, tout cela m'a beaucoup contrariée. C'est celui de mes livres qui s'est le mieux vendu, et j'ai presque comme une petite rancune à cause de ce genre de commentaires. On a été frappé avant tout par les ressemblances avec la politique actuelle dans ce qu'il y a de moins flatteur, mais Alcibiade valait tout de même plus que cela ! Comme j'aime communiquer ma passion pour le grec, j'ai donc choisi de travailler sur Hector, parce qu'il correspondait au plaidoyer que je voulais présenter sur les valeurs morales en Grèce. Achille est plus primitif, plus violent ; mais si vous voulez, je m'y mets demain !

A.G. — On ne peut pas parler d'Hector sans penser à Andromaque.

J. de R. — Oui, et c'est très révélateur : je suis frappée par cette présence d'héroïnes chez Homère, alors que l'épopée est normalement un genre guerrier. Ici, nous faisons connaissance avec toute la famille d'Hector : sa mère, Hécube, sa femme, Andromaque, son bébé, Astyanax, sa belle-sœur, Hélène ; il y a une dimension de tendresse, d'intimité même, quelque chose de beaucoup plus humain que ce que l'on trouve dans les autres épopées, même lorsqu'elles comportent des rôles féminins. Et en dehors de la famille d'Hector, il y a le personnage de la captive Briséis, qui, avec sa reconnaissance et sa douceur, crée une espèce de vie de famille autour de Patrocle et d'Achille.

A.G. — Rien n'est plus célèbre que la scène des adieux d'Hector et d'Andromaque, au moment où Hector s'apprête à partir pour le combat dans lequel il laissera la vie. Homère y montre le petit Astyanax effrayé par le grand casque de son père, ce qui fait sourire Andromaque au milieu de ses larmes d'angoisse ; le poète emploie la formule « rire en pleurs », qui est un *oxymoron*, autrement dit une expression alliant deux mots de sens contraire. À ce propos, Jean d'Ormesson, dans le recueil de témoignages en faveur du grec que vous avez préfacé et qui a pour titre *Pour l'amour du grec*, écrit, dans une page dont on trouve aussi l'écho dans son récent roman, *Voyez comme on danse* : « *Le rire en pleurs d'Andromaque est un des actes de naissance de l'immense monde poétique et romanesque qui double désormais le monde réel où nous vivons.* » « *Peut-être pourrait-on dire d'un mot,* ajoute-t-il, *que le rire en larmes d'Andromaque est l'oxymoron originel et à jamais le plus célèbre de toute l'histoire de la littérature.* »

J. de R. — Oui : Virgile, Racine, Baudelaire sont déjà là.

A.G. — C'est une scène qui est d'une humanité extraordinaire – aucun dieu n'est présent, contrairement à ce qui arrive souvent chez Homère – et, en même temps, pleine d'un tragique implicite ; ces adieux ont lieu sur les remparts de Troie, là même d'où le petit Astyanax sera précipité par le grec Néoptolème, après la prise de la ville.

J. de R. — Oui, mais notez qu'Homère ne dit rien de cette tradition : encore un signe de son humanité. Sur ces remparts se déroule une autre scène, inoubliable elle aussi : c'est lorsque Hélène regarde les guerriers troyens et grecs qui se battent dans la plaine, et qu'arrive Priam. Il lui dit : *« Tu n'es, pour moi, cause de rien : les dieux seuls sont cause de tout »* ; et cela, alors que son peuple est en train de se battre ! Là encore, je ne connais rien de plus humain que cette indulgence de Priam à l'égard d'Hélène qui est la cause de cette guerre et des malheurs qu'elle entraîne.

A.G. — Homère est toujours très indulgent à l'égard d'Hélène !

J. de R. — Ce qui ne sera pas le cas d'Eschyle.

A.G. — Vous, dont le père partit un jour pour la guerre et n'en revint pas, est-ce que vous n'avez jamais lu, dans ces adieux d'Hector et d'Andromaque, une scène qui a dû être celle des adieux de votre père à votre mère ? Dans votre livre sur *Hector*, vous rappelez vous-même que votre père et deux de vos oncles sont morts à la guerre.

J. de R. — Non, je n'ai jamais lu cette scène de cette manière. J'étais toute petite lorsque mon père est mort, et je ne l'ai pas connu.

A.G. — Votre réponse m'étonne un peu : vous dites souvent que ces textes grecs parlent à chacun de nous en fonction de son histoire, de sa situation, et lorsque je vous interroge sur ce qu'il en est pour vous, vous me répondez par la négative.

J. de R. — Non, mais c'est que je ne crois vraiment pas qu'il en ait été ainsi en la circonstance : dans ma vie, j'ai vu tous mes camarades, du temps où j'étais à l'École normale supérieure, partir pour la guerre ; j'ai eu un fiancé qui y est parti et qui pouvait y mourir. Il s'agit donc d'une expérience que j'ai rencontrée bien après la mort de mon père, et qui a, du reste, une valeur très générale. Le tragique d'une telle séparation se perçoit mieux avec l'âge, et je dirais qu'Homère l'exprime avec une force qui vous la fait mieux ressentir.

A.G. — À côté d'Andromaque, Nausicaa est sans doute l'une des figures féminines les plus séduisantes d'Homère : vous a-t-elle, à un moment ou l'autre de votre vie, particulièrement touchée ?

J. de R. — Nausicaa est charmante, je vous l'accorde, mais il y a aussi Pénélope, Hélène, Briséis ou Calypso ! Suivant les jours, je donne le prix à l'une ou à l'autre ! Ce qui me frappe, dans l'évocation que fait Homère de ces héroïnes, c'est qu'il n'en donne jamais une description précise ; il y a là une grande différence avec ce qui se passe dans d'autres littératures : je pense par exemple aux *Mille et une nuits*, que je ne songe pas, bien sûr, à critiquer, ma remarque étant simplement destinée à faire comprendre l'originalité de chacune de ces œuvres. Pour dire la beauté de Nausicaa, Ulysse se contente de la comparer avec un palmier qu'il a vu à Délos, et cette image suffit à montrer d'un coup la beauté et la perfection de la jeune fille. Dans les *Mille et une nuits*, on trouve au contraire force descriptions et louanges des héroïnes. C'est bien pourquoi ces évocations d'Homère, n'étant pas liées à tel ou tel type physique, ont pu franchir les siècles en gardant toute leur efficacité : encore un signe de cette humanité d'Homère et de son sens de l'universel.

A.G. — En somme, l'imprécision du poète offre toutes les possibilités d'interprétation et d'imagination !

J. de R. — Je n'emploierai pas le terme « imprécision », qui implique un défaut ; parlons plutôt d'une volonté de généralisation et d'un refus du détail. C'est d'ailleurs pour cela que je suis toujours un peu réservée quand je vois une adaptation filmée ou théâtrale d'Homère, si réussie soit-elle : cela n'est jamais comme je l'avais imaginé.

A.G. — Nous venons de parler de héros et d'héroïnes qui illustrent des types humains très différents ; au-delà de cette diversité, est-ce qu'il y a un héroïsme homérique, et quel est-il ?

J. de R. — C'est une bonne question : sans doute aurions-nous dû dire, avant même d'évoquer ces héros, qu'Homère n'emploie pas ce mot dans le sens qu'il avait normalement pour ses contemporains. Les Grecs, en effet, appelaient « héros » des hommes qui, grâce à leur courage et à leurs actions extraordinaires, étaient considérés, après leur mort, comme des demi-dieux et à qui on prêtait, par conséquent, certains pouvoirs. Homère, lui, emploie ce mot pour désigner les guerriers valeureux dont il raconte l'histoire, si bien qu'il est directement à l'origine du sens, dérivé par rapport à l'idée première de courage, qui fait du héros le personnage principal d'une œuvre littéraire : bref, si nous parlons, aujourd'hui encore, du « héros » d'un roman, c'est à cause d'Homère.

A.G. — Une fois de plus, on voit comme il est à l'origine de l'idée même de littérature. Pour en revenir à l'héroïsme héroïque, si je puis dire, en quoi consiste-t-il chez Homère ? Le courage n'en est-il pas la vertu première ?

J. de R. — Le courage en est une composante indispensable ; il est chez tous mais il n'est pas tout. La question se pose aussi de savoir dans quels buts ce courage est manifesté, et c'est chez Homère qu'on trouvera la naissance d'un idéal fondé sur le dévouement aux siens : il s'agit de défendre sa famille et sa cité. Mais dans cet héroïsme homérique, il y a aussi de la douceur, notamment dans les rapports avec les proches et avec les femmes, que nous évoquions à l'instant. L'attitude envers les dieux a également une grande importance : ces héros sont parfois aidés par les dieux, mais, parfois aussi, ils sont trompés par eux, et ils l'acceptent alors avec une sérénité, une espèce de noblesse, qui fait partie de leur héroïsme ; tel est le propre de la condition humaine.

A.G. — Vous voulez parler d'Hector lors de son dernier combat contre Achille ? Athéna le trompe en se présentant à lui comme si elle était son frère.

J. de R. — Oui, mais il y en a d'autres avec lui qui sont, dans ce genre de circonstances, d'une grande dignité humaine face à cette mort envoyée par les dieux. Ces héros sont donc beaucoup plus que des va-t-en-guerre : d'ailleurs, on trouve aussi de nombreuses scènes de délibérations, où ils montrent de grandes qualités dans le conseil et la réflexion. Agamemnon passe son temps à consulter, et d'Ulysse, Homère dit qu'il est un roi doux comme un père.

A.G. — Ce qui donnera, par la suite, naissance à des traités sur « le bon roi selon Homère », comme celui dont des fragments furent retrouvés dans les ruines d'Herculanum.

J. de R. — Oui : Homère a fourni à l'Antiquité le point de départ pour toute réflexion sur la stratégie, la politique, la psychologie, ainsi, bien sûr, que la religion. Ses héros discutent, se critiquent, argumentent, et même les dieux s'en mêlent. Or cette importance du débat me semble capitale, et elle est un trait commun aux deux épopées. Nous avons dit le rôle du débat dans la démocratie, mais il ne faut pas oublier que cet aspect se trouve déjà très présent dans l'*Iliade* et dans l'*Odyssée*. Ainsi Homère illustre-t-il les deux traits qui me paraissent caractéristiques de l'esprit grec, y compris à l'époque classique : l'insistance sur l'humain, d'une part, la présence du débat, d'autre part.

A.G. — À propos de débat – et pour parler d'un sujet un peu différent –, vous avez montré, dans *Patience, mon cœur !*, qu'il tient lieu chez Homère d'analyse psychologique, les problèmes de conscience étant, pour ainsi dire, extériorisés sous forme de dialogues.

J. de R. — Cela est vrai : mais je crois qu'il faut faire une distinction assez nette. Il existe des débats intérieurs : la formule *« Patience, mon cœur ! »* est une parole que s'adresse Ulysse à lui-même, à un moment où, tout brûlant du désir de se venger des prétendants, il est, écrit Homère, *« comme un boudin sur le feu »*. D'autre part, il peut y avoir une grande intensité sans que des mots soient prononcés : c'est le cas dans la fameuse scène des adieux entre Hector et Andromaque.

A.G. — L'importance du débat ne veut donc pas dire qu'on doive le retrouver partout.

J. de R. — Exactement. J'aimerais d'ailleurs compléter cette image de l'héroïsme homérique, en insistant sur une dimension très importante de cette poésie : la pitié pour la mort, exprimée non seulement à propos des héros principaux comme Patrocle et Hector, mais chaque fois qu'un combattant tombe sous les coups d'un adversaire ; le texte ajoute alors que sa famille ne le verra pas revenir.

A.G. — Oui, et, dans ces combats homériques, le poète décrit toujours avec une précision quasi médicale les blessures que s'infligent les guerriers. Pourquoi cette insistance et ce réalisme presque morbides ?

J. de R. — Je récuse ce qualificatif: il s'agit seulement de montrer la réalité et l'intensité de la souffrance humaine provoquée par la mort au combat.

A.G. — N'est-ce pas cette présence de la mort et cette pitié qu'elle provoque qui font, à proprement parler, le tragique de l'épopée homérique, et de l'*Iliade* en particulier ?

J. de R. — Sans conteste : le tragique et aussi la grandeur. Parce que cela reste discret, et qu'il ne s'agit pas d'un pacifisme sentimental : les héros tuent, veulent tuer, sont tués, mais, en même temps, règne partout cette pitié pour une mort omniprésente.

Un des plus beaux passages de l'*Iliade*, à mon sens, est celui de la mort de Cébrion, demi-frère d'Hector : tout le monde se bat, les flèches et les pierres volent en tous sens, mais lui est tombé et le poète nous le montre, *« son long corps allongé à terre, oublieux des chars à jamais »*. De même, dans l'*Odyssée*, au cours de la rencontre d'Ulysse avec les morts, ce qu'on appelle la *nekuia*, il y a ce moment où Ulysse revoit le fantôme de sa mère, où il essaie, à trois reprises, de la serrer dans ses bras, et où, trois fois, il n'étreint que le vide.

A.G. — Seriez-vous d'accord avec Goethe, pour qui l'un des enseignements de l'*Iliade* serait que les hommes sont condamnés à la tragédie de l'enfer ?

J. de R. — Si je pensais à une certaine actualité, je pourrais vous répondre par l'affirmative, mais, en réalité, je ne crois pas qu'on puisse parler d'un enseignement de l'*Iliade* : c'est vrai qu'il y a cette omniprésence de la mort, mais il y a aussi chez ces héros homériques, je viens de vous le dire, la douceur, la pitié, en un mot une humanité qui nous touche, nous émerveille et, peut-être, nous encourage.

A.G. — Pourrait-on dire – avec toutes les réserves qu'on peut avoir pour ce genre de définition – que l'*Iliade*, où la mort et la pitié pour la mort sont très présentes, est plutôt du côté du tragique, tandis que l'*Odyssée*, avec la description des émotions d'Ulysse, serait plutôt du côté du pathétique ? Et n'y aurait-il pas, de l'*Iliade* à l'*Odyssée*, une évolution qui rappelle et annonce un peu celle que connaîtra la tragédie, d'Eschyle à Euripide ?

J. de R. — Peut-être ; je vois bien le rapport avec Eschyle, mais pour Euripide, c'est beaucoup plus contestable : on ne trouve pas chez Homère de longues analyses de sentiments ou de critiques contre les dieux. C'est une belle formule, qui contient un peu de vrai, mais qui risque, à mon avis, de fausser les choses.

A.G. — Finalement, cet héroïsme homérique est presque surprenant : on a l'impression que ces épopées, qui sont les premières œuvres de toute la littérature occidentale, apportent déjà une contestation ou, du moins, une mise en question des valeurs épiques de base, notamment en ce qui concerne l'*Iliade*, par l'importance accordée aux vertus d'humanité, par le regard de sympathie à l'égard des deux camps en présence. Supposons un instant que l'on sache que l'*Iliade* et l'*Odyssée* aient existé, mais – horrible hypothèse ! – sans qu'elles aient été conservées : pourrait-on imaginer un texte aussi sensible, aussi critique, presque, vis-à-vis des valeurs épiques ? Voilà des épopées qui, pour ainsi dire, prennent déjà leurs distances avec l'épopée, avec l'héroïsme « pur et dur » : on n'est pas bêtement brave dans l'*Iliade*, ni bêtement fier de tuer ses ennemis ; il s'agit d'une vision civilisée de la guerre et de l'héroïsme.

J. de R. — Je serai d'accord avec vous si vous ne parlez plus de critique, de contestation ou de mise à distance – mots et notions modernes et, en l'occurrence, anachroniques –, mais d'élargissement : c'est peu de chose, mais cela change beaucoup le ton. Cet héroïsme ne se conçoit pas non plus sans une référence constante au monde des dieux.

A.G. — Justement : parlons des dieux ! Autant les héros d'Homère sont pleins de noblesse et d'humanité, autant les dieux y sont humains, parfois trop humains, voire presque ridicules : je pense en particulier au passage où Héra demande à Aphrodite le moyen de plaire à Zeus, son époux, qu'elle veut éloigner des combats où, à son gré, il favorise trop les Troyens.

J. de R. — Les dieux sont présentés en effet exactement comme des êtres humains, avec des faiblesses humaines, mais ils n'en sont pas pour autant ridicules. Nous avons pris l'habitude, avec le christianisme, d'assimiler les notions de divinité et de perfection, et c'est la raison pour laquelle nous pouvons être surpris par ces dieux d'Homère, qui parfois s'opposent entre eux, prennent parti, les uns pour les Achéens, les autres pour les Troyens, et sont, comme des hommes, sujets aux passions.

A.G. — Homère croyait-il à ses dieux ? Ou n'étaient-ils pour lui que des êtres de fiction, un simple procédé littéraire ? Je sais bien d'ailleurs que ma question n'a pas de sens : ils sont là dans le texte, et cela doit nous suffire.

J. de R. — Même en prenant votre question au sérieux, je vous dirai franchement que je n'en sais rien et que je ne sais d'ailleurs pas très bien ce que pouvait signifier, pour des Grecs de cette époque, « croire aux dieux ». La religion grecque est une religion sans credo et sans dogme. Bien sûr, il paraît évident qu'on a toujours cru plus ou moins que tel ou tel échec était provoqué par un dieu, ou que la divinité avait à voir avec la mort, mais dire qu'il s'agissait d'un dieu qu'on pouvait nommer précisément représentait déjà une étape supplémentaire. Homère parle certes des dieux, mais je ne peux pas vous dire ce qu'ils étaient pour lui ; de même pour Thucydide : il n'en parle jamais, mais je ne peux pas vous dire qu'il n'y croyait pas fermement. Je voudrais me contenter de l'œuvre : dans l'épopée homérique, les dieux existent, et c'est, je crois, un trait caractéristique de la Grèce, qu'ils soient toujours présents, qu'ils jouent un rôle dans toutes les actions humaines et qu'ils ne cessent de s'y intéresser ; bref, rien qui ressemble à l'idée d'un dieu éloigné. Une image me semble très révélatrice : lorsque Achille s'apprête à retourner au combat, sans avoir d'armes puisque celles qu'il avait prêtées à Patrocle ont été prises par Hector, il pousse alors un grand cri – on crie beaucoup dans l'*Iliade*, à chaque fois, à vrai dire, que l'on se bat – et Athéna, qui est derrière lui, crie en même temps que lui ; elle l'a d'abord couvert et protégé de son bouclier, la fameuse égide, et maintenant leurs deux voix se mêlent : image, magnifique et saisissante, des rapports entre les hommes et les dieux dans l'épopée. D'ailleurs, tout est divin, je veux dire marqué par la présence du divin, chez Homère, et jusqu'à, comme chacun sait, *« l'Aurore aux doigts de rose »* : non seulement l'aurore est une personne, mais ses doigts sont de rose ; ces personnifications rendent le monde plus vivant et plus présent. Si nous passons à l'*Odyssée*, nous voyons qu'Athéna y est encore plus proche d'Ulysse que ne l'étaient les dieux de l'*Iliade* à l'égard de quiconque parmi les mortels ; il y a entre eux comme une amitié, une affection qui prépare déjà ce qu'on trouvera chez Euripide. Ce monde de l'*Odyssée* est du reste, lui aussi, plein de dieux, et, par exemple, chaque tempête y est l'œuvre de Poséidon. Dans toute la pensée grecque, on sent une proximité entre la divinité et l'homme. Un mendiant peut être le déguisement d'un dieu ; les plantes, les rivières, les montagnes sont ou des êtres métamorphosés ou des lieux remplis de présence sacrée. Cela illumine un peu la vie, tout en y introduisant aussi des dangers.

A.G. — Homère met les dieux au premier plan et, en même temps, nous avons vu qu'il y a chez lui une espèce de réticence devant le merveilleux, dans l'*Iliade* plus que dans l'*Odyssée* d'ailleurs. Est-ce que ce rôle accordé à des dieux anthropomorphes, pourvus chacun d'un nom et d'un domaine d'action bien spécifique, n'est pas une manière de refuser ou, en tout cas, de limiter la place de l'obscur, de l'irrationnel dans l'univers ?

J. de R. — Il me semble que la question que vous posez est, tout simplement, celle du polythéisme : les Modernes sont habitués à l'idée de la croyance en un dieu unique – quoique avec beaucoup de correctifs, si on pense à la multiplicité des saints dans le catholicisme, au Saint-Esprit, etc. – qui régit l'ensemble de l'univers ; mais, pour le polythéisme, chaque événement et chaque élément dépendent d'un dieu différent, les actions d'un dieu pouvant même se trouver contrariées par celles d'un autre. Plutôt qu'un conflit entre le rationnel et l'irrationnel, le monde d'Homère reflète la diversité des dieux.

A.G. — Ces dieux, on les voit tirer toutes les ficelles : les pauvres humains ne sont-ils pas réduits à l'état de marionnettes, et ont-ils encore une liberté ?

J. de R. — Oui, bien sûr ! C'est une bonne question qui a, je crois, reçu, grâce à Albin Lesky, une réponse décisive : ce savant a en effet mis en lumière l'idée d'une double causalité chez Homère, à la fois divine et humaine, et nous avons vu que la tragédie avait tout à fait repris cette conception. Dans *Les Perses* d'Eschyle, par exemple, on voit les erreurs et les imprudences des hommes favoriser et précipiter ce que les dieux projettent.

A.G. — Homère préfigure et prépare donc, de ce point de vue, la vision qui sera celle des Tragiques ?

J. de R. — Oui, mais je ne sais pas si c'est Homère particulièrement ; il s'agit plutôt d'une conception du monde qui est celle des Grecs en général et, quelle qu'ait été l'influence d'Homère, je ne pense pas qu'on lui ait demandé ce qu'il fallait penser des dieux. C'était plutôt une façon de vivre et de sentir les choses. Cela me rappelle une question que m'a posée un jour un élève d'une classe de CM2 à laquelle j'étais venue parler d'Homère : « Madame, m'a-t-il demandé, s'il vous plaît, ces dieux des anciens Grecs, est-ce qu'ils ont vraiment existé ? » J'étais naturellement très embarrassée et je lui ai répondu : « Les Anciens croyaient qu'ils existaient, mais nous, nous n'y croyons plus. Mais je dois vous dire qu'il en reste quelque chose, parce que, quand je vois un beau soleil, je pense à Apollon, et il existe alors encore un peu. » Toujours à propos des dieux grecs – mais je change un peu de sujet –, une petite fille m'a demandé un jour, dans une circonstance analogue : « Madame, la déesse du mariage chez les anciens Grecs, c'était Héra, et la déesse de l'amour, c'était Aphrodite : pourquoi n'était-ce pas la même ? » Là, je lui ai répondu que la raison en était le mauvais caractère d'Héra !

A.G. — Dieux ou héros, les personnages d'Homère ont effectivement un caractère bien tranché et des sentiments bien humains. Vous avez écrit un jour : *« Toutes proportions gardées, Homère fait pour les êtres et les sentiments ce que Thucydide fera pour les événements, dont il rappelle qu'ils peuvent, au cours des temps, trouver des échos et des images qui se répètent, "en vertu du caractère humain qui est le leur". »* Cette universalité humaine, c'est cela, pour vous, le message d'Homère ?

J. de R. — Oui, sans aucun doute. Et je ne me lasse pas d'admirer l'art avec lequel il a su rendre présent cet univers, inventé mais si vrai.

A.G. — Le monde d'Homère frappe, en effet, par sa présence et aussi, je dirais, par sa perfection, et cela curieusement quels que soient les aléas de l'histoire racontée.

J. de R. — Ce qui donne ainsi l'impression que tout est bien et beau, c'est, en raison de l'origine orale de cette poésie, la fréquence de vers-formules pourvus d'épithètes de nature qui sont toujours favorables, qu'il s'agisse de navires, de pièces d'un palais ou de personnes. J'y trouve un amour de la vie qui me paraît foncièrement grec, je veux dire caractéristique de ce monde grec. Bien entendu, ces pièces où ils se tenaient et mangeaient, petites, sans guère de lumière, ça devait être ignoble ! Mais elles sont décrites comme pleines de beauté, et ces poèmes où l'on défend si chèrement sa vie sont pleins d'amour de la vie. Dans l'*Iliade*, qui est un drame tragique, tout est resplendissant ; et il ne me déplaît pas que l'*Odyssée* se termine dans un jardin : cela corrige un peu l'impression laissée par la vengeance d'Ulysse sur les servantes. Les comparaisons également permettent d'échapper au strict cadre de l'action en cours, et introduisent souvent une image paisible venue de la vie quotidienne.

A.G. — Avec, toujours, un saisissant effet de contraste : cet usage homérique des comparaisons, beaucoup plus nombreuses du reste dans l'*Iliade* que dans l'*Odyssée*, me fait penser aux décorations dont une civilisation comme celle des Scythes, que les contemporains d'Homère ont dû connaître, ornait ses armes de parade ; des scènes de combat y sont représentées, entourées par des motifs animaliers ou rustiques…

J. de R. — Oui, il y a chez Homère un sentiment profond de la beauté du monde et un émerveillement devant la vie.

A.G. — On a, longtemps, considéré Homère comme un poète un peu primitif, tout proche encore de la spontanéité, voire de la sauvagerie des origines, et ce genre de conception avait inspiré la traduction de Leconte de Lisle. Au sortir de notre entretien, l'image d'Homère se révèle toute différente : c'est celle d'un poète raffiné et humain, hautement civilisé et civilisateur. Je suis frappé par ce que j'appellerai le paradoxe homérique : cette œuvre est à la fois immédiatement accessible à tous, et riche des plus subtiles significations.

J. de R. — Plutôt que de paradoxe, je parlerai de leçon. Si seulement la littérature moderne faisait la même chose !

Nous avons dit, Alexandre Grandazzi et moi-même, ce qui avait inspiré mes travaux et ma réflexion sur Homère. Mais nous n'avons pas parlé d'Homère comme des amis le feraient à loisir au coin d'un feu. Nous n'avons pas évoqué ce que pouvait représenter pour moi, en marge du travail, après le travail, le contact avec ces textes et l'enrichissement ou le simple plaisir qu'il m'apportait. Et nous n'avons pas assez souligné, je pense, l'étonnement qui me saisit à chaque fois lorsque je pense à ce qu'a représenté, dans notre monde et dans notre culture, cette obscure guerre de Troie, si éloignée de nos intérêts, si mal connue de nous, si étrangère à nos préoccupations. Et pourtant, c'est un fait que cette obscure guerre de Troie est encore illustrée actuellement dans notre monde contemporain et dans les endroits les plus éloignés : des villes diverses des États-Unis s'appellent Troie ou bien Ithaque, des hommes divers, dans tous les pays, s'appellent Achille ou bien Hector. Qu'a-

t-il donc fait, le vieux poète, pour qu'un tel résultat soit possible ?

Je l'appelle le vieux poète, mais depuis des siècles et des siècles, nous ne pouvons plus prononcer les vers qu'il écrivait ni en suivre vraiment le rythme, les coupes et l'équilibre secret. Nous comprenons la langue, mais nous ne pouvons pas sentir directement cette poésie. Alors, comment s'expliquer ce miracle ?

Quelquefois, je me dis que nous sommes sensibles, dès les premiers mots de ces poèmes, à l'orientation unique et à l'équilibre qui définissent le miracle grec en général. Je veux dire que, dès le premier vers de chacune des deux épopées, on voit que l'intérêt se concentre sur l'homme, sur l'action et la responsabilité de l'homme, et que, pourtant, cette action se conçoit en fonction des dieux. Le premier mot de l'Iliade lancé en avant est la colère d'Achille, avec les lourdes conséquences qu'elle devait avoir ; donc, tout de suite, non pas de la mythologie et du sacré, mais l'analyse d'une passion humaine, d'un devoir humain. Seulement, ces premiers mots s'adressent à une déesse. De même, le premier vers de l'Odyssée est la mention du héros aux mille ruses, Ulysse : cette mention est jetée en tête, mais là aussi le poète s'adresse à la Muse et lui demande d'en révéler l'histoire. Cette façon de se tourner vers le monde des humains, sans exclure la présence et le respect des dieux, me paraît un des signes essentiels de l'esprit grec, et il apparaît dans Homère avec tant de netteté, il anime tellement clairement l'ensemble des deux épopées, que l'on y est, je crois, bien sensible.

Je n'insisterai pas : nous sommes ici, une fois de plus, dans le domaine du commentaire, de la réflexion, du désir de comprendre et de faire comprendre. Mais tout cela ne *rend pas compte de l'émerveillement subit qui vous saisit à la lecture de chaque vers et presque de chaque formule. Tout est si frais, si franc! Je dirai que ce plus ancien poète de toute notre littérature occidentale est aussi probablement le plus jeune. Par jeune, je ne veux pas dire naïf: je veux dire simple, direct, immédiatement présent. Les surcharges de psychologie ou de philosophie viendront après coup. Chez Homère, les héros apparaissent dans l'éclat de leurs armures, jetés entre la vie et la mort, ou bien luttant contre la tempête ou contre les monstres; ils apparaissent simples et éclatants, avec leur courage, leurs désespoirs, leurs tendresses et leur désir de s'illustrer pour le bien commun; ils apparaissent dans toute leur grandeur parmi les hommes, mais aussi avec leurs limites en face des dieux; ils apparaissent dans un monde où tout est beau et lumineux, un monde que l'on touche et que l'on entend; depuis la fougue des invectives jusqu'au bruit sourd du corps qui tombe à terre, depuis les folles témérités, les folles curiosités des marins entraînés à l'aventure jusqu'à la prudence d'Ulysse, qui se fait lier au mât pour être sûr de ne pas céder aux sirènes, tout est proche, concret, vivant.*

J'imagine, du reste, que le fait d'avoir tant lu et entendu ces textes, d'en avoir connu des imitations, des citations, ajoute encore à ce sentiment en rendant ces vers à la fois familiers et symboliques. Nous nous répétons des expressions comme «l'Aurore aux doigts de rose»*; et l'Aurore nous touche un peu plus; et dans notre goût pour la Méditerranée, plane vaguement l'idée qu'elle est* «la mer où navigua Ulysse»*... Sans doute ces mots se gravent-ils d'autant mieux dans nos mémoires qu'ils sont portés par un rythme, même si nous ne l'entendons pas bien, et mis en relief par des coupes, des rejets et tout un art de l'ex-*

pression qui nous atteint indirectement. Tout cela qui facilitait le travail de mémoire de l'aède sert aussi à aider le nôtre : la poésie, même mal perçue, porte toutes les images jusqu'à nous.

Mais avec ce mot de poésie, je crois que je devrais faire ici un autre aveu. J'éprouve un immense bonheur à vivre au contact du chœur de la tragédie ou des épopées homériques, je ne le nierai pas ; mais suis-je vraiment une bonne lectrice de poésie ? J'ai quelques doutes… Il est vrai que certains passages d'auteurs classiques chantent sans cesse pour moi – des vers de Racine que j'ai sus par cœur, des formules fortement frappées d'Agrippa d'Aubigné ou de Corneille, ou telle image cueillie au passage chez les plus modernes –, mais je n'ai pas avec la poésie moderne des contacts vraiment personnels. Peut-être l'obstination à serrer de plus en plus près le sens, autant que je le peux, et à m'inquiéter de la valeur exacte des mots fait-elle que je suis sans doute moins sensible à ce jeu où l'on veut plutôt suggérer, avec une marge délibérée d'incertitude et d'ombre. Peut-être mon goût de la rigueur et ma confiance dans l'existence d'une vérité me retiennent-ils un peu du plaisir poétique. Mais il se trouve que, par chance, je rencontre avec Homère le tout réuni : la transparence des mots, la transparence des images, la simplicité des évocations et, déjà, cet art savant d'employer les mots pour rendre présentes toutes ces impressions – qui fait vraiment de lui le fondateur de la littérature pour notre culture occidentale.

J'aime le lire et le relire, de plus en plus, et il se pourrait qu'avec le grand âge, on ait accès de plus en plus à la simplicité d'où tout était parti.

Jacqueline de Romilly

CHAPITRE SIXIÈME

ET TOUJOURS LA LITTÉRATURE…

ALEXANDRE GRANDAZZI. — À l'image peut-être des Grecs de l'Antiquité, qui, nous l'avons vu, se sont toujours souciés de donner la portée la plus générale à leur réflexion – au point que l'on peut considérer cette tendance à l'universalité comme un des traits caractéristiques de l'hellénisme –, vous avez vous-même, dans vos travaux, suivi un itinéraire qui, peu à peu, vous a menée de la recherche la plus spécialisée qui soit, sur Thucydide, sur les Tragiques, jusqu'à une approche plus large : à partir des années 1980, en effet, vos livres ne traitent plus seulement de sujets d'érudition mais confrontent la culture de la Grèce antique aux grands problèmes qui sont ceux de notre temps. Il y a donc là, sinon une rupture, du moins un élargissement très net. Mais il y a une autre rupture, plus radicale, dans votre parcours : c'est que, de l'érudition et de la recherche, scientifique et objective – parce que même à propos de littérature, on peut parler de recherche scientifique –, vous êtes entrée, à partir d'un certain moment, dans le domaine de l'imagination, et que, sans quitter la littérature, vous êtes passée, pour ainsi dire, de la théorie à la pratique en publiant un roman et plusieurs livres de nouvelles. Alors, pourquoi ces ruptures ? Comment se sont-elles faites ? Vous êtes-vous dit un jour – tel le Corrège s'exclamant à la vue d'une œuvre de Raphaël : « Moi aussi je suis peintre ! », *« Anch'io son'pittore »* –, que vous aussi, après avoir analysé tant et tant d'œuvres, vous pourriez en écrire une ? N'y eut-il pas la volonté d'être une « femme de lettres » au sens plein du terme, en rejoignant ainsi l'exemple de votre mère qui, elle aussi, je crois, avait écrit romans, nouvelles et pièces de théâtre ? Qu'en est-il exactement de cette rupture ? La ressentez-vous comme telle, ce qu'elle est, incontestablement, aux yeux de vos lecteurs ?

JACQUELINE DE ROMILLY. — Je n'aime pas beaucoup le mot de rupture, qui me donne l'impression qu'on abandonne quelque chose, même si je reconnais volontiers qu'il y a, dans ces dernières années, une orientation différente de mes occupations et de mon travail. Vous avez d'abord parlé d'une première rupture, en distinguant les ouvrages moins techniques, moins étroitement liés à l'analyse des textes, que j'ai publiés à partir de 1980 environ, et qui sont, pour ainsi dire, des ouvrages de propagande pour la Grèce antique. Ce tournant, plus que cette rupture, s'explique par deux causes : la première, et au départ la moins importante, c'est qu'avec l'âge, et puis avec la quasi-cécité qui est la mienne, il me devenait de plus en plus difficile de faire des travaux techniques, dignes de ce que j'entends par philologie, et impliquant beaucoup de lectures et de vérifications.

Mais il y a une seconde cause, en réalité plus importante : j'ai eu, au fil des années, une conscience de plus en plus aiguë de la crise des études classiques en général et des études grecques en particulier, et c'est pourquoi j'ai éprouvé le désir d'élargir le public auquel je m'adressais, de sensibiliser plus de lecteurs aux richesses de cette culture. Écrire des ouvrages très savants, lus par un très petit nombre de lecteurs qui sont tous des collègues, c'est très louable ! Mais s'il n'y a bientôt plus personne pour s'intéresser à l'Antiquité et à la Grèce, plus de lecteurs un peu au courant sans être spécialistes, ça finit par être complètement coupé de tout, presque absurde. Or c'était, ai-je pensé, le moment pour moi d'essayer de toucher un public plus étendu, afin de lui faire comprendre les beautés de cette littérature grecque ; c'était un peu, si vous voulez, la prolongation de mon goût pour l'enseignement, mais adaptée à l'état de crise qui était et qui, malheureusement, reste celui de nos études. Je ne voulais pas, dans ces livres, m'adresser à des élèves, mais en gagner de nouveaux. J'ajoute que maintenant, à l'heure où nous parlons, le choix ne se pose plus pour moi, puisque je ne peux plus, n'y voyant plus, ni lire ni écrire moi-même ; je ne peux plus qu'utiliser des souvenirs, me faire du bien à moi-même et, j'espère, aux autres, par le contact de ces textes grecs. Mais, bien entendu, il ne s'agit plus de travail philologique. Voilà donc comment s'explique la nouvelle orientation prise par mes livres, et je tiens à dire ici que je ne la regrette pas du tout et que je n'ai eu aucun doute à ce sujet. Je suis contente d'avoir écrit ces livres qui ont, en effet, touché un public plus étendu que celui auquel j'avais droit auparavant, car j'ai eu l'impression qu'ils n'étaient peut-être pas inutiles. J'ai découvert en outre que lorsqu'on présente, comme je l'ai fait dans ces ouvrages, des sujets de portée plus générale, on est amené, curieusement, à approfondir sa réflexion. Certains de ces livres, édités à l'intention du grand public, me paraissent avoir une portée intellectuelle plus importante que telle ou telle découverte de détail que j'avais faite auparavant sur les sens ou les emplois de tel ou tel mot. Je regrette d'ailleurs, et je le dis franchement, qu'à l'étranger les revues d'érudition, qui jusque-là rendaient scrupuleusement compte de tous mes livres classés « philologie », se soient détournées de ces ouvrages classés « grand public ». Parce que je suis persuadée qu'on peut dire au grand public des choses qui ont demandé un effort d'analyse, de précision, de comparaison, et qui valent la peine d'être lues. En vérité, je n'aime pas que la philologie, la science, soit entièrement d'un côté, et la culture, de l'autre : j'ai voulu faire le pont entre elles. Je ne regrette donc pas du tout cette orientation qui m'a été en partie imposée par les circonstances, mais qui m'a donné de grandes joies.

A.G. — Et la seconde rupture, le passage à l'écriture de fiction, roman et nouvelles ?

J. de R. — Il est vrai que ma mère écrivait et il est vrai que l'écriture est une tentation pour beaucoup de ceux qui, comme les professeurs par exemple, sont en rapport avec les livres. Mais en fait, cette rupture n'en était pas une pour moi : depuis très longtemps, et chaque fois que le travail universitaire me permettait une petite parenthèse, je m'y essayais. Je n'entre pas dans les détails, car c'est du passé, ce sont des choses que je n'ai pas avouées, que j'écrivais sous un pseudonyme et que je ne révélerai pas, mais ces petits essais étaient déjà pour moi une tentation. Quand je me suis trouvée à la retraite, elle m'a paru davantage permise : jusque-là, je pensais – et je pense encore – qu'ayant acquis un certain capital de connaissances sur la Grèce, je ne devais pas me laisser distraire, que je devais le communiquer, l'expliquer, faire ce qui était mon métier ; mais une fois qu'on se retrouve à la retraite, on a, ou on croit avoir, un peu le droit de faire ce qu'on veut ! Deux circonstances, en outre, m'ont poussée dans cette voie : les premiers ouvrages non philologiques que j'ai écrits n'étaient pas encore des romans et des nouvelles ; ils portaient sur l'enseignement, c'est-à-dire qu'ils étaient liés à la profession que j'avais exercée. Il se trouve que le premier livre que j'avais publié sur ce sujet en 1969 a fait un certain bruit. Plus tard, je suis passée chez Pivot : j'avais entre-temps écrit un autre livre, plus élaboré, sur tous les problèmes de l'enseignement et sur ce que doivent être, à mon sens, ses buts et ses principes, c'est-à-dire pour moi des idées essentielles, nées de ma longue expérience. Ces deux ouvrages sur l'enseignement ont donc fait le lien entre mes travaux scientifiques et les livres pour le grand public que j'ai publiés à leur suite.

A.G. — Quinze ans cependant les séparent, puisque *Nous autres professeurs* date de 1969 et *L'Enseignement en détresse*, de 1984.

J. de R. — Oui, le premier était en relation directe avec tout le mouvement d'interrogations et de propositions sur l'éducation nées des événements de mai 1968. Le second est une réflexion plus approfondie sur la crise de l'enseignement, et j'ai volontairement attendu d'avoir atteint l'âge de la retraite, autrement dit d'avoir terminé ma tâche scientifique, pour me lancer dans cette bataille qui me paraissait importante. Mais la deuxième circonstance qui m'a orientée sur la voie des livres pour le grand public tient du hasard – il ne faut jamais oublier le rôle du hasard ! C'est lui qui a fait que j'ai écrit, sans l'avoir cherché au départ, un livre d'un ton très personnel sur les chemins de Sainte-Victoire. Cet ouvrage, qui n'a pas déplu, m'a donné le goût de continuer, et maintenant, voyez, je saute aux extrêmes, en publiant roman et nouvelles ! C'est qu'arrivée comme je le suis à la fin de ma vie, j'éprouve presque le besoin, ou, en tout cas, le désir de communiquer aux autres des souvenirs, des impressions, des sentiments. Mais il s'agit de mon expérience, et c'est ce que j'aurais envie de dire à mes enfants, si j'en avais. Vous voyez donc que, sur tous ces aspects, le mot de rupture n'est peut-être pas le plus exact ; je parlerais plutôt d'un tournant, et d'un tournant nécessaire.

A.G. — Et est-ce que cela fait le même effet d'avoir écrit un livre qui vous conduit à la télévision, et un autre qui, éventuellement, aura demandé beaucoup plus de travail, mais qui, dans l'immédiat, n'aura que quelques centaines de lecteurs ?

J. de R. — Votre question est amusante, mais je n'avais pas, dans un cas et dans l'autre, le même âge. La publication de ma thèse a été pour moi un événement : elle n'avait été imprimée qu'à quelques centaines d'exemplaires, je ne sais plus combien, mais ce que j'attendais impatiemment, c'était l'avis des spécialistes, avec des critiques et des analyses détaillées, et ces comptes rendus savants étaient alors aussi importants pour moi que le serait plus tard l'accueil d'un de mes livres destinés au grand public. En changeant d'âge, on est prêt pour des curiosités et des plaisirs différents. Cela dit, autant je suis prête à revendiquer mes livres sur le grec, que j'ai donnés dans ces dernières années, autant je suis modeste quant à mes essais littéraires : je veux dire que j'ai conscience de n'être pas un écrivain au plein sens du terme. J'écris en effet comme j'enseigne, et je vois bien, maintenant que je suis entourée d'écrivains, tout ce qui me manque. Je sais très bien, enfin je crois, que j'ai été une bonne helléniste, mais je sais, sans l'ombre d'un doute, que la littérature se situe sur un autre plan. Écrire des romans et nouvelles est pour moi une joie, une prolongation de mon métier, c'est une possibilité qui m'est donnée d'exprimer quelque chose, mais je ne m'y suis pas lancée sans un peu de gêne, et je ne m'y livre pas sans une certaine humilité !

A.G. — Et si, malgré tout, vous le faites, est-ce parce que la volonté de communiquer une expérience, des impressions, est plus forte que ces scrupules qui vous honorent ?

J. de R. — Probablement ; mais ce qui entre en jeu, ce n'est pas tellement le désir de communiquer, c'est plutôt l'envie de voir si on arrive à dire ce qu'on veut dire, et c'est une tentation qui va avec le goût de la langue et des textes.

A.G. — N'y a-t-il pas aussi un certain goût du défi ?

J. de R. — Non, parce que je vous assure vraiment que, dans le domaine littéraire, je suis modeste : pas ailleurs, mais là je suis modeste ! C'est plutôt le goût de l'effort : j'essaie d'exprimer quelque chose avec la même ténacité que lorsque je tente d'utiliser ou de réparer un objet alors que je n'y vois plus. Ainsi, vous constatez que j'ai, en ce moment, un pansement à la main droite parce que, essayant de faire marcher un tire-bouchon récalcitrant, je me le suis enfoncé dans la paume : eh bien, l'écriture d'imagination, c'est la même chose !

A.G. — Après les deux ouvrages sur l'enseignement, votre livre *Sur les chemins de Sainte-Victoire*, paru en 1987, a été votre premier véritable essai public dans ce genre. Comment avez-vous été amenée à l'écrire ?

J. de R. — J'avais commencé à rédiger des petits textes destinés à accompagner des photographies ; puis, celui qui devait les faire s'étant désisté, j'avais résolu de laisser tomber, mais Bernard de Fallois, ayant vu ces textes, m'a dit : « Continuez comme ça ! Écrivez "les rêveries de la promeneuse solitaire" ! » C'est pourquoi, même si mon ambition n'allait évidemment pas jusque-là, j'ai décidé de poursuivre cet essai. Je le faisais d'autant plus volontiers que je décrivais des promenades faites à partir d'une maison qui m'est très chère et où je passe à peu près toutes mes vacances depuis la guerre.

A.G. — Qu'est-ce qui fait pour vous le charme de cette maison ?

J. de R. — C'est un lieu de paix où se retrouver soi-même ; dans le silence de ma maison, on ne voit aucune autre habitation : rien, sinon des terres libres, des horizons étendus et, avec les formes familières de cette merveilleuse montagne, des rapports de couleurs toujours renouvelés, bref une quiétude totale. C'est donc non seulement le repos, mais aussi la beauté, une vie où les problèmes se posent à une hauteur tout à fait différente, qui invite à l'expérience directe du monde et à la méditation. J'ai donc réparti tout cela, très librement, en quelques promenades, avec les réflexions que chacune me suggérait. Pour moi, ce livre était une parenthèse, comme le sont, à chaque fois, mes séjours là-bas par rapport à ma vie de travail ; or j'ai découvert que c'était certainement celui de mes livres qui avait touché le plus de lecteurs, et le plus en profondeur !

A.G. — Est-ce votre livre préféré ?

J. de R. — Non. C'est vrai que le livre que l'on préfère, c'est celui qui correspond à quelque chose de personnel, mais il ne m'a pas donné assez de peine pour que je le préfère !

A.G. — Dans tous vos autres livres, les paysages grecs ne sont guère présents – il est vrai que ce sont des ouvrages d'analyse littéraire et intellectuelle –, mais, dans votre vie, ce paysage méditerranéen de Sainte-Victoire qui, bien sûr, n'est pas grec, mais qui, peut-être, a quelque chose de grec, a joué visiblement un rôle fondamental pour votre expérience et votre sensibilité. Alors, Sainte-Victoire, c'est votre Grèce à vous ?

J. de R. — C'est une question légitime, même si je me la pose pour la première fois, ou presque. En réalité, je crois que j'ai aimé le paysage de Sainte-Victoire avant d'avoir pris l'habitude du paysage grec, que je ne connaissais pas beaucoup, sinon par les textes – or Thucydide, il faut l'avouer, n'est pas extraordinaire de ce côté-là ! Sans doute y avait-il, grâce à ces textes, quelque chose qui me préparait déjà à la lumière grecque, et qui s'est précisé par la suite, quand j'ai commencé à aller plus régulièrement en Grèce. Aujourd'hui, j'ai dans le jardin de ma maison quelques plantes venues de là-bas. Il est certain qu'il s'agit de paysages qui ne sont pas sans analogie, mais mon attachement à Sainte-Victoire n'a pas dépendu de la Grèce ; sa ressemblance avec la Grèce est un plus, qui est venu après.

A.G. — Vous alliez, je crois, au moins une fois par an en Grèce, en particulier dans les îles : pourtant, ces paysages-là, vous n'avez pas éprouvé le besoin de les décrire ?

J. de R. — C'est que, malgré ma ferveur pour la Grèce, je n'étais pas chez moi en Grèce. Il y a des écrivains, des poètes, grecs et français, qui y ont vécu et ont écrit sur leur expérience, mais moi, je ne parle pas le grec moderne et je n'y ai jamais été qu'en touriste, en logeant à l'hôtel. De plus, durant toute la guerre, je n'avais évidemment pu m'y rendre, et je n'ai pris l'habitude d'y aller que plus tard, à chaque fois guidée par les Dimaras, un couple d'amis dont le mari était mon collègue à la Sorbonne, où il dirigeait le département de grec moderne.

A.G. — Cette maison que vous avez près de Sainte-Victoire, est-ce que votre mère l'a connue ?

J. de R. — Oui, mais sans jamais y habiter, car elle préférait le confort de l'hôtel. C'était une maison qui appartenait à ma belle-famille, et, quand nous y allions, ma mère, qui avait peur de tous les insectes qu'on peut trouver dans le Midi, résidait à l'hôtel à Aix. Cette maison n'est donc pas liée à son souvenir, même si elle y est venue très souvent passer un moment. S'il est vrai que nous avions découvert ensemble la Provence avant mon mariage, et avions même été à Aix, cela ne nous avait pas menées du côté où est ma maison.

A.G. — La famille de votre mari était-elle originaire de Provence ?

J. de R. — Pas du tout ; ils avaient des propriétés ailleurs, et ils avaient acheté cette maison en 1925, je crois. C'est plutôt moi qui me suis prise de passion pour ce paysage et pour cette maison, si bien que, lorsque plus tard nous nous sommes séparés, mon mari a tenu à me la laisser.

A.G. — Avec ces *Chemins de Sainte-Victoire*, on a l'impression que vous avez livré aux lecteurs une part secrète de vous-même : Sainte-Victoire, c'est votre jardin secret, et pourtant vous l'avez donné, je n'ose pas dire en pâture, mais plutôt en partage au public.

J. de R. — Je l'ai fait pour les paysages, mais pas pour ma maison.

A.G. — Vous écrivez à propos de ces paysages et des marches que vous y faites : *« Je ne suis heureuse que là, et par elles. »* Vraiment ?

J. de R. — C'était certainement vrai à l'époque où je l'ai écrit ; naturellement, ça l'est un peu moins maintenant, puisque, à mon âge, je ne peux plus faire que de toutes petites promenades, et accompagnée. Mais le bonheur subsiste : ainsi, quand j'ai perdu la vue, je me suis aperçue que, de ma terrasse, je ne voyais plus la montagne ; par la suite, ayant acheté par hasard, un jour, une espèce de lorgnette pour faire un cadeau à quelqu'un, je l'ai essayée et, tout d'un coup, j'ai revu

Sainte-Victoire. J'ai alors ressenti une impression inoubliable et, maintenant, quand je suis là-bas, je la regarde peut-être dix fois par jour avec un appareil. Bien sûr, cela n'est plus la même chose, et cela veut dire que les circonstances de la vie peuvent nous amener à modifier un peu nos jugements ; d'autre part, je ne peux tout de même pas aller jusqu'à dire que je n'ai jamais été heureuse ailleurs ! Mais, sans souci, sans énervement, avec ce lent déroulement des jours, divers par le temps et la lumière, sans ce rythme échevelé de la vie normale, dite normale, ça n'a été que là !

A.G. — N'est-il pas un peu paradoxal, je dirais presque égoïste, de trouver sa satisfaction dans la contemplation d'une montagne, d'*« un tas de cailloux »*, comme vous dites ? Est-ce parce que, comme vous l'écrivez spirituellement, *« il est commode de s'attacher à une montagne : elle ne vous fait jamais faux bond »* ?

J. de R. — J'ai essayé à plusieurs reprises, me semble-t-il, de répondre à cette objection dans le livre ; et puis après tout, peut-être suis-je égoïste, il faut l'admettre ! Du reste, il ne s'agit ici, bien sûr, que de modestes promenades, mais peut-être pourrait-on dire que toute forme de vie contemplative a un aspect égoïste. En fait, j'ai toujours eu l'impression qu'en s'enrichissant ainsi soi-même, en revenant à des sentiments essentiels, à une vision plus claire de la vie, de ce que sont devoirs, regrets et joies, on apportait indirectement quelque chose aux autres, on s'améliorait pour les autres, et cela, je crois que ce n'est pas égoïste.

A.G. — En Sainte-Victoire, écrivez-vous, *« s'incarnent tous les appels et toutes les promesses »*; cette montagne, ce *« gros caillou »* est pour vous un symbole : mais de quoi ? De la beauté, toujours recherchée, toujours lointaine ? De la difficulté et de l'effort qu'il faut faire pour vaincre cette difficulté ?

J. de R. — De tout cela, mais le choix dépend des moments et des circonstances : quand je suis sur un sentier qui monte, c'est l'effort qui prédomine ; quand, arrivée à mi-pente, je m'étends par terre confortablement, c'est le symbole d'une contemplation paisible ; la lumière a aussi une grande importance, car ce n'est pas la même chose de gravir un chemin en ayant face à soi une montagne claire comme une promesse, ou de traverser un terrain plein de pics et de gouffres sombres. Mais un symbole, ce n'est pas seulement une abstraction : c'est aussi quelque chose de merveilleusement concret.

A.G. — À propos de la notion d'effort, vous établissez entre vos promenades et votre métier une espèce d'équivalence, en écrivant : *« Mes aventures dans la rocaille et mes labeurs de philologue sont identiques. »* Vous décrivez plusieurs promenades sur les chemins de Sainte-Victoire, qui multiplient les points de vue, les itinéraires, les approches : n'est-ce pas ce que vous avez aussi cherché à faire dans votre analyse de la littérature grecque ? Sortir des sentiers battus, ce serait à votre avis une bonne définition de la recherche ?

J. de R. — Oui, mais, là, il faut bien connaître aussi les sentiers que tout le monde emprunte. Dans les deux cas il y a, c'est vrai, ces notions d'effort et d'incertitude du résultat. La comparaison peut en réalité valoir pour bien d'autres domaines de la vie.

A.G. — Vous venez de dire que la valeur de symbole que peut prendre Sainte-Victoire dépend aussi de la lumière : les notations visuelles ont une grande importance dans votre livre. Vous y parlez notamment de la photographie : l'avez-vous pratiquée ? Et le dessin ou la peinture ?

J. de R. — Je n'ai jamais pratiqué le dessin ou la peinture, et je n'y avais aucune disposition. Des photographies, par contre, j'en ai beaucoup fait et j'ai, bien rangées dans des boîtes, des centaines de vues de Sainte-Victoire, que je ne peux malheureusement même plus regarder aujourd'hui. Mais, vous savez : la photographie, je ne l'ai pas pratiquée afin de garder le souvenir de ce que je voyais, mais plutôt pour m'aider à mieux voir, grâce à l'effort d'attention qu'exige une bonne prise de vue, effort qui permet ainsi d'apprécier tous les détails de lumière et de composition.

A.G. — En somme, ce n'était pas pour *avoir* Sainte-Victoire en conserve, mais pour, sur le moment, mieux *la voir* !

J. de R. — Exactement ! J'ai fait des photographies, moins pour les montrer ensuite à quelques amis que pour apprendre à voir; c'est une idée que j'ai développée d'ailleurs dans les *Savoirs oubliés*.

A.G. — À propos, non plus de photographie, mais de peinture, j'ai cru sentir des réserves de votre part à l'égard de Cézanne, grand admirateur, comme chacun sait, de Sainte-Victoire.

J. de R. — Non, je ne fais aucune réserve sur Cézanne, que j'admire énormément, et qui représente un genre de peinture auquel je suis sensible, ce qui n'est pas le cas de la peinture la plus moderne. Ce qui a pu vous tromper, c'est qu'on a considéré que mon livre était la traduction littéraire de la même admiration pour le même paysage, idée que j'ai contestée. Tout simplement, d'abord, parce que chacun aime des points de vue différents, et qu'ainsi un même paysage peut ne pas être exactement le même pour deux personnes. Mais aussi parce que, et c'est passionnant, Cézanne déforme, Cézanne triche, si je puis dire, avec le paysage, pour faire des œuvres admirablement construites. J'ai simplement noté dans mon livre ce phénomène d'écart volontaire par rapport à la réalité que je voyais.

A.G. — Cette contemplation de Sainte-Victoire à laquelle vous vous livrez aboutit à une espèce de panthéisme et, presque, de mysticisme. Vous définissez la marche comme *« une méditation en acte »*, vous parlez d'*« une purification intérieure »*, et vous écrivez même: *« Les chemins de Sainte-Victoire me purifient comme une prière. »* Ailleurs, on trouve la formule:

« Notre mère, la terre. » Cette contemplation est-elle donc pour vous un phénomène d'ordre religieux ?

J. de R. — Il s'agit plutôt de métaphores destinées à exprimer des sentiments que me suggèrent telle religion, tel mythe ou telle habitude de foi. Mais la « purification intérieure », c'est plus qu'une métaphore, c'est une conviction, une expérience que l'on peut exprimer en termes de morale ou de religion ; pour ma part, je ne précise pas, mais j'y crois.

A.G. — Dans son récent livre d'entretiens, *La Philosophie comme manière de vivre*, Pierre Hadot vous cite parmi les exemples d'écrivains ayant exprimé ce qu'il appelle, avec Romain Rolland, le *« sentiment océanique »*, c'est-à-dire le sentiment d'appartenance au monde senti comme un grand tout. Il dit que ce sentiment, les Grecs ne l'ont pas éprouvé : qu'en pensez-vous ?

J. de R. — C'est une expérience que chacun peut faire et qu'ils ont certainement été nombreux à connaître ; la question serait plutôt de savoir pourquoi ils l'ont moins exprimée que les Modernes. Peut-être simplement parce qu'ils vivaient cette appartenance à l'univers comme une évidence.

A.G. — Vous évoquez à plusieurs reprises votre solitude, et vous la revendiquez même, avec une espèce d'énergie. *« La solitude*, dites-vous, *on peut aussi l'appeler liberté. »* J'ai l'impression qu'il s'agit pour vous d'une conviction très forte.

J. de R. — En tout cas, ça l'a été, et cela le reste malgré tout. Évidemment, avec l'infirmité, la solitude comporte des inconvénients qui ne sont pas exactement des libertés ! Mais il est vrai que, me retrouvant seule avec moi-même, je peux plus facilement savoir ce que je pense, ce que je sens. C'est un problème très difficile pour moi, parce que je me suis toujours sentie mieux quand j'étais seule. Mais beaucoup moins maintenant ! La solitude de la vieillesse n'a pas le même goût, il faut le reconnaître.

A.G. — À propos de l'âge, justement, vous développez à plusieurs reprises, parlant de vos promenades autour de Sainte-Victoire, l'idée que la venue des années, loin de les affaiblir, enrichit et approfondit les sensations. Vous parlez d'*« une joie qui s'accroît au souvenir des précédentes »*.

J. de R. — C'est vrai ; sous cette forme, l'idée est peut-être un peu optimiste, mais elle a pour moi une portée générale : tout au long de mon existence, j'ai toujours eu l'impression – de même que l'enseignement est selon moi une formation – que la vie elle-même continue à être une formation et un enrichissement. Avec le temps, on connaît de plus en plus de gens et de lieux, et, s'agissant des mêmes lieux, les impressions successives des années, le souvenir de personnes qu'on y a vues, tout cela s'ajoute et enrichit notre perception du présent. Il s'y mêle aussi un certain sentiment du tragique, parce que ceux avec qui on était venu dans ces endroits ne sont plus, que telle ou telle maison n'est plus habitée par ceux qu'on y a connus ; tout se dépose en nous et donne aux impressions qu'on a dans les premières fois, un écho et une profondeur accrue.

A.G. — Vous êtes donc aux antipodes d'une conception à la Proust, où, au contraire, la première impression, qu'on oubliera très vite sous l'effet de l'habitude, est la plus riche, la plus dense, et celle qu'il faut retrouver.

J. de R. — Le temps retrouvé n'est pas seulement cela : tout ce qui est arrivé depuis la première impression donne aussi son prix et son sens à sa résurgence. Le sentiment du tragique que j'évoquais tient aussi au fait que les changements subis par les lieux et les personnes font que tout s'est accumulé, si bien que le sens vrai résulte d'un rapport d'ensemble.

A.G. — Vous parlez aussi de *« cet art qui m'est accordé de cueillir tous les moments de perfection comme si chacun était le dernier, et aussi le premier »*. Là aussi, on retrouve une leçon de la philosophie antique.

J. de R. — En se limitant à cette citation, on aurait l'impression, fausse, qu'il s'agit d'épicurisme, cette philosophie qui engageait à savoir cueillir l'instant. En réalité, je n'ai pas du tout voulu inviter à ne vivre que dans et de l'instant présent, et si j'ai paru le faire, c'est que mon expression a un peu déformé ce qui compte durablement pour moi. Je suis beaucoup plus sensible, comme je vous le disais, à la richesse – fût-elle perceptible dans l'instant – du temps qui s'additionne.

A.G. — Ce temps qui passe, justement, vous a conduite au genre romanesque : après les livres sur l'enseignement, après Sainte-Victoire et ses chemins, vous avez publié en effet un roman, *Ouverture à cœur*.

J. de R. — Vous savez, je suis beaucoup moins fière de mon roman ! Il a été pour moi un essai, une expérience d'ouverture, précisément, à une nouvelle forme d'écriture et aussi au domaine des relations humaines. Moi qui vis probablement en égoïste, très renfermée avec mes livres, j'aspire beaucoup à cette ouverture, humaine, intellectuelle, spirituelle même, qui fut d'ailleurs l'une des marques du miracle grec.

A.G. — Le titre de ce roman est une expression du jeu de cartes : vous l'avez pratiqué ?

J. de R. — Non, mais je faisais souvent des réussites, des patiences, et quand, du jour au lendemain, j'ai perdu la vue, les cartes m'ont beaucoup manqué ; c'était pour moi une façon de réfléchir ; maintenant, je les ai remplacées par l'écoute de la radio, mais je n'y ai pas gagné !

A.G. — Votre roman raconte l'histoire d'une belle-mère au grand cœur, qui est d'abord intriguée, puis admirative devant la riche personnalité du mari de sa fille : celui-ci est un réfugié tchèque, et le problème est de surmonter les différences et les incompréhensions qui risquent à chaque instant de surgir. La relation mère-fille a dans ce roman une grande importance, comme elle en a eu pour vous aussi, fille unique qui avez été élevée par votre mère après la mort de votre père. Vous êtes-vous, dans et par ce livre, mise à la place de votre mère par rapport à vous ?

J. de R. — Non, pas du tout : la belle-mère en question ne ressemble en rien à ma mère, ni moi à sa fille. C'est vrai que mon expérience, dans l'autre sens si je puis dire, m'avait montré toute la richesse que peuvent comporter les rapports mère-fille, mais hormis cette vérité très générale, il n'y a dans ce livre aucune ressemblance précise : il faut bien pouvoir imaginer un peu !

A.G. — Le vrai sujet du roman n'est-il pas l'incommunicabilité entre une mère et sa fille, malgré l'amour qui les lie ?

J. de R. — Non, je n'irais pas jusque-là. J'ai plutôt voulu opposer l'enrichissement et l'approfondissement qu'apportent la vie et les années, à la générosité ignorante de la jeunesse.

A.G. — Vous écrivez dans ce roman : *« C'est une chose difficile de sortir de soi. »* On a, pour dire vrai, parfois l'impression en vous lisant que c'est même, à votre avis, une chose impossible.

J. de R. — Non, au contraire : ayant commencé ma carrière avec Thucydide, j'aime ce qui est difficile. Dans le domaine moral, les buts que l'on se propose sont toujours presque impossibles à atteindre : pourtant on vit pour, et on essaie ; il faut toujours essayer !

A.G. — Pour décrire les sentiments que se portent les protagonistes de votre roman, vous parlez joliment d'*« un vaste colin-maillard de déceptions entrecroisées »*. Serait-ce votre définition des relations humaines ?

J. de R. — Je n'y aurais pas songé ; en réalité, je n'essaie pas de décrire vraiment cet entrecroisement complexe, auquel on n'est en général que trop sensible, et je laisse cette tâche à des écrivains sans doute plus modernes que moi, et qui savent exprimer cette complexité avec force. Le rôle que je revendique, plus modeste, est un peu celui du professeur qu'au fond je ne cesse jamais d'être : je tente de montrer les voies, difficiles mais possibles, d'une écoute et peut-être d'une entente entre les êtres. Paradoxalement, je dirais que, pour moi, l'écriture de fiction est la recherche d'une plus grande vérité, la volonté de dépasser l'impression présente pour comprendre, ne fût-ce qu'après coup, ce qui s'est vraiment passé – et c'est dans ce décalage qu'il y a, éventuellement, une part de tragique.

A.G. — Il me semble que pour vous, on ne comprend jamais qu'après coup.

J. de R. — Oui, c'est très justement analysé. C'est en effet une conviction très forte chez moi, qui correspond à mon sentiment et à mon expérience, de la jeunesse comme de la vieillesse.

A.G. — Et dans la mesure où ce décalage caractérise aussi selon vous les relations entre des êtres qui s'aiment, qu'il s'agisse de parents et d'enfants ou de conjoints, n'est-ce pas une vision assez pessimiste ?

J. de R. — Je ne me pose pas la question ainsi ; moi, par exemple, je commence seulement maintenant à comprendre ma vie : ce que j'ai fait, ou pas, ce que j'aurais dû faire, ce qui m'a été donné, ou pas ; tout cela ne se dégage bien qu'après. Ces grands faits d'ordre psychologique sont pour moi l'essentiel, et c'est sans doute l'une des raisons qui m'ont fait laisser de côté les autres aspects, par exemple les données sociales.

A.G. — Après vous être essayée au roman, vous avez publié deux recueils de nouvelles : *Les Œufs de Pâques*, paru en 1993, et *Laisse flotter les rubans*, publié en 1999. Dans la préface du premier, vous écrivez : *« En fait, ce sont des souvenirs, mes souvenirs, juste un peu retouchés. »* Qu'avez-vous cherché à faire dans ces livres ? Raconter votre vie, transmettre un message ?

J. de R. — Vous savez, je sais mieux ce que j'ai voulu faire avec le grec et l'enseignement qu'avec les nouvelles ! Quand on vit seule comme moi, on éprouve des impressions très fortes et on veut les faire partager. Maintenant que je ne peux plus écrire, il m'arrive même de prendre un micro pour enregistrer ce que j'ai éprouvé. Ce que j'ai cherché, par ces livres, c'est dire ce que je crois avoir découvert de la vie, des êtres et des situations, sur la base de ce que j'ai moi-même vécu et ressenti. C'est une sorte d'examen de conscience, prolongé et communiqué.

A.G. — Et entre ces deux genres littéraires que sont le roman et la nouvelle, la différence tient-elle seulement à la longueur ?

J. de R. — Non : je crois qu'il y a aussi une différence de nature. Écrire un roman, c'est construire une histoire qui se tienne et qui se déroule dans la durée. La nouvelle, pour moi, c'est un moment, unique, précis et révélateur. Il peut s'agir d'un récit court ou long, mais il doit y avoir un détail révélateur ; pour moi, une nouvelle doit avoir une fin, et je n'aime pas les nouvelles où est racontée une histoire qui pourrait continuer. J'aime que la fin soit tout à coup apportée par un élément qui, d'une manière ou d'une autre, ait valeur démonstrative. C'est d'ailleurs ce qui m'amuse dans l'écriture des nouvelles : je sais à l'avance où je veux faire arriver mes personnages et où je crois bon et « vrai » de les faire arriver, et tout le jeu est de rendre vraisemblables le parcours et les étapes qui conduisent à cette arrivée. C'est un jeu très amusant, excitant même, et quand j'écris une nouvelle, je cherche à la mener « à bonne fin », comme je chercherais la solution d'un problème intellectuel, sans trop me soucier, je dois l'avouer, de la qualité de l'expression. Je vois bien, par rapport aux écrivains que je connais, combien j'écris mal : j'attaque les faits, j'attrape, je l'espère, une vérité, mais je n'ai pas de style.

A.G. — Je me demande si cela n'est pas chez vous l'effet d'une conviction, presque surprenante chez la philologue que vous êtes : j'ai l'impression, en effet, qu'il y a toujours, selon vous, au-delà des mots, quelque chose que les mots ne peuvent pas rendre, qu'ils ne peuvent pas, ou très rarement, atteindre. Ne seriez-vous pas, d'un certain point de vue, et paradoxalement, presque sceptique et réservée quant aux possibilités d'expression de la littérature ?

J. de R. — Lorsque vous dites que les mots restent insuffisants, parlez-vous des relations entre les gens ou de ce que font les écrivains ?

A.G. — À vrai dire, je pensais et à vos personnages et au jugement porté sur eux dans vos nouvelles.

J. de R. — Je ferai quant à moi soigneusement la distinction. J'ai en effet la ferme conviction que, dans le cas des relations d'une personne à une autre, les mots ne suffisent pas, ne disent pas tout, doivent être dépassés. On ne dit jamais tout à fait ce qu'on voulait dire, et je suis même persuadée qu'il y a des malentendus qui peuvent durer toute une vie. D'autre part, un petit mot tout simple paraît ouvrir parfois des portes extraordinaires. Donc, du point de vue des relations humaines, je suis convaincue de cette insuffisance des mots. Du point de vue des écrivains, cela doit être vrai, mais beaucoup moins, et cela tient à l'art littéraire. Parce que l'art est de suggérer et qu'il ne faut pas tout dire. Il s'agit de dire ce qu'il y a autour – si je peux employer cette formule –, de façon à ce qu'un certain nombre de termes, de suggestions, fassent comprendre ce qui n'est pas dit.

A.G. — Dans l'une des nouvelles de *Laisse flotter les rubans*, vous prêtez à un personnage, une dame qui écrit, le propos suivant : *« J'écrirai des textes clairs et simples [...] et je regretterai de devoir être si claire et si simple. »* Cette réticence ne concernait donc pas la littérature ?

J. de R. — Non, pas du tout. Car les grands auteurs savent exprimer et suggérer ce qu'ils veulent, même sans dire les choses. Chacun a en mémoire telle ou telle citation, parfois réduite à un seul vers, où quelques mots suffisent à ouvrir un horizon.

A.G. — Et du côté de la littérature que vous aimez, qu'elle soit ancienne ou moderne, y a-t-il des auteurs qui vous aient particulièrement influencée dans vos ouvrages de fiction ?

J. de R. — Chose curieuse, il y a des œuvres qui représentent beaucoup pour moi, mais elles n'ont aucun rapport avec ce que j'ai voulu faire. Je n'ai pas de modèle littéraire, et mes admirations dans ce domaine n'ont pas joué : autrement, je n'aurais même pas osé écrire ! En réalité, quand je travaille à un roman ou à une nouvelle, c'est comme si je faisais un cours de plus : un cours en confidence, pour expliquer à un interlocuteur imaginaire comment c'est vraiment quand on réfléchit un peu sur la vie.

A.G. — Vous m'avez dit un jour que vous viviez au cinquième siècle avant notre ère : reste-t-il cependant une place pour le vingtième, et maintenant le vingt et unième siècle ? Avez-vous, malgré vos très nombreuses publications, réussi à trouver le temps de lire en dehors de votre domaine professionnel ?

J. de R. — Je travaille sur le cinquième siècle, j'ai été nourrie par les œuvres grecques, mais je lis, ou plutôt je lisais, aussi beaucoup. Si mes journées ont toujours été réservées au travail, mes soirées restent libres pour la lecture. Quand j'ai commencé à perdre la vue, j'ai été littéralement saisie à la pensée que j'allais perdre les textes et, ne sachant pas encore qu'il existait des enregistrements de livres sur cassettes, je me suis précipitée avec un appareil pour sauver un peu de Racine, en me disant que j'en garderais au moins quelques vers. C'est vous dire l'importance qu'a toujours eue pour moi la lecture. J'écoute souvent aussi un peu de Molière : comme vous le voyez, je n'ai pas des goûts littéraires très originaux, mais je suis véritablement suspendue à ces œuvres.

A.G. — Votre admiration pour Racine remonte, je crois, très loin, à votre classe de quatrième ?

J. de R. — Oui, et c'est encore une preuve de l'importance de l'enseignement. Racine est pour moi une perfection absolue, une merveille de poésie, d'analyse, de sobriété et de musicalité en même temps. Mais j'ai lu aussi pour me distraire, et là je pense aux auteurs humoristes, notamment anglais, et aux romans policiers.

A.G. — Et Giraudoux ?

J. de R. — Je l'ai toujours beaucoup apprécié. Racine, je l'avais étudié en classe ; Giraudoux, j'allais à la première représentation de ses pièces : c'était notre vie à ce moment-là !

A.G. — Pour la jeune helléniste que vous étiez, cela a dû être merveilleux de voir que cette littérature grecque que vous admiriez tant avait ainsi un prolongement moderne.

J. de R. — Oui, je goûtais son ironie si subtile et son extraordinaire grâce de style, qu'une œuvre délicieuse comme *Elpénor* illustre admirablement. Il est vrai que Racine et Giraudoux sont les deux meilleurs hellénistes parmi les écrivains français, mais on ne saurait bien sûr les mettre sur le même rang.

A.G. — Avez-vous rencontré Giraudoux ?

J. de R. — Oui ; il avait été camarade de promotion de mon père à l'École normale supérieure ; j'ai assisté à une conférence qu'il a faite rue d'Ulm, puis, quand il a été – fâcheusement d'ailleurs – ministre de l'Information, en 1940, j'ai été le voir et il m'a exposé tout ce qu'il voulait faire. Je l'ai donc approché à plusieurs reprises, mais je ne le connaissais pas personnellement. Cela dit, nous parlons de Giraudoux parce qu'effectivement, son œuvre a compté pour moi, mais ça ne veut pas dire cependant que je considère Giraudoux comme plus important que Proust !

A.G. — Je pense à celui qui fut l'interprète génial de Giraudoux, Louis Jouvet, parce que, dans la préface de votre livre sur Hector, on vous voit lui apporter un manuscrit. De quoi s'agissait-il ?

J. de R. — Je venais de la part de ma mère qui, non seulement écrivait pour le théâtre, mais était aussi l'assistante de Gémier, puis de Baty. Je ne me rappelle plus si le manuscrit était d'elle ou de quelqu'un d'autre, mais il en avait besoin et, comme elle avait la grippe ce jour-là, elle m'avait envoyée le lui porter. J'étais alors élève à la rue d'Ulm, et c'était l'époque où j'allais voir toutes les créations de Jouvet. J'ai encore sa voix et son accent dans l'oreille. C'était un acteur incomparable.

A.G. — Quels autres auteurs avez-vous admirés ?

J. de R. — Bien entendu, nous ne faisons ni un inventaire ni un palmarès, et je ne vous parlerai donc ni de Montaigne, ni de Chateaubriand, ni de bien d'autres que j'ai beaucoup lus. Tout au long de ma vie, j'ai éprouvé des enthousiasmes successifs pour des auteurs contemporains, dont je découvrais un livre qui venait de paraître, et dont j'entreprenais alors de lire tout ce qu'ils avaient publié. Il y a eu ainsi plusieurs années Buzzati, auteur qui est maintenant critiqué, mais que j'aimais beaucoup. Dès ses débuts, j'ai énormément apprécié l'œuvre de Nathalie Sarraute. J'ai été ainsi marquée par toute une suite d'admirations. Cela a commencé tôt et n'a jamais cessé. Je me souviens encore, parce qu'une photographie m'en apporte le témoignage, comment, avec une amie de lycée, nous découvrions ensemble les livres de François Mauriac : nous avions même coupé un volume en deux, pour pouvoir le lire en même temps ! Mais nous étions très sérieuses ; car, lorsque la même amie fut retenue un certain temps loin de Paris, je me souviens que nous lisions toutes deux, parallèlement, le *Port-Royal* de Sainte-Beuve et échangions régulièrement de doctes missives où nous décrivions les impressions produites par cette lecture. Ces lectures sérieuses n'ont fait que s'amplifier lorsque j'ai été élève dans les classes de préparation, puis à l'École normale. Un professeur, Albert Bayet, nous ayant fait une liste de toutes les grandes œuvres de la littérature française qu'il ne fallait pas ignorer, je me suis empressée, moi, la bonne élève, de tout lire ! Mais, parallèlement, je découvrais les écrivains qui avaient formé mon temps avec Proust et Giraudoux, dont nous parlions tout à l'heure, et bien d'autres. Plus tard, j'ai eu pour ami un collègue étranger qui venait régulièrement à Paris et m'apportait chaque fois des romans anglais, dans le texte, naturellement, et la littérature anglaise a toujours été pour moi source de sympathie et de joie. Je connaissais déjà les grands romans classiques. Je m'étais passionnée pour Virginia Woolf, au point d'écrire, à l'occasion, sur son œuvre. Mais il m'apportait bien d'autres livres, et je pense être une des rares personnes à Paris à posséder dans ma bibliothèque les œuvres complètes de Trollope, dont j'ai lu chaque ligne. Et cela n'empêchait pas la lecture d'ouvrages également anglais, mais plus modernes et plus légers. J'ai, par exemple, beaucoup aimé les livres de Gerald Durrell, le frère de l'écrivain célèbre et le grand spécialiste des animaux. Ses ouvrages m'enchantaient de leur humour et de leur présence concrète. J'aimais aussi les humoristes, comme Wodehouse, dont je crois bien avoir également lu chaque ligne. Oui, ces découvertes successives ont fait ma joie et me tiennent encore bien souvent compagnie. Et cela a continué. Il y avait eu à un moment une période Marivaux, au point que certains ont cru que j'allais me spécialiser dans l'étude non pas de Thucydide, mais de Marivaux ! Il y a eu, beaucoup plus tard, une année Nabokov. La rencontre d'un ami mieux informé que moi m'a amenée à lire (en traduction, cette fois) les livres si pleins de sève qui nous viennent d'Amérique du Sud. Et je me prépare en ce moment à des mois qui, je le sais, seront dominés par l'œuvre d'un de nos plus récents collègues. On voit la variété : certains textes m'enchantaient parce qu'ils m'étaient proches, d'autres parce qu'ils ne l'étaient pas. Mais, au total, il me semble vraiment que tout ce que j'ai vécu et ressenti a été coloré et enrichi par ce qu'avait déposé en moi la littérature. C'était une impression, une image, ou bien, quelquefois même, une atmosphère en général, une façon d'approcher les choses dont, tout à coup, je reconnaissais l'effet en moi-même. Tout cela, je le porte en moi.

A.G. — Et la musique ? Compte-t-elle pour vous ?

J. de R. — Oui, mais curieusement, alors qu'elle aurait dû prendre une plus grande place dans ma vie depuis que j'ai perdu la vue, c'est le contraire qui s'est produit. Étant jeune, j'avais fait de la musique, comme toutes les jeunes filles alors ; par la suite, sans pratiquer moi-même, j'écoutais beaucoup de musique. Aujourd'hui, j'ai beau avoir tous les disques et cassettes des morceaux que je préfère, je les écoute bien plus rarement. Peut-être est-ce la privation de la lecture, à cause de ma cécité, qui me fait préférer l'écoute de textes enregistrés ? Je voudrais ici nommer en passant le chef d'orchestre Charles Munch. C'était un grand ami de ma mère, et il venait souvent travailler à la maison, dans un temps où j'étais encore étudiante. J'allais à toutes ses répétitions et à tous ses concerts. C'était un homme qui irradiait véritablement la musique : elle était présente dans le moindre de ses gestes, dans toutes ses paroles. J'ai une série de photographies prises de lui pendant une répétition d'orchestre, et il y en a une, en particulier, qui est pour moi l'image même de l'explication de texte. Car par son expression même, il rend la musique transparente et la fait aimer. C'est une influence qui a énormément compté pour moi, même si la musique qu'il aimait diriger – Berlioz notamment – n'est pas celle à laquelle je suis le plus sensible, car j'apprécie surtout la musique baroque et Haendel. Pour moi, il a été, je dirais, comme un grand intermédiaire vers le monde de l'art.

A.G. — Nous venons de parler de livres et d'écrivains. Aujourd'hui, vous êtes membre de l'institution littéraire la plus prestigieuse de France et sans doute du monde. Que vous a apporté l'Académie française, et qu'y faites-vous ?

J. de R. — Quand j'y suis entrée, je pensais que cela me donnerait un peu plus d'autorité pour défendre le grec. Sans être, je l'avoue, insensible à l'aspect flatteur de cette élection, j'espérais qu'elle serait utile. Finalement, l'Académie m'a apporté aussi bien autre chose. D'abord, j'apprécie énormément le travail sur la langue française que nous faisons en préparant notre Dictionnaire. Nous nous réunissons le jeudi matin pour réfléchir aux mots, à leur étymologie, aux évolutions de sens qu'ils connaissent, à leurs différents emplois. Nous discutons, chacun présente ses arguments, ses réflexions : je trouve cela follement intéressant et c'est assurément un des plus jolis jeux sérieux auxquels on puisse jouer ! Je ne sais pas si notre Dictionnaire est utile, mais je trouve ces discussions merveilleuses, et je suis désolée quand je les manque, ce qui arrive, hélas, de plus en plus souvent à cause de mon état de santé.

A.G. — C'est finalement pour vous un travail de philologue et un retour aux sources.

J. de R. — Oui, c'est vrai ! Pour dire la vérité, il est peu question de grec, hormis quand les mots français y prennent leur étymologie. En fait, comme nous ne travaillons pas sur des textes qui ont un sens, mais sur des mots isolés, je dirais plutôt que c'est un travail sur la langue : mais c'est très amusant ! Ce que j'apprécie également dans ces réunions de l'Académie, c'est qu'elles sont très amicales. Bien sûr, nous sommes loin d'être toujours d'accord les uns avec les autres – surtout en cas d'élection ! –, mais il y règne une atmosphère vraiment chaleureuse.

A.G. — Un cénacle d'amitié ?

J. de R. — Oui, sûrement ; d'affection même. Arrivée comme je le suis à la fin de ma vie, alors que travailler seule devient pour moi vraiment difficile, je suis très contente de faire partie de ce cénacle. J'y suis maintenant depuis une dizaine d'années, et il y a entre nous une vraie solidarité. Et puis, c'est très gai, j'oserais même dire très jeune, car on y a l'esprit libre, n'étant plus candidat à rien ! Et il n'est pas incohérent, quand on a tant aimé la littérature, de finir parmi des écrivains.

Répondre à des questions comme celles que m'a posées Alexandre Grandazzi au cours de ces entretiens, invite à se poser soi-même des questions sur ce que l'on a fait, ou voulu faire, et sur ce que l'on a été. C'est ainsi que ce chapitre me fait mesurer à quel point le goût de la littérature a été dominant dans l'ensemble de ma vie. Je me rappelle une discussion avec un confrère de l'Académie des Inscriptions et Belles-Lettres, qui est, à cet égard, révélatrice. Ce confrère était un historien et, à ses yeux, toute la masse des textes littéraires comptait surtout comme une source et un témoignage de plus pour comprendre des réalités du passé. Pour moi, au contraire, toutes les recherches possibles sur les conditions de vie, la société, l'alimentation, la guerre ou autres thèmes de ce genre, ne servaient qu'à me faire mieux saisir dans leur force et leur originalité ces textes, qui, eux, me parlaient encore directement. Il fut choqué et surpris ; mais c'était vrai.

J'ai ainsi défendu les textes grecs. J'ai avant tout voulu saisir ce qu'ils nous apportaient, ce qu'ils signifiaient pour nous ; tout ce que je pouvais savoir, sur les données de l'époque, comptait moins que ce trésor tout proche et compréhensible. J'ai insisté sur cet aspect, tentant de dégager les thèmes et les idées nouvelles, tentant de montrer les valeurs qui, à travers les textes, s'inscrivaient dans la pensée des jeunes. J'y crois encore, et fermement. Mais je crois aussi qu'il y a beaucoup plus. Ces textes sont en effet, pour nous, un prolongement de la vie. Ils nous permettent d'être Périclès ou Antigone, ou Ulysse et Pénélope ; ils nous permettent de vivre et de ressentir toutes ces émotions diverses, de personnes diverses. Ils nous permettent aussi de percevoir, dans sa réalité toute proche, un monde concret que nous n'avons jamais vu ou que nous n'avons pas su regarder. Même dans le noir et les yeux fermés, nous pouvons ajouter à notre propre expérience tout un monde d'émotions, de beauté, de tragique, de drôlerie : tout ce que des hommes ont ressenti et su exprimer à travers les âges. Quelle merveille ! Tout est présent, à notre portée, et nous-mêmes, nous nous élargissons de toutes ces expériences innombrables qui nous sont offertes.

Et puis on se rend compte que, peu à peu, tout cela est entré en nous, nous a modifié et demeure quelque part, caché et oublié, mais pourtant présent. C'est ainsi que, si l'on parle devant moi de la nécessité d'aller voter, j'éprouve vaguement le sentiment de reconnaître une vieille connaissance ; j'ai entendu tenir de tels propos plusieurs fois au cours de ma vie, mais, parce que je l'ai entendu dans l'histoire, dans les textes, parce que je sais qu'il y avait une corde rouge pour pousser les anciens Athéniens à fréquenter l'Assemblée, parce que je sais *combien Démosthène insistait sur cette nécessité de remplir ses devoirs de citoyen, malgré moi, inconsciemment, la remarque entendue dans le présent se charge d'une valeur accrue. Et ce n'est pas seulement le cas pour les idées dont je me suis occupée. L'autre jour, je faisais une promenade dans le parc de Bagatelle, et les premières jonquilles étaient déjà ouvertes au bord des chemins, dans les pelouses. J'avais l'impression de renaître avec le printemps, et j'aspirais ce printemps comme un cadeau inespéré. Mais, en même temps, je suis sûre que le fait d'avoir lu, dans les semaines qui précédaient, le* Journal *de Katherine Mansfield, où elle salue à un moment les premières jonquilles, ajoutait une dimension, une profondeur à mon plaisir. Je pense même que, plus profondément, plus loin, le fait d'être dans ce jardin me rappelait doucement le livre que j'avais lu d'Orsenna, sur* Le Nôtre *et sur la façon de dessiner ces parcs de la grande époque. Et peut-être, très loin, plus au fond, y avait-il le souvenir imprécis du merveilleux chant dans lequel Sophocle célèbre les beautés de la nature en* Attique*, avec son évocation du narcisse qui sert de couronne aux grandes déesses et du safran aux reflets d'or. Que l'on se rassure, je ne me promène pas comme un dictionnaire de citations, tout cela reste inconscient, mais n'en n'est pas moins présent et donne à mon sentiment naïf et sincère une résonance plus profonde.*

Oui, les textes, tous les textes dont j'ai parlé, n'ont cessé de m'aider à vivre.

Il est bien sûr que, dans le trésor de la littérature, nous allons tantôt d'un côté, tantôt de l'autre ; on parle de goût : il ne s'agit peut-être pas de goût, mais d'une nourriture dont nous avons besoin pour compléter et enrichir notre personnalité ou notre travail. Il est parfaitement vrai que, quand je travaillais sur Thucydide, j'essayais de me renforcer l'esprit, de me rendre capable de cette hauteur et de cette densité, et je me souviens qu'à ce moment-là, j'aimais passionnément Virginia Woolf, et je me disais que je ne devais pas en abuser, car elle me tirait un peu trop dans le sens du féminin et du fugitif. On pourrait dire que j'avais peur de Virginia Woolf! Et maintenant que je me suis, sans doute, raidi un peu l'esprit à raisonner sur des textes souvent politiques, sérieux, remplis d'analyses, je remarque une évolution. C'est vrai que je me suis intéressée de plus en plus à Homère, que, de plus en plus, les héros avec leurs passions, ou les évocations de la vie concrète, m'ont retenue et charmée, comme si c'était une compensation à mes efforts précédents. Et je vois qu'à présent, cherchant en vain à lire les livres, et réduite aux cassettes, je bondis de joie lorsque ces dernières m'apportent la nourriture dont j'ai besoin, c'est-à-dire des nouvelles de Katherine Mansfield ou de Nabokov, où la fragilité du monde se peint en des notations concrètes et fugitives. Et c'est ainsi que, cédant à la tentation d'écrire quelque chose moi-même, je suis passée, sans doute à tort, des œuvres d'érudition aux essais de psychologie où règne l'imaginaire. Même en littérature, on va vers ceux dont on sent le besoin, et l'on essaie de rétablir un équilibre : les animaux eux-mêmes savent bien quand ils doivent changer d'aliment.

Mais laissons là mes expériences et mes hésitations : ce qui compte est l'émerveillement, qui n'a jamais cessé, devant cette possibilité qu'a l'homme, par des mots, de communiquer une expérience, une impression, des sentiments, de dire, de témoigner et de venir ainsi enrichir indéfiniment notre vie. Je défends la littérature grecque, mais je ne cesserai jamais une minute de dire merci à la littérature, qui m'a si généreusement aidée à vivre, et à vivre mieux.

Jacqueline de Romilly

CHAPITRE SEPTIÈME

LE COMBAT POUR L'HUMANISME

ALEXANDRE GRANDAZZI. – Nous avons évoqué, au cours des conversations précédentes, les grands sujets qui ont occupé votre vie d'helléniste et sur lesquels vous n'avez cessé de réfléchir et d'écrire. Mais cette littérature grecque, ces idées inventées et développées par les Grecs de l'Antiquité, vous ne les avez pas seulement étudiées par tant de livres et d'articles d'érudition, vous avez voulu aussi qu'elles soient, le plus possible, présentes et vivantes dans l'enseignement, à tous ses niveaux, ainsi que dans la culture de nos contemporains. Depuis vos livres sur votre expérience de professeur, vous êtes devenue, peut-être un peu malgré vous, une sorte de porte-parole, d'égérie et, si je puis dire, de pasionaria de la culture grecque ! C'est un rôle qui, comme j'ai pu le constater en préparant avec vous ces entretiens, vous prend énormément de temps et d'énergie ; mais on peut se demander si, dans ce combat pour le grec, vous n'êtes pas attachée, je dirais presque, accrochée, à un passé qui, de toute façon, ne peut plus revenir. Comme on dit dans le journal, nous sommes maintenant au troisième millénaire : est-ce que tout ne doit pas évoluer ? Faut-il vraiment que la formation des jeunes Français, des jeunes Européens des années 2003 et suivantes soit la même que celle qui était dispensée à leurs lointains prédécesseurs vers 1930 ? Vous mettez en avant, et nous l'avons vu dans notre premier entretien, la valeur formatrice du grec pour l'enseignement et pour l'éducation : est-ce à dire que d'autres disciplines, plus modernes, n'auraient pas la même valeur formatrice et intellectuelle ? Je sais que mes questions sont sans doute un peu provocatrices, mais je crois qu'en y répondant, vous répondriez aux interrogations et aux perplexités de beaucoup

JACQUELINE DE ROMILLY. – Ce n'est pas seulement qu'elles soient provocatrices, c'est qu'elles couvrent un champ terriblement étendu ! Si vous me permettez de partir, très modestement, des faits, je reviendrai d'abord sur l'expression que vous avez employée en disant que j'avais assumé ce rôle de – disons – porte-parole, peut-être contre mon gré : je voudrais préciser que j'aurais souhaité – et comment ! – n'avoir pas besoin de prendre sans cesse la défense du grec, parce qu'on aurait continué à en faire et qu'il n'aurait pas eu besoin d'être défendu. Mais je l'ai fait volontiers étant donné la situation, car je crois vraiment qu'il s'agit d'une cause juste, bonne et essentielle pour la formation des jeunes. Dans mes recherches d'helléniste, j'ai fait ce que j'ai pu, mais dans le domaine de l'éducation, je suis certaine de faire œuvre utile.

A.G. — Pourquoi en sommes-nous arrivés là ?

J. de R. — On a assisté à une véritable crise et, d'année en année, en raison d'un matérialisme aveugle, et d'un élargissement mal préparé de l'enseignement, on a diminué la place des langues anciennes au point de les rendre, notamment pour ce qui est du grec, presque absentes. Dans beaucoup d'établissements, on a supprimé les classes de grec et, quand elles subsistent, il est devenu impossible d'apprendre à la fois le grec et le latin. Or les avantages de l'étude de ces deux langues anciennes, si réels soient-ils, et nous en avions parlé, ne sont pas tous évidents ni immédiats, et ce devrait être le rôle de l'enseignement et du système scolaire d'éclairer et d'encourager les élèves dans cette voie. Nous reviendrons peut-être sur les détails de ce combat que j'ai mené, d'abord par des livres généraux sur l'enseignement, puis par une action pratique qui me prend effectivement à présent une grande partie de mon temps ; mais dès maintenant, je voudrais dire que je me rends compte, et de plus en plus, que cette crise n'est pas seulement celle du grec : le latin, vous le savez bien, connaît lui aussi de graves difficultés alors qu'apparemment il est beaucoup plus implanté dans notre langue et notre culture, et voici que la langue française elle-même subit des atteintes incroyables ; il est établi qu'une part notable des enfants entrent aujourd'hui en sixième sans maîtriser vraiment ni la lecture ni l'usage du français, et que, au cours de leur scolarité, ils ignorent de plus en plus les grands textes de notre littérature. Ce combat pour le grec n'est donc pas que pour le grec : c'est une affaire de longue haleine et de grande portée, et j'y crois profondément, de tout mon cœur. Alors vous me dites, et c'est l'objection préliminaire – nous entrerons peut-être dans les détails après –, que faire du grec n'aurait plus de sens à notre époque. Permettez-moi de vous contredire et d'insister : du point de vue de la langue, il est certain que plus personne ne parle le grec ancien ; du point de vue de la littérature et des auteurs, il est certain qu'on n'a pas cessé d'évoluer et qu'il existe une masse de littérature plus ou moins moderne et étrangère, dont on peut penser qu'elle tient à présent dans la culture la place que tenait hier la littérature antique. Pourquoi, dans ces conditions, serait-il nécessaire de revenir en arrière ? Or, à mon avis, il ne s'agit pas du tout de cela : je ne demande pas, personne au monde ne demande qu'on rétablisse ni la façon de vivre des Grecs de l'Antiquité, ni leur société, ni leur religion, ni quoi que ce soit d'autre ! Et même la lecture des textes n'est pas seulement un retour au passé. Il s'agit de retrouver un élan, qui puisse expliquer et faciliter la compréhension de notre monde actuel. Et c'est là qu'est le paradoxe : car c'est ainsi que nous pourrons mieux vivre notre présent, le renouveler, l'appréhender plus clairement et plus sereinement. Nous avons parlé, dans ces entretiens, de l'histoire, de la démocratie, de la tragédie et du sort de l'homme : ce sont là des questions ouvertes, et qui sont encore les nôtres. Si les textes grecs ont plus d'importance – ou au moins autant d'importance – que d'autres qui leur sont postérieurs, c'est précisément qu'ils sont les premiers, qu'ils sont encore, si j'ose dire, propres, clairs, avec la merveilleuse simplicité qui les caractérise, et valables pour aujourd'hui. La démocratie a pris bien des formes depuis Athènes, mais dans nos textes, on la voit naître, on en discerne nettement les principes, on en retrouve l'élan initial. C'est pour toutes ces raisons, et bien d'autres encore, qu'il vaut la peine de se battre pour le grec !

A.G. — Il serait sans doute très satisfaisant que tous les jeunes de notre pays – et pas seulement eux, mais aussi tous ceux qui le souhaitent – découvrent et apprennent le grec ancien. Mais nous sommes à l'heure de la mondialisation et à celle de l'Europe : nos élèves doivent apprendre au moins deux langues étrangères, sans compter toutes les disciplines neuves de la modernité ! Au total, les élèves actuels ont sur leurs épaules un fardeau peut-être démesuré : l'anglais, une autre langue étrangère, le français, sans oublier, bien sûr, les disciplines scientifiques ; et à tout cela, il faudrait donc ajouter le grec et le latin. N'y a-t-il pas un risque, avec les meilleures intentions du monde, d'accabler la jeunesse des écoles sous un bagage peut-être un peu trop lourd ?

J. de R. — Pour dire la vérité, elle n'a pas l'air écrasée de savoir à l'heure actuelle ! D'horaires et de tâches diverses, oui, mais pas de savoir ! Je crois en réalité qu'on n'a pas accordé assez d'attention aux programmes et à la pédagogie : à mon avis, on fait perdre un temps énorme aux élèves, on ne leur apprend pas assez à distinguer l'essentiel de l'accessoire, de telle sorte que tout devient un effort pour eux. Je pense qu'on pourrait alléger considérablement, non pas les programmes, mais l'esprit même dans lequel ils sont appliqués, en se concentrant sur ce qui est fondamental. Je ne crois pas qu'il soit nécessaire de leur faire mener d'interminables débats sur le sort d'un monde dont ils ignorent tout. Vous parlez de la nécessité d'apprendre les langues étrangères, j'en suis entièrement d'accord, mais il y a, de ce point de vue, un fait qui mérite d'être souligné : c'est que cela est beaucoup plus facile lorsqu'on apprend à faire attention au fonctionnement des mots et des phrases, et que l'on découvre de plus ce qui est resté vivant dans bien des langues modernes. Vous êtes latiniste : je pense que si on a fait un peu de latin, l'apprentissage de langues telles que l'italien ou l'espagnol sera singulièrement facilité. Quant au grec, il est présent dans beaucoup plus de langues modernes qu'on ne le croit. Le grec et le latin sont certes des langues difficiles, à la fois différentes et proches de la nôtre : mais si on fait l'effort de s'y intéresser, même sans aller très loin, on apprendra ensuite bien plus aisément n'importe quelle autre langue. Permettez-moi de citer mon propre exemple : j'appartiens à un temps où l'on apprenait modestement une seule langue vivante en plus des études classiques. Cela ne m'a pas empêchée de publier quatre livres aux États-Unis, que j'ai écrits directement en anglais, sans même qu'ils soient relus. Je ne vous dis pas que ce sont des chefs-d'œuvre de la littérature américaine, mais ils ont eu des lecteurs et leur rédaction ne m'a posé aucun problème ; j'ai d'ailleurs enseigné souvent en anglais ; d'autre part, j'ai toujours exigé des étudiants qui travaillaient avec moi qu'ils sachent au moins lire, en plus de l'anglais, l'allemand, qui était et reste indispensable pour des recherches sur l'Antiquité. Je crois vraiment que l'apprentissage des langues vivantes s'accorde parfaitement avec une culture classique. Et, très franchement, je trouve un peu risible le discours de ces pédagogues qui ne cessent de parler de la nécessité d'apprendre le plus possible de langues étrangères, auxquelles ils ajoutent parfois des langues régionales, alors que nous ne savons presque plus le français, et que le vocabulaire de beaucoup de nos jeunes se limite à quelques centaines de mots ! Il me semble que le bon ordre serait de commencer par savoir bien le français, en s'aidant, si les circonstances s'y prêtent, du latin et du grec, et d'acquérir ensuite, et alors très facilement, les autres langues. Encore une fois, il faudrait se concentrer sur l'essentiel, car, comme dit le proverbe, qui trop embrasse mal étreint.

A.G. — Peut-on d'ailleurs déterminer *a priori* ce qui conviendrait à chacun ? Selon les niveaux ou les spécialités choisies, il me semble que les choses peuvent être différentes.

J. de R. — Naturellement : je ne veux pas prendre parti ici dans des questions de programmes, ni même d'horaires ; je m'en tiens aux grands principes qui, à mon avis, devraient inspirer ceux qui prennent les décisions concrètes. Je voudrais rappeler que, de toute façon, il ne s'agit pas de vouloir imposer le grec et le latin, au détriment du reste, à tout le monde.

A.G. — Pourtant, on a souvent accusé les défenseurs du grec et du latin d'avoir des ambitions impérialistes pour leurs disciplines.

J. de R. — C'est ridicule ! Ces accusations ne peuvent venir que de gens ignorant tout de la situation actuelle et se référant à un passé maintenant complètement révolu. L'impérialisme, c'est du côté d'autres disciplines qu'il faut le chercher ! Ce que nous voulons, c'est faire refleurir ce qui reste de l'enseignement du latin et du grec, mais aussi le développer de manière à ce que tous ceux qui veulent en faire le puissent, ce qui n'est, hélas, plus le cas.

A.G. — Vous semblez mettre sur le même plan, s'agissant de l'enseignement, le latin et le grec. Mais le latin n'a-t-il pas un rapport particulier, et plus proche, avec le français que le grec ? Du point de vue linguistique, on peut en effet définir le français comme du latin continué. Bref, s'il s'agit de défendre les langues anciennes pour leur utilité vis-à-vis de l'apprentissage du français, le latin n'est-il pas plus utile que le grec ? Faut-il souhaiter que le grec occupe la même place que le latin ?

J. de R. — J'ai souvent été confrontée à cette objection, qui, si on n'y prend pas garde, pourrait mener à une division, je dirais, pathétique et, au reste, on ne peut plus déraisonnable. Car, s'il est vrai qu'on doit faire du latin pour mieux comprendre le français, que ce soit pour la langue elle-même ou pour les textes, il n'en est pas moins vrai que, de ces deux points de vue, on est obligé de faire du grec pour mieux comprendre le latin ; il y a une espèce de continuité de l'un à l'autre.

A.G. — Certes, mais avec ce principe, le grec et le

latin ayant tous deux la même origine linguistique, il faudrait recommander de même l'apprentissage de l'indo-européen !

J. de R. — Cela n'a rien à voir : l'indo-européen est une restitution, une hypothèse, scientifique et nécessaire, mais une hypothèse ; on reconstitue des mots et des racines, en nombre restreint. Surtout, il n'y a pas de littérature indo-européenne.

A.G. — En tout cas, il n'est pas contestable que le vocabulaire français soit, dans une proportion écrasante, un vocabulaire latin.

J. de R. — Cela est vrai, mais je tiens à rappeler, entre parenthèses, que cette question des langues n'est pas la seule en cause. On n'étudie pas le latin et le grec à cause de leur influence sur la langue française, mais à cause des textes écrits en latin et en grec. Cela dit, on oublie trop souvent que le grec intervient à différents niveaux et à différentes dates dans l'histoire du latin et, partant, du français. D'abord, indiscutablement, le latin a beaucoup emprunté au grec, que ce soit des mots ou des racines. Non seulement ces deux langues avaient, comme vous venez de le rappeler, la même origine, mais le grec ne cessait de fournir des mots au latin, à tel point qu'on pourrait dire que le latin est bien souvent du grec transcrit ou adapté ; je pense par exemple à tout ce qui touche aux idées politiques, au classement des divers types de régimes. Plus généralement, ce ne sont pas seulement les mots, c'est la culture grecque dans son ensemble qui a été adoptée par les Romains :

Cicéron s'inspire d'Isocrate, Virgile d'Homère et les tragédies de Sénèque, de celles d'Euripide. D'ailleurs, à l'époque classique, entre Romains cultivés, on se parlait très souvent en grec. Il y a eu ensuite une seconde étape, concernant ces mots que les dictionnaires décrivent comme « issus du bas latin, empruntés au grec », c'est le moment où le latin a eu besoin de termes précis et techniques, dont aujourd'hui le sens ne nous apparaît vraiment dans sa transparence que lorsqu'on se réfère au grec d'où ils viennent. Enfin, la troisième phase se place à l'époque moderne, à partir du dix-huitième siècle, et elle a une très grande importance de nos jours : les sciences – pensons par exemple à la médecine et à la biologie – et les techniques ont recours, quand elles ont besoin d'un mot nouveau, aux racines grecques. Une des causes en est, sans doute, l'extraordinaire souplesse avec laquelle le grec permet de former des mots composés.

A.G. — Aujourd'hui, les sciences font beaucoup appel à l'anglais.

J. de R. — C'est vrai, mais l'anglais lui-même a souvent recouru au grec dans ces domaines.

A.G. — Vous pensez donc qu'il n'est pas possible de faire du latin sans faire du grec, et inversement ?

J. de R. — Je ne dis pas cela, et, bien sûr, il vaut mieux apprendre l'une de ces deux langues, seule, plutôt qu'aucune. On ne peut pas vouloir que des enfants fatigués, ou peu intéressés, ou peu doués, multiplient les options. Mais, intellectuellement, je ne serai jamais portée à séparer le latin et le grec, et je suis sûre que, si on le fait, ce sera simplement amener ces jeunes, un peu plus tard, à réparer, à faire la soudure, à compléter ce dont on les aura privés. C'est pourquoi, parlant du français, du latin et du grec, j'aime à employer l'expression de « triade sacrée ».

A.G. — Puisque nous évoquons le latin, je pense à une question que je veux vous poser depuis longtemps : quel est votre jugement d'helléniste sur le phénomène Rome ? Que pensez-vous de la culture et de la littérature latines ?

J. de R. — Puisque j'ai insisté sur la valeur des textes, je dirais que, pour moi, le phénomène Rome, c'est d'avoir permis leur diffusion universelle. La connaissance du grec n'est qu'un moyen pour arriver à celle des auteurs et des œuvres d'une littérature qui est le point de départ, unique, de toutes les littératures. À cet égard, les Romains ont eu l'extraordinaire mérite de découvrir, de reconnaître cette littérature et de s'en servir, et le phénomène Rome, pour moi, c'est d'avoir fondu tout cela dans une culture, en partie nouvelle et recréée, certes, mais nourrie de ces œuvres grecques, et de l'avoir répandue dans toute l'Europe. Les Grecs eux-mêmes avaient su répandre leur culture en Orient, où on a beaucoup parlé et écrit en grec. Mais ce sont les Romains qui ont assuré la diffusion de cette culture, devenue grâce à eux gréco-romaine, dans toutes les parties de l'Europe. Je dois ajouter d'ailleurs que, pour ce qui est de la littérature française, les œuvres grecques n'ont souvent été connues qu'après être passées d'abord par l'intermédiaire des œuvres latines qu'elles avaient inspirées. Les auteurs français ont été plus facilement influencés par Virgile ou par Ovide que par Homère ou Euripide, et ne sont remontés qu'après, ou indirectement, aux œuvres sources, aux œuvres grecques. Là encore, les deux littératures, la grecque et la latine, paraissent indissociables et indispensables.

A.G. — En somme, le latin serait comme le petit télégraphiste du grec ?

J. de R. — « Télégraphiste » est un anachronisme, et « petit » ne saurait se dire de rien de ce qui concerne Rome !

A.G. — Certes ! Mais revenons à l'enseignement : ne croyez-vous pas qu'on a un peu tendance à idéaliser la manière dont on apprenait autrefois les langues anciennes ? Je pense que, au moins jusqu'à la terminale, l'accès aux textes restait assez modeste : on faisait de la grammaire, ce qui n'était d'ailleurs pas inutile, plus que de la littérature.

J. de R. — Il faudrait préciser l'époque à laquelle vous vous référez, car la situation n'a pas arrêté d'évoluer. Même si vous avez raison, ce dont je ne suis pas sûre, je voudrais formuler deux remarques. La première, c'est qu'hormis le cas d'une pédagogie détestable – qui se rencontre parfois, je l'admets –, s'il s'agit d'essayer de traduire un texte grec ou latin, l'œuvre est toujours là, sous les yeux de l'élève qui la lit, et des phrases, même les plus simples, peuvent alors le toucher et l'émouvoir. Cette possibilité existe ! À vrai dire, je ne crois pas qu'on puisse vraiment séparer ce qui est du domaine de la grammaire et de la langue, et ce qui a rapport au sens du texte. Lorsqu'un élève fait un contresens, on est amené à lui préciser en quoi son interprétation n'était pas raisonnable, et à lui expliquer ce qu'a voulu dire l'auteur.

Mais il y a autre chose, et ma seconde remarque sera d'une portée plus générale. C'est qu'il s'agit d'un mal qui ne concerne pas uniquement le grec et le latin, car, en réalité, on ne sait et on ne veut plus mettre vraiment les jeunes en contact avec la richesse des grands textes. Sous prétexte de les aider, on a développé une espèce de pédagogie toute faite qui multiplie les écrans, les obstacles entre eux et les œuvres. On leur apprend à appliquer mécaniquement des grilles d'analyse, au lieu de lire véritablement ces textes, de les comprendre et de les aimer. Il y a une présence de l'œuvre – je parle des très grandes œuvres naturellement, des chefs-d'œuvre – qui est aujourd'hui comme niée, effacée, ignorée, et c'est très grave. Personnellement, à chaque fois que j'avais, avec mes élèves, traduit et expliqué un passage, je terminais le cours en le faisant relire une fois, sans commentaire, et en grec.

A.G. — Est-ce que le but, premier et ultime, que doit se fixer tout professeur de lettres ne peut pas se résumer dans cette simple formule : apprendre à lire ?

J. de R. — Oui, sans aucun doute. Le but n'est pas tant de faire comprendre aux élèves en quoi la société grecque différait de la nôtre: il est de leur faire connaître les œuvres, pour qu'ils les lisent enfin, et avec attention. La merveille de ces textes ne tient pas seulement dans leur contenu et leur forme, si j'ose distinguer ces deux notions qu'on ne distingue plus, mais dans le fait que, parce qu'ils sont loin de nous, et conservés à la suite d'un choix et d'une attention de plusieurs générations, ils sont lus lentement et attentivement, mot après mot; ils exigent un effort de compréhension, et, ainsi, ils nous apprennent à lire. Vous voyez donc que l'enseignement du grec, ce n'est pas, ou ce ne devrait pas être, la langue sans la littérature; ce devrait être, grâce à l'attention portée à la langue, une initiation à l'attention envers la littérature.

A.G. — On ne peut s'empêcher de se demander pourquoi on en est arrivé là, et pourquoi les langues anciennes se trouvent aujourd'hui reléguées dans une espèce de ghetto, alors que tant d'arguments militent en leur faveur. C'est d'autant plus grave que cette culture classique est comme un socle qui, en se retirant, provoque l'affaissement de ce qui reposait, au moins en partie, sur lui : je veux dire la connaissance de la littérature française, et, à certains égards, celle de la philosophie et de l'histoire.

J. de R. — C'est possible, mais je ne vois pas tout à fait les choses comme vous, malgré mon zèle frénétique pour défendre ce socle, comme vous dites. Je crois qu'on s'est peu à peu détourné de tout ce qui était littéraire, sans vraiment s'en apercevoir; on a commencé par les parties qui étaient les plus fragiles – le latin et le grec – et dont, en apparence, on pouvait se passer.

A.G. — N'est-ce pas là l'effet de la course généralisée au profit, qui caractérise notre temps, l'influence de ce que Philippe Sollers appelle le Marché ? Tout se passe comme si on voulait inculquer d'autres références et d'autres modèles aux jeunes esprits : non plus Ulysse, mais Mickey, non plus Hercule, mais Obélix ou Superman ! Je veux dire par là que, par rapport à ce qui remplissait la tête d'un jeune Européen au milieu du siècle dernier, on a tout un ensemble de stéréotypes véhiculés par les médias et les industries qui leur sont liées, motifs dont l'accumulation et la répétition obsédante, par le biais d'une infinité de supports, finissent par former presque une manière de contre-éducation. N'assiste-t-on pas à la marginalisation, peut-être même à l'élimination, par le Marché, de la culture classique, voire de la culture dans son acception la plus large, parce qu'elle est considérée comme peut utile et non rentable ?

J. de R. — Vous allez sans doute un peu trop loin et, après tout, les « héros » modernes dont vous parlez ne sont pas très récents puisqu'ils existaient déjà, pour la plupart, au milieu du siècle dernier ! Mais la façon dont vous posez votre question suggère à juste titre l'existence de diverses causes. Ce que vous évoquez, c'est le matérialisme, et j'ai moi-même employé le terme ; je ne crois pas cependant qu'il faille uniquement entendre par là une course au profit, ce qui serait un peu, vous en conviendrez, une caricature. Le mot peut avoir plusieurs significations : sans parler de doctrines politiques, il se rattache d'une certaine manière à l'admirable éclosion du progrès scientifique, qui exerce à tous égards une fascination légitime. Mais, à l'autre extrémité de la chaîne, il désigne les intérêts pratiques de chacun ; dans une période de difficultés économiques et sociales, et avec le fort chômage que connaît notre société, il y a eu et il y a encore le désir, tout à fait légitime, de faire des études qui apportent directement des débouchés. Or les études classiques et la formation aux langues anciennes ne rapportent rien de façon directe. C'est là qu'est la difficulté et, en même temps, l'explication de la situation actuelle : parce qu'on ne réfléchit pas assez à ce qu'est l'éducation, on ne se rend pas compte que le détour – faire du grec et du latin – est formateur, et que, même pour l'exercice futur d'une profession et pour la réussite d'une carrière, le fait d'apprendre bien sa langue, de savoir s'exprimer, d'avoir à sa disposition des modèles d'idées et de raisonnements, constitue une force et un atout considérables. Mais c'est indirect, cela ne se voit pas, du moins dans l'immédiat, et nous sommes à une époque où l'on veut voir et toucher.

A.G. — Ce matérialisme est-il la seule cause du déclin de la culture littéraire ?

J. de R. — Non, il y en a d'autres, même si elles ne sont pas d'égale importance. Il est certain, par exemple, que le problème a été aggravé par les conditions dans lesquelles s'est faite l'augmentation soudaine du nombre des élèves après 1945, puis par la présence de nombreux enfants dont le français n'était pas la langue maternelle, ce qui a entraîné des modifications de programmes. Mais une autre cause, encore plus grave et plus profonde, me paraît être la prédilection qu'ont systématiquement beaucoup de nos contemporains, notamment les jeunes, pour tout ce qui est, ou leur semble, moderne. J'ai été frappée de lire récemment dans un livre sur l'enseignement la réponse que s'était attirée un professeur parlant à ses élèves d'un auteur du vingtième siècle – je crois qu'il s'agissait de Proust : alors qu'il s'étonnait de voir qu'ils ne connaissaient pas cet écrivain, l'un d'eux eut cette réponse révélatrice : « Mais Monsieur, je n'étais pas né ! » Eh bien, je dirais que pour beaucoup de gens aujourd'hui, le monde n'existe que depuis le moment où ils sont nés ! Comme si l'expérience et la force qu'apporte la connaissance du passé ne comptaient plus… À cette quête de la modernité à tout prix, s'ajoute une autre tendance, consistant à exalter tout ce qui est révolte et destruction, sous prétexte que ce sont des marques d'initiative et de création.

A.G. — Vraiment ? N'est-ce pas vous qui, à votre tour, allez un peu loin ?

J. de R. — Non : vous n'avez qu'à voir la manière dont on parle aujourd'hui des œuvres, que ce soit dans la presse, à la télévision ou à la radio. Qu'il s'agisse d'un livre, d'une mise en scène, d'un tableau ou d'un morceau musical, il n'y a pas de plus grand éloge d'une œuvre que de dire qu'elle est « décapante », « dérangeante ». Sans doute y a-t-il une part de légitimité dans cette attitude, et nos modernes seraient, je pense, bien étonnés de voir à quel point Euripide critiquait, détruisait, modernisait la pensée d'Eschyle, qui l'avait précédé de peu. La révolte au nom de la modernité n'a pas été inventée aujourd'hui : elle a toujours existé. Seulement, à l'heure actuelle, elle a pris une couleur à la fois politique, facile et, pour tout dire, excessive. L'esprit de révolte est nécessaire, mais il faut prendre garde de ne pas le confondre avec l'ignorance ou la négation de toute valeur.

A.G. — Vous venez d'employer le mot « politique » : pouvez-vous préciser votre pensée sur cette mention du politique ?

J. de R. — Je ne l'ai employé qu'en le prenant dans son sens exact, et grec, renvoyant à ce qui concerne la vie de la cité et les relations des citoyens entre eux : par rapport à la Grèce, précisément, je suis frappée par la perte du sens civique et des valeurs liées au bien commun, que l'on peut observer dans le monde d'aujourd'hui. On a beaucoup moins le souci de la communauté et beaucoup plus le souci, égoïste et étroit, de soi : c'est une grande différence avec les époques anciennes et, à mon avis, une grande perte, mais réparable et qui devrait être réparée. Je ne pensais donc pas du tout à une sorte de classement politique des formes d'éducation. Pour le dire encore plus nettement, je ne crois pas le moins du monde que la culture gréco-latine soit de droite ! Cette idée n'aurait littéralement pas de sens. Je pourrais du reste citer les plus éminents penseurs de gauche qui l'ont défendue, et souvent avec une rare éloquence ; je me contenterai de faire remarquer que, pour le grec en tout cas, avoir inventé et défini la liberté, la démocratie et autres idées de ce genre, ce n'est pas vraiment ce qu'on pourrait appeler une pensée de droite !

A.G. — Certains ont pu considérer que ce qui est, non pas de droite, mais élitiste, c'est de vouloir donner une éducation poussée dans des disciplines aussi inutiles à leurs yeux que le latin et le grec.

J. de R. — C'est un sujet important : je crois que, en effet, tout le monde ne va pas faire du grec et du latin de façon poussée, et, encore une fois, nous n'en sommes plus là ! Il est indiscutable aussi qu'il faut que l'enseignement des matières techniques et scientifiques soit mené de façon approfondie alors que leur utilité n'est plus à prouver. Pour ma part, soucieuse d'humanisme, car c'est le mot ! j'aimerais simplement que tous les jeunes, ainsi que les moins jeunes, puissent, à l'occasion, autant qu'il sera possible, et en plus de cet enseignement, avoir accès à la culture classique et à la formation intellectuelle et morale qu'elle dispense, en y trouvant du plaisir, en y puisant de quoi enrichir leur vie, de la même manière qu'ils peuvent s'intéresser aux arts ou aux sports. Du reste, ce ne sont pas les enseignements littéraires qui sont élitistes ou aristocratiques, ce serait plutôt la science, dans la mesure où elle ouvre aujourd'hui, aux plus doués, de prestigieux débouchés et des perspectives de grandes carrières. Ce que je souhaite en tout cas, c'est que ces études littéraires ne soient pas placées trop tard dans la scolarité, afin que les élèves puissent les découvrir, même d'une manière encore simple, à l'âge où l'esprit se forme. Les jeunes devraient pouvoir être très tôt initiés aux langues anciennes. Je suis frappée de voir combien, à l'heure actuelle, on tend à repousser toujours plus tard les acquisitions et les apprentissages fondamentaux : or il y a des formations qu'il faut commencer dès l'enfance, et le grec comme le latin en font partie. Bien sûr, je suis touchée quand je vois le nombre de gens du troisième âge, comme on dit, qui viennent s'inscrire dans des cours de grec et de latin : c'est la preuve d'un manque, d'un besoin, et donc de l'utilité et des bienfaits des langues anciennes, mais c'est un peu tard pour la formation intellectuelle de ces personnes ; or l'enseignement doit être une formation.

A.G. — Vous l'avez dit : la crise ne concerne plus seulement les langues anciennes, elle touche l'ensemble des enseignements littéraires, et notamment celui du français. La cause n'en est-elle pas que, dans des sociétés comme la nôtre, où les médias ont pris une telle place, la communication se substitue à la littérature ? Plus exactement, on tend à réduire la littérature à un message : désormais, la valeur d'un texte repose d'abord sur l'intérêt des informations qu'il apporte. C'est ainsi que l'on observe, dans l'enseignement et dans les exercices proposés aux élèves, une tendance à mettre parfois sur le même plan articles de journaux et grands textes littéraires.

J. de R. — Oui, et il ne faut pas s'étonner que la connaissance de la langue soit si menacée. Cette dégradation a bien des causes, mais les nouvelles méthodes pédagogiques mises en œuvre ces dernières décennies en sont, à mon avis, l'une des principales.

A.G. — On a l'impression que l'enseignement du français, de la littérature française, se transforme en méthode d'acquisition d'un outil de communication adapté à la vie quotidienne.

J. de R. — La communication – le mot et la chose – tend en effet à remplacer la littérature : c'est très vrai et très grave. Je crois qu'il y a d'abord une question de fait : l'enfant d'aujourd'hui, qui passe de plus en plus de temps devant l'écran, que ce soit celui de la télévision ou celui de l'ordinateur, n'acquiert pas du tout le sens de la profondeur et de la beauté qu'il pourrait acquérir devant un grand texte, une grande œuvre, choisie parmi tant d'autres comme meilleure et capable d'intéresser un large public. Par ailleurs, je suis frappée par ce que j'appellerais la prédominance accordée aux problèmes politiques ou sociologiques par rapport aux problèmes intellectuels ou spirituels. Toute pensée, à l'heure actuelle, tend à être une pensée engagée, et on accorde d'autant moins d'attention à la littérature en tant que telle. Or, comme je le dis souvent, rien n'est plus formateur, pour l'intelligence et pour la sensibilité, que le contact avec la littérature.

A.G. — Ce combat pour le grec, qui est aussi, nous venons de le voir, un combat pour la littérature en général, vous le menez aussi sur le terrain, en allant à la rencontre de tous ceux que vous pouvez intéresser aux langues anciennes. Aujourd'hui encore, je sais que vous consacrez une part importante de votre activité à donner, un peu partout en France, des conférences devant des publics très variés.

J. de R. — Voulez-vous un secret ?

A.G. — Oui.

J. de R. — Cela me plaît !

A.G. — C'est ce que je voulais vous faire dire !

J. de R. — Quand je parle de cette littérature grecque que j'aime tant, devant un public qui écoute, c'est comme si, une nouvelle fois, je faisais la classe. Et malgré les fatigues et les complications que m'occasionne la préparation de ces conférences, maintenant que je n'y vois plus, je suis heureuse de les faire. Je dois dire qu'on est parfois surpris de la façon dont on a été compris : il y a quelques années, une amie libraire m'a ainsi appris qu'une cliente lui avait obstinément réclamé un livre que j'avais, paraît-il, recommandé, et dont le titre était *Lily va au lycée*. Il s'agissait, bien entendu, de l'*Iliade* et l'*Odyssée !*

A.G. — Ce sont les risques de la communication ! Pouvons-nous à présent parler de cette association que vous avez fondée en 1992 avec votre confrère Marc Fumaroli, et que, *cum grano salis*, vous avez appelée S.E.L., « Sauvegarde des enseignements littéraires ». Pourquoi une nouvelle association, alors qu'il en existait déjà beaucoup d'autres qui défendaient le grec et le latin ? Je pense par exemple à l'Association Guillaume Budé, dont vous avez d'ailleurs été la présidente pendant plusieurs années.

J. de R. — C'est différent : l'Association Budé s'occupe principalement de la diffusion des œuvres, alors qu'il s'agissait pour nous de disposer d'un organisme de défense et, si je puis dire, de combat. Bien entendu, il existe des associations professionnelles très importantes qui rassemblent ceux qui enseignent les langues anciennes, et elles mènent une action exemplaire. Nous n'avons pas voulu, quant à nous, constituer une association représentative de tel ou tel milieu professionnel, mais regrouper tous ceux qui s'intéressent au sort des enseignements littéraires et qui croient à leur valeur : ainsi, la moitié de nos adhérents n'appartiennent pas au monde de l'enseignement. Nous ne sommes donc pas une société savante ou professionnelle, nous sommes, si je puis dire, une formation de combat et d'initiative, d'intervention, voire de pression : c'est pourquoi nous suivons de très près l'évolution des textes officiels qui réglementent l'enseignement du grec et du latin en France, et nous n'hésitons pas à agir, soit directement, soit par voie de presse ; nous recevons aussi un énorme courrier nous informant des difficultés rencontrées sur le terrain. Nous avons fondé cette association au moment où le latin et le grec ont été brusquement transformés en matières à option, non accessibles aux scientifiques, ce qui revenait en pratique à les éliminer. Au moins avons-nous très vite obtenu qu'ils puissent de nouveau être choisis par les élèves des sections scientifiques, qui sont en général de très bons élèves et qui constituent une part notable des effectifs dans ces disciplines. Si nous nous sommes particulièrement occupés du grec, c'est qu'il traverse une crise si forte qu'elle touche presque à l'anéantissement, mais nous consacrons aussi beaucoup de temps au latin, et de plus en plus, désormais, au français : là, le problème ne concerne pas les effectifs puisqu'il reste une matière obligatoire, mais il y a une chute réelle des programmes, des horaires et du niveau. Certains types d'exercices très formateurs, comme la dissertation, sans disparaître totalement, subissent néanmoins des évolutions curieuses et inquiétantes. Notre action est donc très diverse et elle rencontre, je tiens à le souligner, un écho considérable dans l'opinion : récemment, nous avons lancé une pétition en faveur des langues anciennes, qui a recueilli plus de quarante mille signatures. Ce succès est un encouragement pour l'avenir et un signe d'espoir.

A.G. — Que faudrait-il faire, en somme, pour que les langues anciennes trouvent dans l'enseignement la place qui leur revient ?

J. de R. — De toute évidence, ouvrir des classes chaque fois qu'il y a une demande, ou permettre à ceux qui le désirent de s'adresser à un établissement d'État où cet enseignement existe. Devant ces difficultés, ou seulement parce qu'ils les prévoient, les élèves et les parents sont trop souvent découragés à l'idée que les classes n'existeront pas. C'est là l'essentiel. Aujourd'hui, l'administration ne prend pas en considération le rapport de continuité entre le collège et le lycée, et le passage de l'un à l'autre provoque trop souvent des interruptions forcées dans l'apprentissage des langues anciennes; de même, beaucoup de professeurs formés à enseigner le grec et le latin, et disposés à le faire, se retrouvent dans des établissements d'où les langues anciennes sont absentes. Les nominations devraient pourtant être faites aussi en rapport avec les projets pédagogiques des établissements! Actuellement, de tous ces points de vue, nous sommes en pleine incohérence. Il faudrait aussi que tous les candidats au baccalauréat, scientifiques comme littéraires, puissent présenter les langues anciennes à l'examen et qu'elles leur rapportent des points. Aujourd'hui, les élèves qui choisissent – avec beaucoup de mérite, car, souvent, on fait tout pour les en empêcher – de présenter le grec ou le latin à cet examen (et je ne parle même pas de ceux qui souhaitent présenter les deux langues!) ne voient pas leurs efforts récompensés, car les coefficients de ces matières sont désormais scandaleusement, ridiculement, abusivement sous-évalués. Elles qui avaient été des matières de haute culture, situées au centre de la formation, elles sont devenues des options de troisième rang, absolument non rentables pour les élèves qui les choisissent. Les problèmes, si graves et si réels qu'ils soient, d'horaires et de locaux auxquels sont confrontés les jeunes voulant faire du grec et du latin, sont en partie imputables à cette sous-évaluation à l'examen; relevez les coefficients, et sans doute verra-t-on un peu moins les cours de grec et de latin placés à l'heure du déjeuner ou tard le soir: tout se tient! À plus long terme, une profonde réforme est nécessaire: il faudrait établir une grande option, permettant de présenter ensemble le latin et le grec. L'objectif général devrait être de redonner, d'une part, aux filières scientifiques du secondaire un contenu littéraire significatif, et de restaurer, d'autre part, une filière littéraire forte, comprenant langues anciennes et enseignements scientifiques.

A.G. — Peut-on parler de malveillance à l'égard des langues anciennes de la part de l'administration ?

J. de R. — Dans certains cas, je le crains ; mais parlons plutôt d'ignorance : il y a, comme toujours, cette préoccupation exclusive, j'allais dire bêtement exclusive, de ce qui est utile et rentable à court terme. Ce qui est vrai, c'est que les possibilités laissées à l'enseignement du grec sont souvent encore plus limitées sur le terrain qu'elles ne le sont dans les textes officiels, pourtant bien restrictifs. Le Ministère nous dit ainsi qu'on peut choisir en même temps l'option de grec et celle de latin, mais, dans la pratique, les horaires de ces deux matières sont très souvent exactement les mêmes !

A.G. — Et il y a plus grave encore : je pense à cet épouvantail agité par certains, au nom d'un prétendu effectif minimum par classe ; on a même parlé de quinze élèves !

J. de R. — Sous les dehors d'une bonne gestion des deniers publics, ce serait, tout simplement, un assassinat culturel ! Si on fixe un chiffre qui décourage, les bonnes volontés isolées sont écartées, car c'est un seuil que la très grande majorité des classes de grec n'atteindront pas. Cela reviendrait à donner ou à refuser aux enfants l'accès à la culture selon leur lieu d'habitation : de tels procédés aboutiraient à la mise en place d'une vraie inégalité ; ce serait tout simplement scandaleux !

A.G. — Je me souviens que dans votre *Lettre aux parents sur les choix scolaires*, vous conseilliez déjà aux parents d'élèves de s'associer pour obtenir des établissements l'accès réel aux options théoriquement possibles. Je constate aussi que, dans les nouvelles dispositions établies pour l'enseignement des langues régionales, il est conseillé aux parents d'élèves de se concerter et de se regrouper, afin de mieux se faire entendre de l'administration. Alors, le corse et le grec, même combat ?

J. de R. — Je réitère le conseil que je donnais en 1994 aux parents, même si je sais que sa réalisation est difficile.

A.G. — Et que pensez-vous de l'idée qui est parfois exprimée, selon laquelle il serait préférable de réserver le grec aux très bons élèves seulement ?

J. de R. — C'est une ânerie ! Je n'ose pas vous dire que la vérité se situe à l'opposé, mais je pense que l'apprentissage du grec serait, au contraire, particulièrement bénéfique pour les élèves qui ont des difficultés : la découverte du grec, comme celle du latin, leur permettrait de préciser considérablement leurs connaissances en grammaire française. Ils verraient que l'immense majorité des mots français a son origine, son étymologie, dans le latin et le grec. Ainsi le grec ne doit pas être offert comme une récompense, lui qui est, d'abord, un moyen de formation.

A.G. — Vous consacrez beaucoup de temps et d'énergie à la défense de l'enseignement. Je me souviens de l'immense retentissement qu'avait eu votre livre, *L'Enseignement en détresse*, en 1984. Est-ce que votre engagement a provoqué une inflexion plus favorable dans les évolutions préoccupantes que vous dénonciez alors ?

J. de R. — Je crois – parce que beaucoup d'entre eux me l'ont dit ou écrit – que mes livres ont pu aider un certain nombre d'enseignants à garder confiance. Maintenant, dans l'ordre des faits et des réformes, je n'ai rien vu arriver de bon, mais je ne peux pas jurer qu'on n'ait pas quelquefois évité le pire !

A.G. — Vous vous battez pour que le grec et les auteurs grecs restent présents dans notre enseignement : je veux bien qu'en parlant français, nous parlions, sans même nous en apercevoir, latin et grec, mais ces auteurs grecs, que nous avons évoqués au cours de ces entretiens, et quel que soit leur génie, qui est si grand, ne sont-ils pas irrémédiablement loin de nous, de notre présent, de notre culture ?

J. de R. — Ils sont loin et près en même temps, et, à dire vrai, moins loin et plus près que ce que croient nos contemporains. En me plaçant, non pas sur le plan des jugements de valeur ou des opinions, mais sur celui des faits incontestables et des données les plus objectives, je remarque – et personnellement je m'en émerveille – le recours incessant de notre littérature aux personnages, aux mythes, au langage des Grecs : faut-il parler de persistance ou de perpétuel retour, je ne sais... Disons qu'il y a là comme une présence continuée. À partir du moment où, avec la Renaissance, les tragédies grecques ont commencé à être traduites, nous voyons en effet apparaître en quantité sur les scènes françaises, et sous des titres divers, des Andromaque, des Hécube, des Électre, des Agamemnon et tous les personnages rendus familiers par le drame grec. On a ainsi plusieurs *Iphigénie*, non seulement celle de Racine, mais, auparavant, celles de Jodelle et d'autres auteurs maintenant oubliés. La *Phèdre* de Racine, c'est une relecture, comme on dirait aujourd'hui, de l'*Hippolyte* d'Euripide ! Plus tard encore, ces héros tragiques continueront à servir de moyens d'expression à Voltaire, qui écrira une *Mérope* et un *Œdipe*.

A.G. — Mais est-ce que cette veine tragique et cette inspiration antique ne vont pas s'arrêter avec le Romantisme ?

J. de R. — Non, elles prendront seulement des formes différentes : à supposer même que le Romantisme ait marqué un détachement à l'égard de l'Antiquité, cela n'allait pas durer, et un auteur comme Leconte de Lisle allait passer son temps à calquer, littéralement, le style grec dans ses œuvres. Vous me direz : tout cela, c'est de l'histoire ancienne et, comme dit l'autre, nous n'étions pas nés ! Mais, même si je me limite à notre époque – la mienne commence, il est vrai, avant celle de beaucoup de gens ! –, ma jeunesse a vu naître les pièces de Giraudoux, d'Anouilh, de Sartre : *Les Mouches*, c'est du grec ; *Électre*, c'est du grec !

A.G. — Mais n'était-ce pas simplement une mode, qui n'allait pas durer ?

J. de R. — Cet aspect existe incontestablement ; mais il y avait autre chose, puisque un auteur aussi différent de ceux que je viens de citer, et qui était Cocteau, a écrit *La Machine infernale*, qui met en scène Œdipe et le Sphinx. Il y a véritablement une descendance innombrable des grandes figures du mythe grec dans notre littérature, ainsi d'ailleurs que dans celles de toute l'Europe, et c'est ce que j'ai essayé de montrer dans *Héros tragiques, héros lyriques*. Et n'oublions ni l'opéra ni le cinéma : comment ne pas penser par exemple aux films de Cacoyannis ou de Pasolini ? Mais en dehors de la tragédie, regardez comme Homère reste un auteur actuel, lu, admiré, imité sans cesse ! L'héritage grec est toujours présent : je me souviens d'un livre que j'ai lu pendant la guerre, *Nuit sans lune*, de Steinbeck ; on y voit un homme, qui doit mourir au matin suivant et qui passe sa dernière soirée à lire le récit fait par Platon de la mort de Socrate. L'auteur était américain, le héros était norvégien, le siècle était le vingtième, et le message était grec !

A.G. — Mais vous qui défendez ainsi l'idée d'une continuité entre la culture grecque et la culture moderne – je prends l'adjectif au sens que lui donnent les historiens qui désignent ainsi tout ce qui se place après la Renaissance –, vous n'ignorez pas que l'on insiste aujourd'hui souvent, au contraire, sur l'idée d'une rupture, d'une coupure radicale séparant irrémédiablement l'Antiquité et notre temps. Entre les partisans d'une présence continuée du grec et ceux d'une rupture, l'opposition a même paru parfois prendre, dans les années 1960-1970, l'allure d'une véritable guerre de religion, où, du point de vue académique, s'affrontaient la Sorbonne et l'École pratique des hautes études. Les uns insistaient sur la continuité, en montrant tout ce qui rend la Grèce proche de nous, les autres, sur la rupture, en plaçant la Grèce du côté de l'origine, de l'archaïsme et du primitif, avec la volonté de décrire et d'analyser les Grecs de l'Antiquité comme s'il s'agissait de Martiens, ou d'une peuplade d'Amazonie ; un mot résume cette conception, c'est celui d'altérité : les Grecs étaient vus comme, décidément et définitivement, différents, autres, irréductibles à nos idées et à notre monde. Il me semble que c'est là une conception complètement opposée à la vôtre.

J. de R. — Complètement, non, car ce qui m'émerveille, c'est précisément que cette présence de la pensée grecque, ce contact, ce rapport direct, s'établissent à travers l'altérité et grâce à elle. Il y a certainement des différences énormes entre notre vision du monde et celle des Grecs – malgré les découvertes scientifiques stupéfiantes qu'ils avaient faites. Avec les sciences modernes, la physique, la chimie, la biologie par exemple, l'univers n'est plus le même. C'est vrai aussi du point de vue social et politique : le monde grec était constitué de petites sociétés tout entières regroupées dans des cités, alors que nous vivons à une époque de mondialisation, où les limites de la cité, et même celles de la nation, sont maintenant dépassées. Incontestablement aussi, il y a certains traits, dans les textes grecs, qui nous déroutent, nous choquent même parfois, et qui trouvent leur explication dans un passé très lointain et encore peu civilisé. Il y a donc une école, que je pourrais appeler sociologique, qui, en s'appuyant sur ces détails et, dirais-je, sur ces bizarreries, tend à rechercher les états premiers dans la société, la religion et les mentalités collectives des Grecs : pour cela, cette école et les savants qui l'ont illustrée – je pense surtout à Jean-Pierre Vernant – s'adressent principalement à ce qu'il peut y avoir de plus étrange dans les mythes. Pour moi, c'est là un type de recherche et une orientation de pensée très respectables, mais je trouve qu'il y a un paradoxe, et peut-être même une difficulté fondamentale, à travailler sur des mythes que nous ne connaissons – sauf rarissime exception – que grâce à des œuvres littéraires très élaborées, qui parfois les retouchent ou les critiquent, et émanent d'auteurs souvent plus proches de nous qu'on ne veut bien le dire ! Il faut bien se rendre compte en effet que nous ne saisissons rien, ou presque rien, des mythes grecs d'avant la littérature : on a bien sûr des représentations figurées, notamment sur les vases, mais elles sont d'interprétation toujours incertaine et restent, par nature, muettes. Alors, on parle d'altérité. Mais à mon avis, c'est là une notion qui demande à être nuancée ; et tout est une question de degré : il existe des différences – nous l'avons dit bien des fois dans ces conversations – entre l'époque d'Homère et l'époque de Platon, entre celle d'Eschyle et celle d'Euripide ; d'un auteur à l'autre, on a de brusques condamnations d'un passé qui est critiqué parce que le monde évolue et se transforme. Il n'y a pas une rupture radicale décrétée un beau matin : il y a, sans cesse, des ruptures, ou plutôt des transformations ; il n'y a donc pas une altérité totale entre les Grecs et nous, il y a un monde grec qui est une suite d'altérités. Mais ces évolutions mêmes sont commandées par une tendance profonde et originale qui fait que la pensée grecque vise toujours à l'universel : par là, les grandes œuvres grecques rejoignent notre temps, tous les temps. Et l'erreur serait de prendre cette continuité pour une pure et simple répétition. De même à l'époque moderne : j'ai cité Anouilh, Cocteau et Sartre ; il est clair que leurs pièces vont, d'une certaine manière, à l'encontre de cet héritage grec auquel elles se réfèrent pourtant, qu'elles le critiquent et qu'elles expriment une nouvelle façon de voir le monde.

A.G. — Nous avons d'ailleurs vu, en parlant d'Homère, à quel point – et c'est une des leçons de la recherche récente – il s'agit d'une œuvre raffinée qui, au seuil même de la littérature grecque, tourne délibérément le dos à la part archaïque et obscure du passé grec.

J. de R. — Oui, ces œuvres grecques ont beaucoup à nous dire encore aujourd'hui ! Il est frappant de constater, par exemple, comment, à différentes époques, Thucydide a été lu et admiré par des gens qui y trouvaient un sujet de réflexion par rapport à ce qu'ils vivaient : on l'a vérifié pendant la Première Guerre mondiale, avec Thibaudet, et Thucydide est resté un auteur actuel pour les années 1939-1945 ; lors des autres conflits survenus depuis, il a souvent guidé la réflexion de nos contemporains. On ne fait plus du tout la guerre de la même façon, et, pourtant, il y a un écho entre cette œuvre et nous. Je crois donc fermement à la continuité entre la culture grecque et la nôtre. S'il m'est permis d'évoquer ici une petite anecdote, je voudrais dire combien j'ai fortement éprouvé ce sentiment de continuité le jour où, ayant obtenu le prix Onassis, j'ai eu à prononcer un discours à Athènes : sur la colline de la Pnyx, c'est-à-dire à l'endroit même d'où parlait Démosthène, j'ai pris la parole le soir, avec autour de moi tous les monuments d'Athènes éclairés. C'était une expérience extraordinaire, et j'y pense toujours quand je parle de cette continuité. Je ne méconnais certes pas du tout l'intérêt de l'approche que j'appellerais sociologique, qui a suscité des travaux de très grande valeur ; je dirais simplement que l'étude des différences, des curiosités de la civilisation grecque est une étude pour les savants qui recherchent des renseignements historiques sur l'évolution de la société grecque, alors que le contact avec les textes, l'attention à l'universalité de ce qu'ils apportent est une recherche de culture, tournée vers l'enseignement et vers l'avenir.

A.G. — Je suis très frappé de voir qu'aujourd'hui, ces deux écoles de pensée – disons l'école sociologique et l'école littéraire – unissent leurs efforts dans le combat pour le grec : Jean-Pierre Vernant signe avec vous des textes qui en appellent à l'opinion pour la défense des langues anciennes.

J. de R. — J'ai toujours eu les meilleures relations avec Jean-Pierre Vernant, qui a été un collègue et reste un ami. De toute façon, si personne ne s'intéresse plus au grec, il n'y aura, dans ce domaine, plus d'école de pensée du tout ! Je crois que tout le monde a compris maintenant qu'au-delà du grec, et du latin, c'est le sort même de notre culture qui est en jeu.

A.G. — Nous avons vu que la crise du grec a joué un rôle dans l'évolution qui vous a conduite à écrire, de plus en plus, pour le grand public. Auriez-vous pris ce tournant si la situation du grec et des études classiques avait été plus favorable ?

J. de R. — Vous savez, je ne suis pas portée à répondre à des hypothèses relatives au passé ; je n'en sais rien ; je crois que la crise a joué le rôle principal, qu'elle m'a obligée à faire autre chose, à accepter des tâches un peu ingrates mais que j'espère utiles, et à me tourner vers un public élargi. Il est certain cependant que la vie elle-même, l'expérience qu'elle apporte et le contact avec les jeunes générations que permet l'enseignement, amènent, de toute façon, à réfléchir sur ce qu'on fait et sur les raisons profondes qui vous poussent à le faire.

A.G. — Quel est, dans ce domaine, celui de vos livres que vous préférez ?

J. de R. — C'est *Pourquoi la Grèce ?*, parce que j'ai tenté d'y rassembler ce qui me paraissait le message le plus important dans la littérature et la culture grecques. Je tiens beaucoup aussi au *Trésor des savoirs oubliés*, qui est le premier livre que j'ai écrit après avoir perdu la vue. J'y ai mis comme une espèce de secret final, que j'aurais cherché tout au long de ma vie, en tentant sans cesse d'approfondir ma réflexion. C'est une méditation sur la mémoire et l'oubli, où j'ai essayé de tirer les leçons de toutes mes expériences, celles de l'enseignement comme celles de la vie, et c'est pourquoi il tient à la fois de l'essai et de la nouvelle.

A.G. — Bernanos écrit quelque part qu'une vie réussie, c'est un rêve d'enfant réalisé ; vous savez qu'il ajoutait regretter pour sa part de n'avoir pas eu des rêves assez grands. Votre vie a-t-elle été celle dont vous rêviez enfant ? Avez-vous eu la vie que vous souhaitiez ?

J. de R. — Bien sûr que non ! Qui a eu la vie qu'il souhaitait ? Avoir été juive pendant l'Occupation, finir seule, presque aveugle, sans enfants et sans famille, est-ce vraiment sensationnel ? Prétendre que tout dans ma vie m'a parfaitement plu tiendrait du délire ! Mais ma vie de professeur a été, d'un bout à l'autre, celle que je souhaitais.

A.G. — Depuis six ans, vous avez presque totalement perdu la vue ; à côté du combat pour le grec, n'est-ce pas là pour vous un nouveau combat, que vous livrez jour après jour ? À force de volonté, d'organisation, vous arrivez à mener une vie presque normale, à découvrir des textes, une fois qu'ils ont été préalablement enregistrés, et – ce livre en est la preuve – à publier. Qu'est-ce qui, aujourd'hui, vous donne la force de continuer à vous battre ?

J. de R. — Cette épreuve m'a révélé l'extraordinaire élan de solidarité et de gentillesse qu'apportent à ceux qui sont victimes d'une maladie ou d'une infirmité, des gens qui n'hésitent pas à donner beaucoup de leur temps, de leur énergie et de leur sympathie. Grâce à leur aide, je peux continuer à découvrir des œuvres et à écrire : mais je ne peux plus me relire ! Vous le ferez pour moi !

A.G. — Il y a un peu plus d'un siècle et demi, Renan parlait du « miracle » grec : puis, avec les progrès de la science et la découverte d'autres civilisations par l'archéologie, on a, de plus en plus, récusé cette vision des choses, considérée comme trop classique, et on s'est mis à parler des « Grecs sans miracle », comme disait l'helléniste Louis Gernet. Au terme de ces entretiens, j'ai l'impression, au contraire, que tout au long de votre vie et de vos livres, vous n'avez, quant à vous, cessé d'être émerveillée par cette littérature grecque si riche en chefs-d'œuvre, et que, pour vous, il y a bel et bien un miracle grec.

J. de R. — Oui, à cette différence près que ma Grèce, vous l'avez compris, n'est pas exactement celle de Renan.

A.G. — Si vous deviez, pour clore ces échanges, décrire en deux mots ce qui fait l'originalité de l'esprit grec, que diriez-vous ?

J. de R. — Je dirais qu'il est bien cruel de me demander une définition en deux mots, alors que j'ai écrit tant de livres pour tenter de répondre à cette question. Tout ce que je peux dire, c'est que j'y crois encore !

CONCLUSION

Je suis contente que ce dernier entretien ait porté sur les combats que j'ai menés, en collaboration avec bien d'autres, pour la défense des études classiques, et des études grecques en particulier. Ces luttes ont occupé, au cours de ces dernières années, presque tout mon temps, et mes dernières forces. Il me semble avoir connu toute une série de démarches, de déboires, d'espérances, de correspondances et d'entreprises ! Et aujourd'hui, à la fin de ma vie, voilà que ce combat continue et que je m'y donne tout autant qu'auparavant.

Pourtant, il y faut vraiment du courage. Car il est un peu amer de voir disparaître un domaine d'études pour lequel on a vécu et dont on a pu constater qu'il était profitable pour tous, qu'il éveillait l'esprit, qu'il donnait de la joie, du courage et de la clarté dans la pensée.

Et pourtant, comment ne nous sommes-nous pas découragés ? Il me semble que, depuis plus de vingt ans, nous n'avons pas eu une seule bonne surprise. Les ministres se sont suivis les uns les autres. Plusieurs ont eu pour nous des paroles fort encourageantes; et on semblait profondément convaincu de ce qu'il fallait faire: ou bien ils y ont renoncé; ou bien leur parole a été étouffée en passant par les bureaux du Ministère, les décisions des Rectorats, les nécessités, plus ou moins impérieuses, où se trouvaient les chefs d'établissement. Il était plus simple de décourager parents et élèves; il était plus simple d'éliminer des options encombrantes, aux avantages peu évidents. Comment alors espérer que des élèves, ou bien leurs parents, s'entêtent à réclamer des enseignements pour lesquels on leur donnait si peu d'encouragements et qui n'étaient même pas l'ouverture à une profession? Le résultat ne s'est pas fait attendre. Chaque année nous avons vu fermer des classes, chaque année on a refusé des demandes visant à en ouvrir. Plus grave encore, il a bientôt régné une sorte de frayeur, faisant que l'on n'osait pas formuler de demande qui ait l'air de n'être pas «politiquement correcte». Des professeurs se sont mis à craindre, s'ils réclamaient trop, de devoir payer leur insistance par des horaires défavorables et des notes désobligeantes. Le nombre des élèves faisant du grec est devenu si faible que, lorsque je sors et que je rencontre des inconnus, il se trouve toujours quelqu'un pour me dire, comme si c'était un titre de gloire exceptionnel: «Ah, Madame, je vous cherchais justement: je voulais vous dire que le neveu de ma cousine va commencer le grec!» Et je devrais me réjouir, comme si cette exception allait tout sauver. J'ajoute que, le plus souvent, cet exemple glorieux était donné pour quelque collège privé. En tout cas, je devrais m'émerveiller: «Comment peut-on faire du grec aujourd'hui?» Ou, selon Montesquieu, «Comment peut-on être Persan?»

Reconnaissons-le : c'est une triste façon de clore une vie qui fut pleine de joie, d'action et de confiance. Déjà, il n'est pas très gai de vieillir. Et je dois dire que les catastrophes viennent vite, et ne cessent de se multiplier. J'avais connu assez d'épreuves, avec la guerre ou plutôt les deux guerres, avec le statut des juifs, avec la mort de mes proches et la solitude de mes dernières années. Je m'étais attachée passionnément à cette montagne Sainte-Victoire, près de laquelle se trouve ma maison et que j'ai longuement évoquée dans un livre : il y a eu le grand incendie où tout le massif de Sainte-Victoire a brûlé et où ont été détruites les promenades qui m'enchantaient – cela pour au moins plusieurs années. Eh bien ! Il a fallu que, même dans ma vie d'helléniste, intervînt un incendie dévastateur : tout le stock des éditions des Belles Lettres a brûlé l'an dernier. L'édition de Thucydide, qui m'avait coûté tant d'années de travail et qui m'avait arrachée à tant de devoirs familiaux et de distractions légitimes, a brûlé elle aussi. Il n'en reste actuellement aucun volume disponible. Il sera réimprimé un jour, peut-être un jour prochain ; mais tous les livres que j'avais publiés, au cours des années, sur Thucydide, sur les Tragiques, sur tel sentiment ou tel autre, ces livres qui étaient un peu vieillis, peut-être, mais qui pouvaient encore servir et représentaient les jalons d'un si long effort, ils ne seront, sans doute, jamais plus réimprimés, ne seront, sans doute, jamais plus lus, ni utilisés. Nous n'avions pas besoin de cela ! Certes, je forme des vœux pour que la fameuse Collection des Universités de France, la collection de textes latins et grecs que l'on appelle couramment Collection Budé, et qui représentait à mes yeux un trésor inégalable, puisse bientôt revivre aux éditions des Belles

Lettres. Mais, pour le moment, c'est là un autre bilan, qui n'est pas plus réjouissant que l'autre.

Il y aurait de quoi être découragé. Et – dois-je l'avouer ? – il y a des moments où, en effet, je me décourage. Ce sont des moments solitaires, des moments où, comme on dit, le cœur me manque.

Est-ce que l'on peut aller vraiment contre l'histoire ? Est-ce que l'on peut aller contre les modes politiques, contre ce qu'un grand nombre de gens croient vrai, et défendre ce que tant de gens croient condamné ? Oui, l'on se pose ces questions, par moments.

Mais ces moments ne durent pas. Je ne crois pas que le sens de l'histoire soit si clairement évident et que l'évolution, erronée ou déplorable, ne puisse pas être redressée. Le grec a connu d'autres crises ; la culture elle-même en a connu d'autres, et l'enseignement également. Au cours des siècles, les crises surgissent et un jour s'effacent. Tout pourrait revenir si vite ! Quelques règlements favorables, une personnalité convaincue et déterminée, un échec soudain trop flagrant, ou bien, au contraire, un exemple soudain stimulant : et le changement s'amorcerait.

Sans doute, si j'avais vu le modernisme actuel produire des générations triomphantes et confiantes, satisfaites de leur sort, ne recourant ni à la violence, ni à la drogue, ni à aucune forme de désespoir, je me dirais que, peut-être, il faut accepter un changement qui me paraît néfaste. Mais tel n'est pas le cas. Et je constate aussi que, là où un professeur zélé arrive à grouper des élèves en nombre suffisant, tout à coup on retrouve des classes heureuses autour du grec et conduisant à des résultats brillants dans les années qui suivent. J'en ai eu des exemples indiscutables.

J'y crois encore : je l'ai affirmé dans nos entretiens ; et je me dis que, si un tel renouveau surgissait, je n'aurais pas vécu pour rien.

Mais déjà à présent, puis-je me plaindre d'avoir vécu pour rien ? Peut-être pas… J'ai beaucoup enseigné, et j'ai aimé enseigner. Et il ne m'arrive jamais, encore aujourd'hui, à mon âge, de me trouver dans un lieu public, un hôtel, ou un colloque, ou un train, ou une réunion mondaine, sans qu'à un moment surgisse un homme ou une femme qui s'approche et me rappelle : « Madame, j'ai été votre élève, autrefois, c'était en telle année, dans tel établissement ; vous expliquiez tel texte et je m'en suis souvenu toute ma vie. » Je vois alors que je leur ai apporté quelque chose. Et je suis heureuse. Je les ai oubliés, ces élèves d'autrefois ; j'ai oublié leur nom, parfois même leur existence, car certains n'ont fait que suivre un cours dans une grande salle, où autrefois les étudiants de grec étaient nombreux. Mais leur souvenir à eux est précis, et il représente quelque chose qui, apparemment, les a aidés à vivre. Et alors, à mon tour, ils m'aident à vivre.

Je sais bien que tout cela passe ; et je n'ai pas oublié le petit saisissement que j'ai éprouvé lorsque, professeur encore en activité, j'ai rencontré à un congrès deux de mes anciennes étudiantes de Lille et leur demandai sur le ton le plus paternel ce qu'elles faisaient maintenant. C'est tout juste si je n'ai pas ajouté « mes petites filles », et elles m'ont répondu, surprises de mon ignorance : « Mais, Madame, nous sommes à la retraite ! » Oui, les générations passent vite ; mais il n'en reste pas moins vrai que ces contacts retrouvés après tant d'années, et si divers, me donnent l'impression de quelque chose comme une continuité. Ils sont comme les degrés d'une longue marche qui a été ma vie et qui n'est pas restée absolument sans fruit. Et le tout se colore de sentiments de cette lumière grecque autour de laquelle nous nous sommes rencontrés : elle a éclairé un moment de leur parcours, comme elle a éclairé, chez moi, tant d'heures de travail et d'émerveillement.

Peut-être si je n'avais pas eu un prix de grec au Concours général alors que j'avais dix-sept ans, peut-être si je n'avais pas, une après-midi d'été, découvert l'œuvre de Thucydide dans un grand pré alpin de Combloux, aurais-je pu m'enthousiasmer pour d'autres textes, pour d'autres enseignements, pour d'autres lumières. Et pourtant, avoir vécu comme je l'ai fait, dans un contact étroit avec ces grands textes de la Grèce classique, avec ces historiens et ces auteurs tragiques, avec Homère et avec Platon, me comble encore aujourd'hui de reconnaissance.

Et voici que, tout à la fin de ma vie, je me rappelle une phrase qu'avait dite de moi mon maître Paul Mazon. J'ai plaisir à évoquer son souvenir pour finir : je n'oublie ni la belle voix avec laquelle il nous lisait les textes, ni la clarté et la profondeur de ses explications, ni son art de traduire. J'étais alors l'élève, pas le professeur. Lorsque j'ai consacré un an à écrire mon premier travail sur Thucydide, c'était sous sa direction ; et il eut alors cette phrase, qui me fut répétée : « Elle réussira sûrement, car elle est entêtée » ! Ce mot, habituellement, n'est pas des plus flatteurs ; il l'était peut-être alors. En tout cas, je crois rester fidèle à ce qu'il souhaitait en me montrant, en effet, entêtée, pour la survie de nos études.

J'ajoute seulement que cela ne durera plus très longtemps : pas plus longtemps que ma vie, qui bientôt s'achèvera, comme s'achèvent ici ces entretiens avec Alexandre Grandazzi.

Table

Ouvrages d'Alexandre Grandazzi :

LA FONDATION DE ROME – Réflexion sur l'histoire, Les Belles Lettres, 1991 ; réédition dans la collection « Pluriel », Hachette, 1997.

LES ORIGINES DE ROME, PUF, collection « Que sais-je ? », 2003.

ALBA LONGA, HISTOIRE D'UNE LÉGENDE – Recherches sur l'archéologie, la religion et les traditions du Latium préromain, École française de Rome *(à paraître)*.

Ouvrages de Jacqueline de Romilly :

Aux éditions Les Belles Lettres

THUCYDIDE, édition et traduction, en collaboration avec L. Bodin et R. Weil, 5 vol., Coll. des Universités de France, 1953-1972.

THUCYDIDE ET L'IMPÉRIALISME ATHÉNIEN - La pensée de l'historien et la genèse de l'œuvre (1947 ; 1961 ; épuisé en français).

HISTOIRE ET RAISON CHEZ THUCYDIDE, 1956, 2e éd. 1967.

LA CRAINTE ET L'ANGOISSE DANS LE THÉÂTRE D'ESCHYLE, 1958, 2e éd. 1971.

L'ÉVOLUTION DU PATHÉTIQUE, D'ESCHYLE À EURIPIDE, (PUF, 1961), 2e éd. 1980.

LA LOI DANS LA PENSÉE GRECQUE, DES ORIGINES À ARISTOTE, 1971, 2e éd. 2001.

LA DOUCEUR DANS LA PENSÉE GRECQUE, 1979, « Pluriel », 1995.

« PATIENCE, MON CŒUR ! » - L'essor de la psychologie dans la littérature grecque classique, 1984 (2e éd. 1991), « Agora », 1994.

TRAGÉDIES GRECQUES AU FIL DES ANS, 1995.

Aux éditions Hermann

PROBLÈMES DE LA DÉMOCRATIE GRECQUE, 1975, Agora, 1986.

Aux Presses Universitaires de France

LA TRAGÉDIE GRECQUE, 1970, Quadrige, 4e éd. 1986.

PRÉCIS DE LITTÉRATURE GRECQUE, 1980, 2e éd. 1991.

HOMÈRE (coll. « Que sais-je ? »), 1985, 2e éd. 1992.

LA MODERNITÉ D'EURIPIDE (coll. « Écrivains »),1986.

DICTIONNAIRE DE LITTÉRATURE GRECQUE ANCIENNE ET MODERNE, 2001.

Aux éditions Vrin

LE TEMPS DANS LA TRAGÉDIE GRECQUE, 1971 (traduction du texte paru en 1968 à Cornell University Press).

Aux éditions Fata Morgana

JEUX DE LUMIÈRE SUR L'HELLADE, 1996.

HÉROS TRAGIQUES, HÉROS LYRIQUES, 2000.

ROGER CAILLOIS HIER ENCORE, 2001.

DE LA FLÛTE À LA LYRE, 2004.

Aux éditions Julliard

LA CONSTRUCTION DE LA VÉRITÉ CHEZ THUCYDIDE (coll. « Conférences, essais et leçons du Collège de France »), 1990.

Aux éditions ENS, rue d'Ulm

L'INVENTION DE L'HISTOIRE POLITIQUE CHEZ THUCYDIDE. Études et conférences. Avec préface de Monique Trédé, 2005.

Aux éditions de Fallois

LES GRANDS SOPHISTES DANS L'ATHÈNES DE PÉRICLÈS, 1988.

LA GRÈCE À LA DÉCOUVERTE DE LA LIBERTÉ, 1989.

DISCOURS DE RÉCEPTION À L'ACADÉMIE FRANÇAISE ET RÉPONSE DE M. ALAIN PEYREFITTE, 1989.

OUVERTURE À CŒUR, roman, 1990.

ÉCRITS SUR L'ENSEIGNEMENT. *Nous autres professeurs* (1969), *L'Enseignement en détresse* (1984), 1991.

POURQUOI LA GRÈCE ?, 1992.

Les Œufs de Pâques, nouvelles, 1993.
Lettre aux parents sur les choix scolaires. 1994.
Rencontres avec la Grèce antique, 1995.
Alcibiade, 1995.
Hector, 1997.
Le Trésor des savoirs oubliés, 1998.
Laisse flotter les rubans, nouvelles, 1999.
La Grèce antique contre la violence, 2000.
Sur les chemins de Sainte-Victoire (1987), 2002.
Sous les dehors si calmes, nouvelles, 2002.
L'Élan démocratique dans l'Athènes ancienne, 2005.
Les Roses de la solitude, 2006.
Dans le jardin des mots, 2007.
Le Sourire innombrable, 2008.
Les Révélations de la mémoire, 2009.
La Grandeur de l'homme au siècle de Périclès, 2010.

Aux éditions Tallandier

Alcibiade ou les dangers de l'ambition, 2008.

Aux éditions Stock

Petites leçons sur le grec ancien (avec Monique Trédé), 2008.

Composition réalisée par Chesteroc Ltd

Achevé d'imprimer en février 2011, en France sur Presse Offset par
Maury-Imprimeur - 45330 Malesherbes
N° d'imprimeur : 162040
Dépôt légal 1re publication : mars 2006
Édition 03 - février 2011
LIBRAIRIE GÉNÉRALE FRANÇAISE - 31, rue de Fleurus - 75278 Paris Cedex 06

31/1133/3